君主論

이원호 장편소설

2 0 0 3 - 2 0 0 8

❸ 노무현 편

君主論

스토리뱅크
story bank 2010

저자의 말

군주론(君主論)은 실명 소설입니다.

1권 김영삼 편(1993~1998)

2권 김대중 편(1998~2003)

3권 노무현 편(2003~2008)

4권 이명박 편(2008~2013)

으로 구분되어 있으며 각각 실명 소설로 썼지만 일부분은 가명으로
채웠습니다.

그리고 각 소설은 임기 말쯤에 1권씩 출간되었던 것을 이번에 모아
서 한꺼번에 4권으로 출간합니다.

따라서 따로 읽으셔도 지장이 없을 것이며 그 당시의 생생한 현장을 다시 떠올리게 되실 것입니다.

마키아벨리의 군주론(君主論)에서 제목만 가져왔을 뿐 각각의 사건에 다른 행동과 결과가 펼쳐집니다.

읽으시고 대리만족을 느끼시거나, 공감을, 또는 차기 군주에 대한 기대감을 품게 되신다면 보람이 있겠습니다,

1993년부터 2013년까지 4대(代) 20년을 겪었고 각 군주(君主) 말년에 각 권을 출간했지만 쓰면서 느끼는 공통점은 항상 같았습니다.

첫째, 쉬운 것을 어렵게 풀었던 군주는 실패했고,

둘째, 군주의 일은 결코 쉬운 일이 아니었다는 것입니다.

그리고 백성의 입장에서는 오직 하나, 등 따습고 배부른 세상을 만드는 군주(君主)가 명군(名君)이었다는 것입니다.

2016년 6월 25일 이원호

목차

1장
13년 만의 외출

"아니, 네가 웬일이냐?"

눈을 둥그렇게 뜬 김성만이 문 앞에 선 김동만을 의외라는 듯이 바라보았다.

"형님, 별일 없으셨지요?"

김동만이 웃음 띤 얼굴로 인사를 하더니 열린 문 사이로 집 안을 들여다보았다.

"아, 들어와, 어서."

김성만이 옆으로 비켜서며 김동만을 집 안으로 들였다.

"갑자기 연락도 않고 찾아와 놀라셨지요?"

김동만이 소파에 앉으며 물었다. 20평형 연립주택인 집은 응접실에 낡은 소파 한 조와 TV세트만으로도 꽉 찬 느낌이 들었다. 김성만은 김동만의 사촌형으로 일곱 살 연상이었지만 사촌 중에서는 가장 친했다.

"그래, 의외구나. 그런데 뭐, 마실 것이라도 있어야지."

김성만이 냉장고에서 보리차 병을 꺼내 들고 와 김동만의 앞에 앉았다.

시간은 오후 3시 30분, 집 안에는 둘뿐이었다.

"저, 형수님은⋯."

"아, 일 나갔어."

이번에는 김싱만이 바로 대답하고는 머리를 들어 김동만을 똑바로 쳐다보았다.

"요즘 식당에 일을 나간다."

"아아, 예."

"난 택시 운전을 하는데 오늘은 비번이야."

"아아."

택시 운전을 한다는 말에 김동만이 머리를 갸웃했다.

"전, 출판사에 다니신다고 들었는데요."

"요즘 출판사도 불황이야. 도무지 책이 팔리지가 않아서 도매상들이 줄줄이 부도가 나는 판이라 석 달 다니다가 그만뒀어."

"그러셨군요."

"네 소식은 신문 봐서 잘 안다."

"아아, 예."

"네 선거운동을 도와주지 못해서 정말 미안하다. 내가 먹고살기가 바빠서."

"아닙니다, 형님."

보리차를 한 모금 마신 김동만이 정색하며 김성만을 보았다.

"형님, 제가 찾아온 이유는⋯."

"동만 도련님이 찾아오셨다면서요?"

집 안에 들어선 아내 정옥진이 신발도 벗기 전에 묻자 김성만은 혀

10

를 찼다. 정옥진은 큰일이라도 난 듯이 눈을 둥그렇게 뜨고 김성만을 바라보았다.

"무슨 일이래요?"

"아무 일도 아냐, 그냥 지나다가 들른 거야."

"그럴 리가?"

눈초리를 세운 정옥진이 머리까지 저었다.

"요즘 국회의원 중에서도 가장 바쁜 양반이 당신한테 그냥 왔을 리가 있어요?"

"어허."

"내가 알아봐야지."

옷도 벗지 않은 채 전화기 앞으로 다가가는 정옥진을 향해 김성만이 버럭 소리쳤다.

"그만두지 못해?"

놀란 정옥진이 차마 전화기는 들지 않았지만 대신 눈을 더욱 치켜떴다.

"영옥이 엄마한테서 연락이 왔단 말이에요. 오늘 영옥이 아빠가 당신 만나고 오셨다고."

영옥은 동만의 딸이다. 정옥진의 목소리가 가늘게 떨렸다.

"진수 과외비만 된다면 내가 무슨 짓을 못 하겠어. 10년만 젊었어도 노래방에 나가서 식당일보다 세 배는 더 벌어 오는데…."

"이 여편네가 증말…."

눈을 부릅뜨고 이를 악문 김성만이 한 걸음 다가서기까지 했으나 정옥진은 쏟아 붓듯 말을 이었다.

"사촌 중에서 그래도 가장 아끼던 동생이 뭔가 도와주려고 왔는데도

11

틀림없이 괜찮다고 내뺐겠지. 남들은 데모대 꽁무니나 따라다니다가 지금은 민주화 운동의 주역이었다면서 별별 감투를 다 쓰고 떵떵거리고 사는데, 그 사람들 모아 놓고 운동권 교육을 시킨다면서 갖은 큰소리를 다 치던 작자는 죄지은 것처럼 숨어 택시 운전이나 해?"

급기야 정옥진의 눈에서 눈물이 쏟아졌다. 그때까지 손에 들고 있던 가방을 방바닥에 내동댕이치고 아예 방바닥에 앉아 엉엉 울기 시작했다.

"지 여편네가 식당에서 시간당 3천 원씩 벌어 자식 과외비 대는 것이 불쌍하지도 않은가?"

김성만은 대학 시절인 1980년대에 운동권 중에서 이른바 주사파로 분류된 강성 조직원이었다. 결국 보안법 위반으로 기소되어 도피 생활을 하는 바람에 대학도 3학년까지만 마치고 졸업을 하지 못했다. 그리고 7년에 걸쳐 민주화 운동에 참여했고 대학생들의 이념 서클을 지도했으며 당국의 감시를 피해 주체사상에 관한 책자를 출판하기도 했다. 김성만은 이 사건으로 검거되어 1년간 교도소 생활을 하고 나온 후부터 운동권 동지들과 차츰 멀어지기 시작했다.

그때가 YS 정권 초기여서 운동권 출신들이 비로소 빛을 볼 무렵이었는데, 김성만은 세상을 거꾸로 산 셈이었다. 압박을 받던 시대에는 활발하게 운동을 하다가 민주화 바람이 불기 시작하자 스스로 숨어버린 것이다. 그 후부터 김성만은 자동차 영업사원, 보험회사 상담원, 뷔페 식당 지배인에다 이삿짐센터 인부까지 하면서 살아왔다. 운동권 선후배와는 일체 교류를 끊고 지낸 것이다.

시청 앞 지하철 입구를 나온 김성만은 손목시계를 보았다. 8시 10분이었으므로 시간은 충분했다. 프레스센터 앞에 선 김성만 앞으로 빈 택시가 벌써 여러 대 지나갔다.

운전할 때 빈 택시를 몰면 처음엔 가슴이 허전하다가 나중에는 초조해진다. 그럴 때는 길가에 차를 세우고 마음을 가라앉혀야 했다. 불황이 심한 요즘은 사람들이 택시조차 잘 타지 않는다.

한 달 반 동안 택시 운전을 하며 이곳을 여러 번 지나갔지만 이제 손님으로 택시를 타게 되었다. 김성만이 차도 쪽으로 몸을 조금 기울이기만 했는데 어느새 택시 한 대가 다가와 멈춰 섰다. 오랜 경력의 택시 운전사는 손님을 족집게처럼 집어낸다. 김성만이 앞좌석에 오르자 반백의 운전사는 곧 차를 출발시켰다.

"어디로 가실까요?"

운전사가 웃으며 묻자 김성만이 말했다.

"청와대로."

그러자 갑자기 운전사가 핸들을 꺾더니 택시를 인도에 붙여 세웠다. 거칠게 꺾는 바람에 뒤따르던 승용차가 경적을 울리며 지나갔다.

"시간이 안 맞네요. 차고에 가야하기 때문에….'

운전사가 앞쪽을 노려보며 말했다.

"미안합니다. 여기서 내리시지요."

놀란 마음에 숨을 들이마신 김성만은 잠자코 택시에서 내리고는 참았던 숨을 길게 뱉었다. 이틀 전까지 근무했던 승리 택시 기사들 중에서도 똑같은 무용담을 자랑스럽게 떠벌린 기사가 있었다. 청와대 가자는 손님을 화가 나서 길가에다 던져버렸다는 내용이었다.

"잘 오셨습니다."

인사수석실의 인사관리 비서관 양창모가 얼굴에 환한 웃음을 띠며 김성만에게 말했다.

"어제 김 의원님한테서 직접 연락이 왔었습니다."

"아니, 어떻게….."

김성만이 우물거리자 양창모의 목소리는 더욱 은밀해졌다.

"김 의원님이 청와대 계실 적에 제가 모시고 있었거든요. 국정상황실장으로 계실 때."

"아아."

"이렇게 경력이 좋으신 분이 지금까지 공직을 한 번도 맡지 않으셨다니 정말 안타까운 일입니다."

김성만이 눈만 껌벅이고 있을 때 양창모가 정색을 하며 말했다.

"어제 김 의원님께서 김 선생님 경력을 이메일로 보내주셨습니다. 인사수석님도 보고 감탄하셨습니다."

"아니, 저는….."

말을 멈춘 김성만은 시선을 떨어뜨렸다. 김동만은 이력서도 자기가 알아서 할 테니 그냥 인사수석실의 인사관리 비서관을 찾아가라고만 했던 것이다.

"저, 그럼….."

양창모가 미리 준비해 놓았는지 종이 한 장을 김성만 앞으로 밀어 놓았다.

"읽고 사인만 하시지요. 선생님은 오늘부로 제1부속실의 행정관에 임명되셨습니다."

"그때 말이에요."

수저를 든 채 문득 권양숙 여사가 입을 열자 노무현 대통령은 머리를 들었다. 권 여사가 말을 이었다.

"당신이 해양부 장관이었을 때."

"그래서?"

"그때가 좋았는데."

그러자 대통령은 된장국을 한 수저 삼키고는 입맛을 다셨다.

"지금도 말이에요."

권 여사가 정색하며 대통령을 바라보았다.

"해양부 직원들은 당신이 역대 장관 중 최고였다고 한답디다."

"그런데, 왜 대통령 중에서는 최하위래?"

밥을 한 술 떠 넣은 대통령이 힐끗 벽시계를 보았다. 오전 8시 10분이었다.

"나 참, 당신도."

가볍게 이맛살을 찌푸린 여사가 수저를 내려놓으며 눈을 가늘게 떴다. 뭔가 떠올리려는 표정이었다.

"몇 달 전에 신문에서 읽었는데, 조선일보 박 뭐라는 사람이 쓴 칼럼."

"박수호."

"맞아요."

이제야 생각난다는 듯이 여사의 얼굴에 웃음이 떠올랐다.

"대통령의 하루라든가, 제목이."

"그건 나도 읽었어."

"오마나."

여사가 눈을 둥그렇게 떴다.

"조선일보는 안 읽는 줄 알았더니."

"…."

"여보, 그렇게 될 수는 없는 거유?"

"그게 그렇게 간단한 일이 아냐."

"당신은 문제를 항상 쉽게 풀잖아요?"

머리를 조금 갸웃하던 여사가 대통령을 정색하며 보았다.

"난 왜 이렇게 오래 가는지 모르겠어."

"뭐가?"

"이놈의 쌈이."

"무슨 쌈?"

"신문하고."

"…."

"당신 전에는 안 그랬어요. 확 성냈다가 금방 풀었다구."

"가봐야 돼."

식탁에서 일어난 대통령이 숭늉 그릇을 집어 들었다.

"김 형은 당분간 업무 파악만 잘 하세요."

제1부속실장 오대성이 부드러운 표정으로 말했다.

"업무 내용은 김 과장이 알려줄 테니까요."

"잘 부탁합니다."

오늘이 출근 첫날이었으므로 김성만은 오대성과 김형문을 향해 머리를 숙였다. 제1부속실은 대통령의 비서 업무와 수행을 전담하는 부서이므로 가장 측근에서 대통령을 모시는 곳이라고 봐도 될 것이다. 그러나 정책 관련 부서가 아니어서 매스컴에는 거의 오르내리지 않았다. 오대성이 바쁜 듯 제 방으로 돌아가자 김형문이 웃음 띤 얼굴로 김성만에게 다가섰다.

"김 의원님 사촌형님 되신다면서요?"

"아, 그것이…."

"김 의원님이 실장으로 계실 때 참 열심히 일하셨지요."

"그렇습니까?"

김성만은 자기보다 열 살은 어려 보이는 김형문을 자세히 뜯어보았다. 김형문의 직급도 행정관이었는데 이곳에서는 과장이라고 불렀다.

"저는 정말 아무것도 모르니까 잘 부탁합니다. 모든 걸 처음부터 배워야 할 테니까요."

"별로 어려운 일이 아닙니다."

정색한 김형문이 위로하듯 말했다.

"스케줄대로만 움직이면 되니까요. 모든 스케줄이 분 단위로 짜여 있기 때문에 그대로 따르기만 하면 됩니다."

점심시간이 되었을 때 사무실 안으로 사내 넷이 들어섰다. 앞의 여직원에게 뭔가를 물은 사내들은 김성만에게로 다가왔다.

"저, 김성만 행정관이시지요?"

앞장선 사내가 반가운 듯 활짝 편 얼굴로 물었다.

"저는 민정수석실의 한지만입니다, 선배님."

먼저 자신을 소개한 사내가 떠들썩한 목소리로 말했다.

"저는 84학번으로 선배님 4년 후배입니다. 그리고 이 친구는 정책수석실의 백영석이고…."

한지만은 대학 후배였고 나머지 셋은 학교는 달랐지만 모두 운동권 후배였다.

"오셨다는 말씀을 듣고 반가워서 인사차 왔습니다."

한지만이 그들 중 가장 선배였으므로 대표해서 말했다.

"다른 후배들도 나중에 모두 인사드릴 겁니다."

"연두교서에서 기업들의 투자를 강조하셔야 합니다."

대통령 자문 정책기획위원장 임경호가 대통령에게 힘주어 말했다. 그들은 지금 대통령 집무실에서 나와 양탄자가 깔린 복도를 걷고 있었는데, 대통령은 행정수도개발위 위원들과 오찬을 함께 하려고 식당으로 가는 중이었다. 집무실에서 오찬장까지는 걸어서 6분 30초가 걸렸다. 그 시간을 임경호가 배정받은 것이다. 지금까지 임경호가 면담 신청을 하면 제1부속실에서는 즉각 시간을 만들었다. 대통령의 지시였기 때문이다. 대통령이 생각에 잠긴 표정으로 희미하게 머리만 끄덕였으므로 임경호는 차분하게 말했다.

"대기업들이 쥐고 있는 현금만 내놓으면 경제는 당장 활성화됩니다. 아직까지 현금을 쥐고만 있는 것은 결국 정부와 국가에 대한 사보타지나 다름없습니다."

대통령이 머리를 끄덕였고 임경호의 말이 이어졌다.

"투자 분위기가 조성되지 않았다고들 하는데 그들이 내놓는 이유는 모두 근거 없는 루머 수준이거나 왜곡된 사고에서 나온 의도적인 변명입니다, 이번에는…."

"알았습니다."

오찬장 입구가 보이자 대통령이 마침내 결심한 듯 말했다.

그날 저녁 청와대 본관 소식당에는 10여 명의 직원이 모였다. 모두

40대 초·중반으로 비서실의 핵심 멤버들이었다. 미리 준비해놓은 식탁 위에는 찬이 풍성했고 소주가 여러 병 놓여 있었다. 그리고 분위기도 아주 밝았다.

"자, 건배."

건배를 이미 두 번이나 했지만 소주잔을 든 정책수석실의 백영석이 세 번째로 건배를 제의했다.

"위대한 한민족의 조국통일을 위하여!"

"위하여!"

일제히 소리친 모두가 단번에 소주잔을 비웠다.

"사라진 수구 꼴통의 시대에 조의를 표하며…."

누군가가 떠들썩한 목소리로 말했고 두어 명이 짧게 웃었다.

"선배님께서는 그동안 고생을 많이 하셨다고 들었습니다."

김성만을 향해 몸을 돌린 백영석이 말했다. 오늘 회식은 김성만의 청와대 입성을 축하하는 모임이었다. 이곳에 모인 13명의 비서실 직원은 모두 운동권 출신으로 대부분 김성만의 후배였다.

"앞으로 할 일이 많습니다, 형님."

"그런가?"

김성만이 건성으로 답하자 백영석의 말에 열기가 묻어났다.

"잘 알고 계시지 않습니까? 지금 우리들은 수구 기득권 세력과 선혈이 낭자한 전쟁을 치르고 있는 것입니다."

다시 소주를 들이켠 백영석이 김성만을 보았다.

"경제가 이 지경이 된 것도 대기업을 중심으로 한 기득권층의 조직적인 저항입니다. 그놈들만 타도하면 자금도 풀리고 경제가 활성화됩니다."

19

"그렇다고 생각하나?"

"그놈들이 배 두드리며 호의호식할 때 우리는 라면을 먹으며 투쟁했습니다. 우리는 얼마든지 견뎌낼 수 있습니다."

김성만은 잠자코 머리만 끄덕였다. 옆에 앉아 있던 민정수석실의 한지만이 말을 이었다.

"현 정권에 대한 불만을 조장하려고 놈들이 음모를 꾸미고 있지만 결국 민심은 부를 축적해놓고 호의호식하는 대기업과 부패한 기득권층에게 칼끝을 돌리게 되어 있습니다."

그러고는 한지만이 소리 없이 웃었다.

"그때는 진정한 개혁이 되는 것이지요."

"혁명이 되겠군."

김성만이 말을 받자, 술기운으로 얼굴이 붉어진 백영석이 머리를 끄덕였다.

"천지개벽이 됩니다. 단군 이래 오천 년 역사에서 최초인 위대한 개혁입니다."

"자, 한잔."

김성만의 잔에 술을 채운 한지만이 외쳤다.

"새로운 조국을 위하여 건배합시다."

"조금 피곤하구만."

점심을 마치고 나온 대통령이 어깨를 가볍게 흔들더니 뒤를 따르는 김형문을 보고 물었다.

"다음 스케줄은?"

"예, 2시 10분에 충남도의원단과 지역 발전 대책에 대한 협의가 있습니다.”

수행비서 김형문이 막힘없이 대답했다.

“그리고 3시 정각에는 장성 진급자들과 상견례가 있습니다.”

“충남도의원단과의 협의는 총리가 주관했으면 좋겠는데.”

대통령이 복도를 걸으며 말했다.

“비서실장한테 그렇게 말씀드리지, 난 그동안 조금 쉬겠다고.”

“그럼 장성 진급자 상견례는….”

“그 다음 스케줄은 뭐지?”

“3시 40분에 안형석 차장과 면담이 있습니다.”

“안 차장 면담 때까지 쉴 테니까 장성 상견례도 알아서 처리하라고 하지.”

“예.”

“난 집무실에서 쉬겠어.”

“알겠습니다.”

1년째 수행 비서를 해온 김형문인지라 대통령이 한마디를 하면 속에 있는 또 한마디 정도는 알아들었다. 대통령을 집무실 앞까지 모셔다 드린 김형문이 제1부속실로 돌아왔을 때는 오후 2시 5분 전이었다.

“한 시간 반 동안 쉴 수 있겠구먼.”

넥타이를 풀면서 김형문이 만족한 표정으로 말했다. 김형문의 시선이 옆 책상에 앉아 있는 김성만에게로 옮겨갔다.

“김 과장님, 저 잠깐 식당에 다녀올 테니 누가 찾으면 연락 주십시오.”

“예, 알았습니다.”

김성만이 선선히 머리를 끄덕였다.

"다녀오세요."

김성만이 제1부속실 소속 행정관으로 발령을 받은 지 오늘로 딱 열흘째가 되는 날이었다.

창가에 선 대통령은 푸른 잔디로 덮인 정원을 내려다보았다. 어젯밤에 내린 비에 정원은 아직도 물기를 머금고 있었다. 창틀에 두 손을 짚고 선 대통령은 눈을 가늘게 뜨고 텅 빈 잔디밭에 시선을 고정했다. 참으로 오랜만에 혼자 있는 시간을 갖게 된 것이다.

시간이 그야말로 눈 깜박 하는 사이에 지난 것 같았고 지난 2년 반이 지금까지 살아온 20년 세월보다 더 긴 것처럼 느껴지기도 했다. 그러나 현실을 떠올리면 어깨에 열 근이 넘는 쇳덩이를 올려놓은 것처럼 무겁고 답답했으며 기력이 떨어졌다.

지난해 경제는 3.7퍼센트 성장에 그쳤지만 그보다 국민들이 피부로 느끼는 실생활은 더욱 절박했다. 정부의 정책은 기득권 세력의 반발에 부딪혀 번번이 좌절했으며 이제는 반정부세력의 조직화마저 이루어지고 있는 상황이었다. 이른바 기득권층의 결집이다. 수구 보수 세력, 즉 자유민주주의와 시장경제를 추구한다는 세력이 조직을 결성하여 반정부 투쟁을 개시한 것이다. 아직 기반이 다져지지는 않았지만 경기 침체와 서민들의 불만을 조장하여 거대 세력으로 부상할 가능성이 아주 높았다.

그때 노크 소리가 들리더니 비서실장 박인식이 들어섰다.

"총리가 충남도의원들과의 협의를 마쳤습니다. 그리고…"

정색한 비서실장이 부동자세로 대통령을 보았다.

"군 장성들의 진급 상견례는 이미 모두 와서 기다리고 있는데 잠깐

가보시는 것이 어떻겠습니까? 총리나 국방장관이 대신한 전례가 없어서 그렇습니다."

"그렇다면…."

가늘게 숨을 내뱉은 대통령이 벽시계를 보는 시늉을 했다.

"10분쯤 후에 가도록 하지요."

"김성만 씨."

부속실장 오대성이 서둘러 오더니 김성만의 책상 앞에 섰다.

"지금 당장 대통령 집무실로 가서 대통령을 수행하시도록, 여기 일정표요."

오대성이 김성만에게 대통령의 일정이 적힌 서류를 내밀었다.

"행사 의전팀과 경호실에서 수행할 테니까 김 형은 수칙대로만 하면 돼요."

김성만이 엉겁결에 일어났지만 당황한 기색이 역력했다. 그러자 오대성이 씩 웃었다.

"김 과장이 식당에 있어서 김 형이 대신 나가는 겁니다. 긴장할 것 없습니다. 마음 편하게 갖고…, 수행비서 수칙은 알고 계시지요?"

"예, 압니다."

"자, 어서."

오대성이 턱으로 문을 가리켰다.

"대통령께서 나오시기 전에."

집무실을 나온 대통령이 힐끗 시선을 주었으므로 김성만은 숨을 삼켰다. 대통령과의 거리는 3미터에서 2미터, 1미터로 줄어들었다. 4천7

백만 대한민국 국민 중에서 대통령과 이만큼 가깝게 접근할 수 있는 사람은 아마 1백 명 미만일 것이었다. 그러나 무심하게 시선을 돌린 대통령이 앞장섰고 그 뒤를 비서실장, 경호실장, 의전팀 직원, 그리고 김성만이 뒤를 따랐다. 군단장급 진급사들과 상견례가 있는 것이다.

"격려 말씀을 해주시면 군의 사기가 올라갈 것입니다."

비서실장이 말하자 대통령은 머리를 끄덕였는데 걸음에 따라 흔들리는 것처럼 보였다. 이번 군 인사는 갑작스럽게 이루어져서 대통령이 군 지휘부를 완전히 교체할 작정이라는 소문이 파다했다. 대통령에게 붙어 선 비서실장이 말을 이었다.

"주적 삭제에 관한 말씀은 하지 않으시는 것이 나을 것 같습니다."

이번에도 대통령은 천천히 걸음을 옮길 뿐 대답하지 않았다. 군의 국방백서에 북한을 주적에서 삭제한 것을 말하는 것이었다. 한나라당은 북한은 변하지 않았는데 남한만 백기를 들고 투항한 꼴이라며 흥분하고 있었지만 결국 금방 잊힐 것이었다. 그보다 백배는 더 중요한 일들도 그렇게 무관심하게 넘어갔다.

"혹시 변절자는 아닐까?"

이맛살을 찌푸린 백영석이 웅얼대듯 말했다.

"어쩐지 찜찜하단 말이야."

"이봐, 그건 신경과민이야."

한지만이 말하고는 입맛을 다셨다.

"교도소에서 나온 이후로 13년 동안 활동을 하지 않았다는 것만으로 변절자라 할 수는 없단 말이야. 그리고…."

"김동만 의원 사촌형이기도 하잖아?"

"그래, 김 의원의 보증으로 이곳에 왔지. 김 의원이 설마 변절자를 데려왔겠어? 아무리 사촌형이라도 말이야."

"그럼 13년 동안 한 번도 나타나지 않은 이유는 뭘까?"

"그런 사람 의외로 많아."

한지만이 자신 있게 말했다.

"격렬하게 투쟁하다가 어느 정도 민주화가 이루어지자 생업으로 돌아간 사람들 말이야. 김성만 씨도 그런 부류로 봐야 돼."

청와대 정책기획 사무실 안이었다. 안쪽 소파에서 마주보고 앉은 그들의 옆으로 직원들이 지나가자 한지만이 목소리를 낮췄다.

"그리고 당신은 김성만 씨가 얼마나 골수분자인지 몰라서 그래. 그런 사람은 쉽게 변하지 못한다구."

장군들과의 상견례는 부드러운 분위기에서 끝났다. 대통령은 비서실장이 조언한 대로 군을 믿고 있다는 등, 고생이 많다는 등 격려의 말을 서너 차례 했는데 장군들은 그것만으로도 아주 감동한 표정이었다. 김성만의 눈에는 그 감동을 받은 표정이 오히려 일반인에게서보다 더 진하게 느껴졌다. 군인들의 성품이 단순하기 때문일 것이다. 접견장을 나온 대통령이 손목시계를 보는 시늉을 했으므로 의전 비서관이 서둘러 말했다.

"3시 40분에 집무실에서 안형석 차장과 면담이 있습니다."

"그러면 20분 정도 시간이 있군."

대통령의 시선이 옆쪽의 김성만에게로 옮겨졌다.

"처음 보는 얼굴인데, 김 과장 대신인가?"

"예, 김성만이라고 합니다."

얼떨결에 김성만이 대답하자 비서실장이 거들었다.

"저, 김동만 의원 사촌형이랍니다."

근무 첫날, 신고를 했을 때에도 비서실장은 이미 알고 있었던 것이다.

"허어, 그래요?"

눈을 둥그렇게 떴던 대통령이 곧 얼굴을 펴며 웃었다.

"반갑구만."

"모시게 돼서 영광입니다."

"우리 자주 세상 이야기나 좀 나누지."

대통령이 은근한 시선으로 김성만을 보았다.

"내가 동만이하고는 격의 없는 이야기를 자주 했어."

"우리가 무능하다구?"

정책기획수석 강대현이 쓴웃음을 짓고는 신문을 내려놓았다.

"정말 단순한 놈들이군."

"배부른 놈들의 머리 회전이 의외로 늦다는 말도 있습니다."

백영석이 맞장구를 쳤다. 민정수석실의 한지만이 제 사무실로 돌아간 후 백영석이 강대현의 방에 와 있었다. 강대현은 마른 체격에 눈빛이 날카로워서 인상이 아주 차가워 보였다. 보안법 위반으로 두 번에 걸쳐 4년 형을 살고 나온 강대현은 청와대에 근무하는 민주화 세력의 구심점 역할을 하고 있었다. 그러나 극도로 언론에 노출되는 것을 꺼려 강대현의 이름은 거의 알려지지 않았다. 강대현이 안경알 밑의 차가운 시선으로 백영석을 보았다.

"올해 상반기가 한계야, 가을이 되면 아마 폭발할 거야."

26

"그때는 세상이 바뀌는 것이죠."

백영석이 자신 있게 말했다.

"민중의 함성을 아무도 막을 수 없습니다."

그러고는 백영석이 눈을 빛내며 웃었다.

"준비는 다 되어 있습니다, 수석님."

"그런데…."

강대현이 생각났다는 듯한 표정을 짓고는 백영석을 보았다.

"그, 김동만 의원 사촌형 김성만 말이야."

안경을 추켜올린 강대현이 말을 이었다.

"김성만은 학번으론 내 2년 후배뻘이지만 이른바 이론파였어. 행동
대를 교육하는 역할을 맡아서 몸으로 뛰었던 우리하고는 거의 접촉하
지 못했지. 하지만…."

강대현이 긴장한 백영석을 향해 입술을 비틀며 웃어 보였다.

"김성만을 아는 몇 사람한테 물어봤더니 안심해도 되겠어. 김성만은
심약한 성품이어서 대외 활동은 극력 사양했다는 거야. 중량급이었지
만 교육부장, 연수단장직이나 맡았다고 하더군. 격렬한 시기에는 어울
리지 않는 사람이지."

"그래서 조금 전에도 한 비서관하고 김성만 씨 이야기를 했습니다.
한 비서관도 김성만 씨가 골수분자였다고 하더군요."

"우리에게 필요한 사람이야. 김동만 집안이니까 믿을 만도 하고."

강대현이 정색하고 말했다.

"앞으로 김성만의 역할이 커, 그 어느 때보다도 더."

"안 차장하고 면담이 끝나면 비서실 수석회의가 있는데…."

의전팀 직원이 김성만에게 말을 걸었다. 가슴에 찬 신분증에는 정호선이라는 이름이 적혀 있었다.

"4시 반에 시작할 예정이지만 안 차장 면담이 길어지면 다음 일정은 주르르 미뤄지게 된단 말입니다."

정호선이 둥근 얼굴을 펴고 웃었다.

"지난번에도 안 차장이 30분을 더 잡아먹어서 일정 하나를 빼야 했다니까요."

집무실이 대각선으로 보이는 복도 건너편에는 수행원들을 위한 의자가 나란히 놓여 있었는데 김성만과 정호선, 그리고 경호실 직원 셋이 나란히 앉아 안형석이 나오기를 기다리고 있었다. 김성만은 손목시계를 보았다. 4시 20분이었다. 안형석 차장과의 면담은 이미 5분이 지나 있었다. 그때 앞쪽 집무실의 문이 열리더니 안형석이 나왔다. 기다리던 셋이 일어서자 안형석의 시선이 세 명을 훑었다.

"김성만 씨가 누구요? 대통령께서 찾으시는데."

안형석이 눈으로 집무실을 가리켰다.

"기다리고 계시니까 들어가 보세요."

집무실로 들어선 김성만은 창가에 선 대통령의 뒷모습을 보았다. 팔짱을 끼고 선 대통령은 창밖의 정원을 내다보고 있었는데 인기척을 들었을 텐데도 움직이지 않았다. 집무실 복판에 선 김성만이 가볍게 헛기침을 하자 그때서야 대통령이 몸을 돌렸다.

"아, 김성만 씨."

부른 것을 잊고 있었다는 것처럼 조금 놀란 표정이었다.

"거기 앉아."

눈으로 앞쪽 소파를 가리켜 보인 대통령이 먼저 자리에 앉았다. 김성만이 조심스럽게 앉자 대통령이 눈을 가늘게 뜨고 말했다.

"내가 조금 전에 동만이한테 전화했었어."

눈만 껌벅이는 김성만을 향해 대통령이 말을 이었다.

"대학 시절에 대단했다면서? 지금 청와대에 들어온 386후배들도 대부분 가르쳤다던데, 사실이야?"

"그 정도는 아닙니다. 다만…."

"아, 말 안 해도 알아."

손을 들어 보인 대통령이 금방 정색하고 김성만을 보았다.

"요즘 어때?"

"무슨 말씀이신지요?"

"분위기 말이야. 생활 말이지. 사는 것이라고 해야 하나?"

대통령의 시선을 받은 김성만이 당황한 듯 손으로 뒷머리를 쓸었다.

"민심을 말씀하시는 겁니까?"

"그렇지."

"아주 좋지 않습니다."

김성만이 대통령의 시선을 정면으로 받았다.

"모든 게 엉망입니다."

"…"

"택시를 타면 쿠데타가 왜 안 일어나는지 모르겠다고 공공연하게 말합니다. 쿠데타라도 일어나야 이 정권이 뒤집힌다는 겁니다."

"…"

"저도 청와대로 첫 출근을 하던 날 택시를 탔다가 택시 운전사가 내리라고 하는 바람에 택시에서 쫓겨났습니다. 청와대 직원은 태우지 못하겠다는 겁니다."

"…."

"수구 세력이니, 극우파니, 기득권 세력의 불만이 아닙니다. 대통령님, 우리 서민들이 못 살겠다고 아우성을 치고 있는 것입니다."

"…."

"돈 없고 힘없는 서민들이 지금 가장 고통 받고 있는 것입니다. 그들은 대기업이나 기득권층, 수구 보수 세력의 방해로 이렇게 된 것이 아니라는 것을 다 압니다. 그 이유는 단 하나 , 무능한 정권 때문이지요."

그러고는 김성만이 고개를 숙이더니 거칠고 긴 숨을 내뱉었다.

"대통령께서 집권하신 지 2년 반이 훨씬 지났습니다. 이제는 국정 운영이 잘못되었다는 것을 깨닫고 반성해야 할 때인데 경제나 사회정책을 책임지고 운용했던 그 어느 누구도 나서지 않습니다. 아직까지도 수구 세력이니 대기업, 기득권층 때문이라는 핑계만 대고 있습니다. 저는 그런 인간들이 진짜 매국노이고 역적이라고 생각합니다."

"…."

"대통령님의 뒤에 숨어서 제 주장만 늘어놓는 자들이지요. 겉으로는 대통령님이나 주위 사람에게 겸손한 척 위장하고 있지만 제 신분이 불확실하기 때문에 나서지 못하는 것입니다. 주사파 출신에다 체제를 부정한 자들이거든요."

"그럼 이 상황이 어떻게 진행될 것으로 생각하나?"

대통령이 가라앉은 목소리로 묻자 김성만이 고개를 들었다. 두 눈이 번들거리고 있었다.

"이건 제 생각입니다만, 이런 상황이 계속된다면 국가는 더 큰 혼란에 빠질 겁니다."

"…."

"YS, DJ 정권 10년 동안 민주화니, 개혁이니, 화해니 하면서 남북으로 분단된 나라가 다시 동서로 찢기고 그것도 모자라 이념 갈등으로 갈가리 찢겼지만 그런대로 넘어갔습니다. 외환위기 때는 전 국민이 단결하여 금 모으기를 하는 애국심도 보였습니다. 하지만…."

김성만이 일그러진 얼굴로 대통령을 보았다.

"대통령님이 집권하신 2년 반 동안에 그전 2대에 걸친 10년간 쌓였던 갈등 이상으로 국가가 분열되었습니다. 이런 상황이 계속 되면 결국 망하는 수밖에 없습니다."

"심하군."

"대통령님이 의도적으로 나라를 이런 분열 상태로 몰고 간다는 소문도 있습니다. 국민의 불만을 계속 증폭시킨 후에 계획한 방향으로 그 불만을 폭발시킨다는 것입니다."

"허어."

"대통령님께서 청와대에 앉아 있다고 여론이 이런 상황까지 되어 있는 것을 모르실 리가 없습니다. 저도 얼마 전까지 택시 운전을 했는데 손님들 십중팔구는 대통령님을 욕했습니다. 듣기에도 거북한 욕설입니다. 저는 전두환 정권 때 운동권이었지만 오히려 그 시절보다도 적의를 품은 민중이 더 많고 더 격렬한 것 같았습니다."

"이제 그만."

마침내 머리를 든 대통령이 정색하며 말했다.

"잘 들었어. 이제 그만 돌아가 보지."

"대통령께서 부르셨다고요?"

부속실장 오대성이 은근한 시선으로 김성만을 보았다. 김성만이 부속실로 돌아오자마자 오대성이 다가온 것이다.

"예."

김성만이 책상 앞에 선 오대성을 고개를 들고 바라보았다. 40대 후반의 오대성은 대통령과 동향으로 국회의원 시절에 비서관을 지낸 인연이 있었으나 운동권 출신은 아니었다.

"그냥 세상 돌아가는 이야기를 물어보셔서."

"그렇습니까?"

옆에 놓인 의자를 당겨 앉은 오대성이 또 물었다.

"전에 제가 모시고 있을 때는 자주 소주를 드시면서 세상 이야기를 나누곤 했지요. 대통령께서는 아주 인간적인 분입니다."

"아아."

"감성이 예민해서 정이 많으시지요. 아마 역대 대통령 중에서 가장 인간미가 넘치는 분일 겁니다."

"아, 예."

김성만이 머리를 끄덕이자 오대성은 길게 숨을 뱉었다.

"기득권 세력이 대통령을 대통령으로 인정해주지 않는 것이 문제지요. 특히 조선일보, 동아일보가 말입니다."

그러고는 오대성이 갑자기 생각난 듯 눈을 크게 뜨고 물었다.

"대통령께서 무슨 말씀 안 하시던가요?"

"아뇨. 별로."

정색한 김성만이 머리를 저었다.

"별 말씀 없으셨습니다. 그냥 듣기만 하셨습니다."

아침 식탁에 올갱이국이 놓여 있자 대통령은 웃음을 띠었다.

"음, 맛있겠다."

"올갱이 맛이 괜찮아요."

권 여사가 마주보고 앉으며 말했다. 찬이 대여섯 가지에 잡곡밥으로 여느 서민 가정의 식탁보다 나을 것이 없었다. 잠자코 국을 떠먹던 대통령이 머리를 끄덕였다.

"맛있군. 옛날 부산에서 먹었던 맛하고 같네."

"그 해장국집이 지금도 있는지 몰라. 당신하고 같이 갔던 영도의 무슨 집이더라?"

"마산집이었지."

"그래요, 마산집. 난 자꾸 잊어먹어. 10년도 안 되었는데."

"지금도 있을 거야. 대를 이어서 해오는 소문난 집이니까."

"대통령 그만두면 그 집부터 먼저 가봅시다."

권 여사가 말하고는 시선이 마주치자 빙긋 웃었다.

"벌써 2년 반이 지났어요. 시간은 금방가요, 여보."

"서민들이 죽겠다고 한다는데…, 무능한 정권 만나서."

대통령이 불쑥 말하자 권 여사의 표정이 굳어졌다. 주위를 둘러본 권 여사가 어깨를 내리면서 숨을 뱉었다. 식당 안에는 둘뿐이었지만 목소리를 높이면 담당직원이 들을 수도 있었다.

"소신껏 해요, 여보. 하지만…."

"왜, 곧 잘 풀릴 거라고 하지 않았소. 그런데 당신 말대로 벌써 2년 반이 지났어."

다시 올갱이국 한 모금 삼킨 대통령이 얼굴을 펴고 웃었다.

"정말 세월이 빨리 가는구만. 처음 얼마 동안은 더디게 가는 것 같더니만."

"투자만 일어나면 다 해결됩니다."

임경호기 차분한 목소리로 말하고는 대통령을 바라보았다.

"대기업들이 쥐고 있는 이익잉여금만 풀면 경기는 금방 회복됩니다."

집무실 안이었다. 오늘도 대통령은 집무실로 출근하자마자 임경호를 불러 경제 대책을 논의했는데 여느 때처럼 주로 듣는 편이었다. 임경호는 성실한 태도에다 경제 정책에 대한 해석이 뛰어나서 대통령에게는 둘도 없는 교사였다. 게다가 임경호는 대통령 직속의 28개 위원회를 장악하고 있었다. 명실공히 대통령의 두뇌 역할을 하고 있는 것이다. 임경호가 말을 이었다.

"삼성과 현대자동차, LG그룹이 곧 움직일 것 같습니다."

오늘의 빅 뉴스였으므로 임경호의 목소리에 활기가 묻어났다. 그러나 대통령은 이와 비슷한 보고를 지금까지 열 번도 더 들었다. 그러나 대기업의 지분 과반수가 이미 외국계 투자자에게 넘어가 있는 상황이었다. 한국의 경영진 마음대로 투자할 수 없다는 것을 대통령도 잘 알고 있었다.

"임 위원장님."

대통령이 부르자 임경호가 정색했다.

"예, 대통령님."

"경제는 쉽게 말해서 국민들을 잘살게 하는 것 아닙니까?"

"그, 그렇습니다."

"그런데 경제 외적인 문제들이 투자 의욕을 감소시키고 소비를 위축

34

시키고 있다는데…"

지금까지 임경호는 외적 문제들을 요인으로 열거하기는 했지만 크게 부각시키지는 않았다. 그것은 자신의 영역을 벗어난 정치적인 문제였기 때문이다. 대통령이 눈만 크게 뜬 임경호를 향해 웃어 보였다.

"이대로 간다면…"

한나라당 원내총무 고길용이 침울한 표정으로 말을 이었다.

"우리도 같이 망하는 수밖에 없어요. 그런데…"

고길용이 앞에 앉아 있는 정책위원장 한영규를 향해 얼굴을 일그러뜨리며 웃었다.

"이제는 국민들도 저 빌어먹을 놈들이 뿌린 독가스에 중독이 되어버린 것 같아. 모두 기력을 잃고 있는 것이 말이오."

"환멸입니다, 환멸."

한영규가 뱉듯이 말했다.

"정치에, 경제에, 그리고 대한민국에 대한 환멸이 널리 퍼져 있는 겁니다. 그래서 우리가 기를 써도 미동도 않는 거죠."

"정말 큰일 났어."

"저놈들이 물귀신처럼 우리를 끌어당기고 있는 거예요."

점심을 마친 두 사람은 지금 중국 음식점의 한 방에서 이야기를 나누고 있는 중이었다.

수도 이전은 헌법재판소의 위헌 판결로 일단은 정권의 횡포를 막았지만 4대 입법은 아직도 국회에 상정 중이었다. 그리고 4대 입법안에 대한 여론이 한 달 사이에 10퍼센트나 찬성으로 돌아섰다. 아직 반대 여론이 60퍼센트 대를 유지하고는 있지만 한영규의 분석에 따르면, 국민은 모든 것에 환멸을 느끼고 있었다. 국민은 한나라당에도 기대를 걸고 있지 않는 것이다.

"우리가 더 강력하게 나가야 돼."

고길용이 혼잣소리처럼 말했다. 그러나 무기력한 표정이었다. 당내에 강온파가 나뉘어 있는 데다 예전처럼 당 지도부의 지휘도 먹혀들지 않았다. 그것은 박근혜 대표가 유약해서가 아니라 최우열이 지금 대표로 있다고 하더라도 마찬가지일 것이었다.

"우리는 업보를 짊어지고 있어요."

한영규가 마침내 가슴속에 묻어두었던 말을 뱉었다. 한나라당 의원 모두가 알고 있는 사실이지만 금기로 여기고 있던 말이었다. 길게 숨을 내쉰 한영규가 한마디 덧붙였다.

"이 업보를 깨뜨릴 전기나 계기가 필요한 것입니다. 그것이 한나라당뿐만 아니라 대한민국을 위해서도 필요하단 말이에요."

그 시간, 김성만은 청와대 본관 2층 대기실에서 정책기획수석 강대현과 마주앉아 있었는데 분위기는 아주 좋았다. 다른 비서진들과 식사한 후 강대현이 김성만을 불러 둘이서 이곳으로 옮겨온 것이었다. 커피잔을 든 강대현이 부드러운 표정으로 김성만을 보았다.

"요즘 민심이 좋지 않지요?"

김성만이 눈만 껌벅이자 강대현은 빙긋 웃었다.

"조동 놈들이 아우성을 치면서 선동하고 있지만 이젠 쇠귀에 경 읽는 꼴이 될 거요."

커피 잔을 두 손으로 감싸 쥔 강대현의 표정은 은근했다.

"이미 늦었어요. 꼴통들이 전열을 갖출 수도 없겠지만, 설령 지금 그런다고 한들 이 세상은 곧 주체사상으로 무장한 우리 민중민주주의 세력이 완전히 장악할 테니까.”

“그렇습니까? 저는”

“여기 온 지 며칠 되지 않아서 분위기를 잘 모르겠지만”

머리를 끄덕인 강대현의 얼굴이 어느새 차갑게 굳어 있었다.

“작업은 DJ 시절부터 본격적으로 준비해왔다고 봐야해. 참여 정부에서 우리가 표면으로 부상한 것뿐이지. 정치권이나 정부, 또는 권력 주변에 나타난 우리를 보고 보수 놈들은 질색을 해대지만 이미 DJ 시절의 5년 동안 착실하게 기반을 닦아온 거요.”

“그렇습니까?”

“DJ가 우리 대통령을 왜 밀었을 것 같소?”

강대현이 불쑥 묻더니 제가 곧 대답했다.

“단 한 가지, 이념의 계승이지요.”

“…”

“그 당시 순진한 이인수 후보는 마지막에 가서야 눈치를 챘지만, 행차 후에 나팔 부는 꼴이 되었지요.”

그러더니 강대현이 테이블 위로 상반신을 굽히며 김성만을 보았다.

“김 동지, 이미 대세는 결정되었어요. 앞으로 몇 개월 후면 대기업과 수구 세력, 졸부들은 민중의 표적이 되어 타도될 거요. 그 누구도 이 역사의 도도한 흐름을 거스를 수 없소.”

강대현의 목소리에 뜨거운 열기가 느껴졌다.

“이제 한민족의 새로운 시대가 탄생할 거요. 그것도 우리들의 손으로.”

"6자 회담의 성과가 없더라도 남북 간의 유대와 공조는 점차 두터워질 것입니다."

안형석이 말하자 대통령은 머리를 끄덕였다.

지금까지 남한은 북한과의 유대와 공조를 다지기 위해 최선을 다해 왔다고 해도 과언이 아니다. 대통령이 나서서 미국과의 동맹 관계가 위태로울 지경에 이른 것도 모두 북한 정권의 신뢰를 얻기 위해서가 아니었던가. 그것은 결국 남북한의 평화뿐만 아니라 한미 간 동맹 관계에도 득이 될 것이다. 평화적 방법으로 북한 핵문제를 해결하되, 그 주역은 당사자인 남북한이 되어야 했다. 민족의 생존과 함께 자존심이 걸린 문제인 것이다.

"그런데…."

대통령이 신뢰로 가득 찬 눈빛으로 안형석을 보았다.

안형석은 DJ 시절부터 대북관계에 간여했다가 참여정부가 들어서면서 대북관계와 안보 분야의 최고위 참모가 되었다. 대통령의 최고위 참모는 국정의 실세 중 실세인 것이다. 안형석의 위치는 본인이 앞에 나서기를 사양하고 있었지만 외교 안보 분야의 조타수나 마찬가지였다. 노무현 선장 휘하의 조타수인 것이다. 정권뿐만 아니라 일반 기업체에서도 최고 경영자의 신임을 받는 측근이 실세가 된다. 비서실의 팀장이 해당 임원을 턱으로 부리는 것과 같은 맥락일 것이다.

"그런데 김명환이란 이름은 오늘 처음 듣는 이름인데, 김정일의 핵심 참모겠지요?"

"예, 비밀회담을 주선하고 있는 오학실의 말입니다만 김명환은 당 조직 지도부 제1부부장으로 새로 부상한 김정일 위원장의 측근 중 최측근이라고 합니다."

안형석이 정색한 얼굴로 말했다.

"김정일 위원장의 심복이나 다름없다고 했습니다."

"으음."

다시 머리를 끄덕인 대통령이 가늘게 숨을 뱉었다. 집무실 안에는 한동안 정적이 흘렀다. 안형석은 내일 밤 베이징으로 날아가 김정일의 최측근 김명환을 만나기로 되어 있었다. 주선해준 인물은 베이징에 사무실을 둔 북한 천리마 무역의 대표 오학실이었다. 이윽고 대통령이 방 안의 정적을 깨뜨렸다. 대통령은 성격상 정적을 오래 지속시키지 않았다.

"정상 회담에 모든 걸 건다는 인상을 주면 안 돼요. 안 차장이 물론 잘 알겠지만."

"예, 대통령님."

"나는 솔직히 이벤트성 만남은 싫어. 획기적이고 가시적인 성과가 있어야 해."

"알고 있습니다, 대통령님."

"우리도 할 만큼 했어요. 이제는 김정일 위원장이 우리에게 뭔가를 보여줘야 해."

"그렇습니다, 대통령님."

대통령이 길게 숨을 내쉬었다. 이제는 지난번 김대중 대통령처럼 김정일을 만났다는 사실만으로 감동을 받을 국민은 없다. 높은 단계인지 낮은 단계인지 하면서 알쏭달쏭한 연방제 따위로 금방 뭐가 될 것 같이 국민을 현혹시킬 수도 없고 그냥 넘어가지도 않을 것이다. 눈에 보이는 성과가 필요했고 남한은 최선을 다한 것이다. 동맹국 미국의 심기를 건드리면서까지 마치 외줄타기를 하는 것처럼 2년여를 보냈다. 대통령이 혼잣말처럼 말했다.

"김정일 위원장이 내 진심을 이해해야 할 텐데."

"시흥으로 갑시다."

김성만이 말하자 운전사는 룸미러를 보더니 잠자코 택시를 출발시켰다. 광화문 코리아나 호텔 앞이었다. 밤 10시가 조금 지났을 뿐이지만 도심은 황량했다. 6월 초여서 시기상으로는 아직 봄이라고 할 수 있었지만 날씨는 무더웠다. 마치 한여름 밤 같았다. 시트에 등을 묻고 앉은 김성만이 문득 룸미러를 보았을 때 운전사와 시선이 마주쳤다. 40대 후반쯤의 얼굴이었지만 흰머리가 듬성듬성해서 그 이상인지도 몰랐다.

"저도 한 달 전까지만 해도 택시를 몰았습니다."

불쑥 김성만이 말하자 운전사는 머리까지 돌려 훑어보았다. 거친 인상이었지만 입가에 웃음기가 떠올라 있었다.

"아이구, 그러시구만. 그런데 지금은 뭘 하쇼?"

"기업체에 취직했습니다."

"다행이네요."

운전사가 앞쪽을 향한 채 머리를 끄덕였다.

"요즘은 IMF 때보다 몇 배 더 불황이여, 그러니 회사에서 월급 받는 게 훨씬 낫지요."

"그렇죠."

"이젠 대통령 욕하는 것도 지쳤수다. 손님들도 다 그러더라구."

"그렇습니까?"

"공무원들까지 빨갱이 교육을 받는 세상이 되었어. 빨갱이 욕을 하

40

면 오히려 기관에서 잡아갈까 겁나는 세상이 되었다니까.”

운전사의 목소리에 열기가 느껴졌다.

“이젠 김정일이 바라는 적화통일이 되는 길밖에 없어. 다 그렇게 되어가고 있더라구.”

“설마 그렇게야 되겠습니까?”

“돈 있는 놈, 대기업을 다 없애면 바로 이북하고 같은 조건이 된단 말이오, 이 양반아. 열심히 일해서 재산을 모은 사람도 다 빼앗기게 되지. 또 있는 놈들은 계속 무조건 두들겨 팰 테니까.”

“…”

“빨갱이 새끼들이 완장을 차고 몰려다닐 테지. 그러고는 바로 김대중이가 말하던 고려연방으로 통일이 되는 거야.”

“…”

“다 김대중이 때부터 만들어진 각본이야. 이젠 나 같은 택시 운전사도 다 안다고.”

“그럼 어떻게 하면 되겠습니까?”

이제는 김성만이 불쑥 묻자 운전사는 택시의 속력을 떨어뜨렸다. 택시는 용산을 지나고 있었다.

“나도 별 생각을 다 해봤는데, 본래 택시 운전사는 온갖 손님을 다 만나게 되어서 말이오.”

운전사가 다시 룸미러로 김성만을 보았다. 목소리가 조금 가라앉았고 얼굴에는 그의 말대로 지친 기색이 떠올랐다.

“얼마 전까지만 해도 쿠데타라도 일어났으면 좋겠다는 손님이 많았는데 지금은 그것도 드물어졌어. 아마 군대에도 빨갱이가 심어져서 꼼짝 못 하게 돼버린 모양이여.”

"…."

"방법이 없어. 이렇게 망하는 수밖에."

어깨를 늘어뜨린 채 머리를 흔들던 운전사가 코웃음을 치며 말했다.

"노무현이가 확 뒤집어버린다면 모를까."

그러더니 제 말에 제가 대답했다.

"어려울 거여, 지금은 나가도 너무 나갔어."

택시에서 내린 김성만은 대로를 벗어나 일차선의 오르막길로 들어섰다. 김성만은 20평형짜리 연립주택에서 살고 있었는데 고등학교 3학년인 아들 진수와 세 식구였다. 밤에는 일차선 도로가 주차장이 되어버리는 바람에 겨우 사람만 빠져나갈 수 있는 좁아진 길을 김성만은 힘들게 걸어 올라갔다. 연립주택이 경사지에 자리하고 있어 정옥진은 종아리가 굵어졌다고 늘 불만이었다.

그때 바지 주머니에 넣어둔 휴대전화의 진동이 울렸다. 발신자 번호를 본 김성만은 서둘러 덮개를 열었다. 김동만의 전화였던 것이다. 그로부터 20분쯤 후 김성만은 대로변의 조그만 카페에서 김동만과 마주 앉아 있었다.

커피를 시키고 났을 때 김동만이 정색한 얼굴로 김성만을 보았다. 김동만은 지나가는 길에 연락했다지만 아마 퇴근 시간에 맞춰 집 근처에서 기다리고 있었던 것 같았다.

"형님."

카페 안에는 젊은 남녀 한 쌍과 그들 둘뿐이었지만, 김동만은 목소리를 한껏 낮추어 말했다.

"며칠 전에 대통령하고 독대를 하셨다면서요?"

"했지."

예상하고 있었다는 듯이 김성만이 바로 대답했다. 그러자 김동만이 더 목소리를 낮췄다.

"무슨 이야기를 하셨습니까?"

"세상 분위기를 물으시기에 말씀드린 것뿐이야."

"어떻게요?"

"그저 있는 그대로."

그러고는 김성만이 미간을 좁히며 김동만을 보았다.

"청와대에서 너한테 보고해주는 사람이 있는 모양이지? 그 일 때문에 온 거냐?"

"예."

"대통령께서 화가 나셨다고 하더냐?"

"왜요?"

"내 말씀을 듣고 말이야."

"그러셨을 것 같습니까?"

김동만이 되묻자, 김성만은 쓴웃음을 지었다.

"나한테 물으면 어떡해? 너한테 전해준 사람이 얘기 안 해주더냐?"

"대통령께서 직접 전화하신 겁니다."

그 순간 김성만의 몸이 굳었고, 김동만의 말이 이어졌다.

"형님에 대해서 물으시더군요. 둘이 많은 이야기를 나눴다면서."

"…"

"정직하고 성실한 사람 같아 보인다고 하셨습니다. 대통령한테서 그런 칭찬을 들은 사람은 아직 몇 명 안 됩니다, 형님."

"난 있는 그대로 깠는데."

불쑥 김성만이 말하자 김동만이 눈을 크게 떴다.

"무슨 말씀입니까?"

"정권을 혹독하게 비판했다고. 이대로 간다면 어쩌면 나라가 망한다고 했어. 대통령이 의도적으로 국가를 이런 상황으로 끌고 가는지도 모르겠다고도 했지. 그리고 계획한 대로 언제 국민의 불만을 폭발시킬 거냐고도 했고."

"…"

"내가 할 말은 거의 다 했어. 그리고 각오도 했고."

"보세요."

그러고는 김동만이 어깨를 늘어뜨린 채 길게 숨을 뱉었다.

"대통령은 역대 여느 대통령과 다릅니다. DJ는 죽을 고비를 넘겼다고 했고 , YS는 단식 투쟁을 하면서 역경을 견딘 이야기를 하지만 우리 대통령에 비교하면 탄탄대로를 밟아온 사람들입니다."

김성만의 굳어진 모습을 본 김동만이 쓴웃음을 지었다.

"누구는 돌출 행동이 열등의식이나 자격지심 때문이라고 하지만, 저는 그것을 대통령 나름대로의 생존 방법으로 이해합니다. 옆에서 본 대통령은 적응력이 강했고, 때에 따라서는 무서운 돌파력을 보이면서 결코 좌절하지 않았지요."

"…"

"역대 어느 대통령보다 가능성이 많은 분입니다, 형님."

"어떤 가능성 말이냐?"

정색한 김성만이 묻자, 이번에는 김동만이 바로 대답했다.

"꿈을 이룰 가능성 말입니다."

김성만은 눈만 부릅떴고 김동만의 말이 쏟아 붓듯 이어졌다.

"대통령이 형님의 그런 폭언을 듣고서도 칭찬했다는 것은 아직 귀가 닫히지 않으셨다는 증거 아닙니까? 형님은 그것만으로도 가능성이 있다고 보지 않습니까?"

"그런데 그 꿈이 무엇인데?"

김성만이 다시 물었을 때, 김동만은 눈을 가늘게 뜨고 앞쪽의 벽을 바라보고 있었다. 그러더니 혼잣소리처럼 말했다.

"국민들의 소망이죠, 뭐…."

"자, 한잔."

술잔을 든 박대구가 말했다. 일을 마치고 돌아온 박대구는 동네 슈퍼마켓 안에서 비디오가게 주인 오 씨와 소주를 마시고 있었다. 한 모금 소주를 삼킨 박대구가 안주로 구운 오징어를 집어 들었다.

"집에 오기 전에 광화문에서 시흥 가자는 손님을 하나 태웠는데…."

오징어를 씹던 박대구가 눈을 가늘게 뜨고 오 씨를 보았다.

"그 친구도 택시 운전을 하다가 그만두고 이젠 회사에 취직했다더군. 그런데…."

오 씨의 시선을 받은 박대구가 쓴웃음을 지으며 말을 이었다.

"그 친구가 불쑥 나한테 대통령이 어떻게 했으면 좋겠느냐고 묻더란 말이야. 내가 막 퍼붓고 난 참이었는데."

"그래서?"

시큰둥한 표정으로 오 씨가 묻자, 박대구는 어깨를 축 늘어뜨리고 길게 숨을 뱉었다.

"난 이미 대통령이 나가도 너무 나가서 이제 망하는 수밖에 없다고 대답해버렸어."

"허어."

"그러고 났더니 왠지 온 몸에 힘이 빠지고 일할 기분도 안 들어서 그 냥 돌아온 거야."

"손님이 없었기 때문이겠지, 핑계는."

소주 한 모금을 들이켠 오 씨가 빈정댔다. 서울 토박이인 오 씨는 박 대구와 동갑내기였는데, 요즘은 장사가 안 되어 그나마 하고 있던 비디 오가게 문을 닫을까 고민 중이었다. 이쪽도 IMF 때보다도 더 불황인 것 이다. 게다가 두 아들이 모두 실업자가 돼버렸고 작은아들은 카드빚이 5천7백만 원이나 되어서 신용불량자 신세였다. 박대구의 형편도 크게 나은 것이 아니었다. 박대구는 작년에 식당을 하는 처남한테 그동안 모 은 돈 4천만 원을 빌려주었다가 떼일 형편이었다. 처남이 솥단지를 들 고 나가 데모를 하다가는 잠적해버렸기 때문이다. 한때 잘되던 식당이 었지만 불황 바람을 맞아 지금은 월세도 내지 못하는 형편이었다.

"이 정권에서는 정말 희망이 없어."

박대구가 술기운으로 붉어진 얼굴을 들고 말했다.

"이제는 떠들 기력도 없어, 지쳤다구."

"그래도 장사만 잘되면 돼."

오징어를 씹으면서 오 씨가 말을 이었다.

"어떤 세상이 오더라도 말이야."

오 씨가 다시 술잔을 채우는 박대구를 쏘아보았다.

"당신도 나하고 마찬가지일걸? 택시 손님이 많아져봐. 경기가 좋아 져 하루 십만 원 벌이에다 비자금까지 챙기게 된다면 그런 소리가 쑥 들어갈걸?"

"에이, 넌 일제 강점기에 태어났으면 틀림없이 친일파가 됐을 것이다.”

“당근이지.”

정색한 오 씨가 대번에 머리를 끄덕였다.

“나 뒈지고 나서 뭐라고 하건 무슨 상관이냐? 인생 80년, 나만 편하게 살면 된다.”

“에이, 역적 같은 놈.”

“그래, 넌 충신 되어서 굶어 뒈져라.”

“역적도 같이 굶어 뒈지게 됐으니 다행이다.”

“흥.”

말문이 막힌 오 씨가 코웃음을 치더니 들고 있던 술잔을 내려놓고 길게 숨을 뱉었다.

“이 시발 놈의 정권.”

눈을 부릅뜬 오 씨가 마치 박대구가 정권이나 되는 것처럼 날카롭게 노려보았다.

“국민이 그냥 마음 편하게 먹고살게만 해달라는 것이 그렇게 어렵단 말이냐?”

“밀리면 안 됩니다.”

한유민이 단호한 표정으로 말했다.

“참여정부에서 지금까지 단 한 번도 기득권 세력의 방해를 받지 않고 정책을 추진해본 적이 있습니까? 방해만 받지 않았다면 2년 반 동안에 벌써 기반을 다졌을 겁니다.”

방 안에는 강세웅을 비롯한 개혁당 소속위원들에다 전 비서실장 인준상, 전 경남지사 조경규까지 일고여덟 명의 열린우리당 의원이 모여 있었다. 이들은 오늘 회의를 마치고는 우연히 저녁 술자리를 함께하게 된 것이다. 그러나 정치권 인사들에게 결코 우연이란 없다.

한유민의 말은 조리가 있고 명쾌했다. 제 아무리 많은 지혜가 쌓여 있다고 해도 정치인은 표현력이 생명이다. 한유민은 표정 관리는 미숙하지만 표현에 생동감과 설득력이 풍부했다. 그래서 젊은층의 지지를 많이 받았다. 한유민의 열띤 목소리가 이어졌다.

"이번엔 보안법을 기필코 관철시켜야 합니다. 지금이 아니면 다시는 기회가 없습니다."

맞는 말이었다. 4·30재보선에서 열린우리당은 23 대 0이라는 전무후무한 기록으로 대패했다. 청와대는 애써 무시했지만 이것은 향후 정국의 어려움을 예고하는 신호나 다름없었다. 이미 열린우리당은 과반수 의석을 상실한 것이다. 그때 인준상이 입을 열었다.

"일리가 있는 말씀이지만 조금만 더 기다려봅시다. 뭔가 모티브가 있어야 할 것 같아서 그럽니다."

"러시아 유전사건이나 행담도 사건 같은 돌출 변수가 또다시 일어나면 그땐 정말 늦습니다."

"요즘은 옛날하고 다릅니다. 수구 세력의 용공 조작이 오히려 역효과를 낼 테니까."

강세웅이 나섰다.

"하지만 경기 침체로 쌓인 불만이 여당으로 잘못 옮겨 붙으면 그땐 누구 말마따나 백약이 무효가 됩니다."

"맞는 말씀이오."

잠자코 있던 조경규가 입을 열었다.

"경기에 활력이 필요합니다. 기업의 사기가 올라야 하고 가장 중요한 것이 기업가에 대한 배려겠지요."

모두 입을 다물고 있었으므로 조경규가 좌우를 둘러보고 쓴웃음을 지으며 말했다.

"정말이지 기업가를 매도하는 분위기에서 경기 회복은 요원합니다."

"하지만…."

반문을 하려다 한유민은 어깨를 늘어뜨리고 한숨을 뱉었다. 이미 수없이 논의되었던 일이었다. 그것은 곧 부정부패로 얼룩진 과거로 다시 돌아가자는 말이었고, 결국 수구 기득권 세력의 끈질긴 저항에 참여정부가 굴복하는 셈이 되니 앞으로의 정국 운영은 더욱 힘들어질 것이 뻔했다. 한유민이 말을 이었다.

"국민들이 간과하고 있는 것이 있어요. 전두환 정권 때보다 지금 우리 대통령이 욕을 더 얻어먹고 있다는 것은 그만큼 민주화가 되었다는 것을 의미합니다. 그리고 국민들은 서민 대통령, 옆집 아저씨 같은 대통령에 익숙하지 못해서 혼란스러운 것입니다. 정말 나는 우리 대통령만 생각하면…."

목이 멘 한유민이 헛기침을 했고, 방 안에는 열기 띤 정적이 덮였다. 한유민이 겨우 말을 이었다.

"나는 우리 대통령이 결국은 국민들의 사랑과 신뢰를 받게 될 것이라고 확신합니다."

창밖은 햇살이 환했고 모처럼 만에 대기도 맑아서 그야말로 청명한 날씨였다. 창에서 시선을 뗀 정민철이 앞에 앉은 조경호를 향해 말했다.

"대통령께선 최선을 다하셨으니 이제 공은 북측으로 넘어간 셈이지요. 이만하면 우리 정부를 믿고 성의를 보여줄 때가 되었다고 봅니다."

조경호가 머리만 끄덕였고 정민철이 말을 이었다.

"우리는 결실을 맺기 위해 희생을 무릅쓰고 행동으로 보여주지 않았습니까? 대통령께서도 성과를 기대하고 계실 겁니다."

조경호는 차관보로서 오늘밤 안형석과 함께 베이징으로 출국할 것이었다. 극비 출국이어서 조경호는 외부에 지방 출장을 가는 것으로 해놓았고 집에서도 그렇게 알고 있었다. 다시 창밖으로 시선을 돌린 정민철 통일부장관이 그늘진 표정으로 혼잣소리처럼 말했다.

"이번 회담으로 정국에 활력이 솟아나야 할 텐데."

조경호는 여전히 입을 다문 채 눈만 깜박였다. 올해로 공직 생활이 29년째인 조경호는 통일부에만 11년을 근무했으니 큰 사건은 대부분 다 겪은 셈이었다. 그러나 이번 베이징행은 조경호에게 맡겨진 일생일대의 큰 임무였다. 그리고 지금까지의 남북 간 협상 가운데 가장 어려운 임무가 될 것이었다.

"날씨가 덥네."

본관의 현관으로 들어서며 대통령이 말했다. 그러고는 머리를 돌려 뒤를 따르는 제1부속실 소속의 김형문을 보았다.

"김 과장, 거기 김성만 씨 있지? 지난번에 내가 한 번 봤는데."

난데없는 질문이어서 놀란 김형문이 눈을 크게 뜨고 대답했다.

"예, 있습니다."

"그럼 내 방으로 잠깐 오라고 해."

"예, 알겠습니다."

"다른 스케줄은 조금씩 미루고."

"예, 알겠습니다."

이번은 의전팀의 수행원이 대답했다. 김성만이 집무실로 들어선 것은 그로부터 5분쯤 후였는데, 대통령은 창가에 서서 그를 맞았다.

"부르셨습니까?"

긴장한 김성만이 간단히 목례를 하고 묻자 대통령이 눈으로 앞쪽 소파를 가리켰다.

"난 서 있는 게 편해. 그러니 자네는 자리에 앉아."

"괜찮습니다."

"앉으래두, 이 사람아. 그러면 내가 불편해."

"그럼 앉겠습니다."

김성만은 조심스럽게 소파 끝에 엉덩이를 절반쯤만 걸치고 앉았다. 대통령과 두 번째 독대를 하는 셈이었으니 청와대 안에서는 앞으로 그를 주목할 것이었다.

대통령이 창틀에 허리를 붙인 채 입을 열었다.

"청와대 분위기가 젊어, 그렇지?"

"예? 예."

긴장한 김성만을 향해 대통령이 희미하게 웃어 보였다.

"아마 여럿 만나서 이야기도 들었겠지? 같은 학교 출신들도 많을 테니까 말이야."

"예, 대통령님."

"주관들이 뚜렷하고 자신만만하지, 그렇지 않던가?"

"그렇습니다."

"나는 그 친구들을 사랑해."

팔짱을 낀 대통령이 김성만을 지그시 바라보았다. 그러고는 천천히 말을 이었다.

"요즘 같은 시대에 주사파가 어디 있고 마르크스 레닌 사상을 누가 찾겠어? 아직도 그것을 약점으로 삼아 사람을 잡을 궁리나 하는 놈들 이야말로 국가 발전의 저해 세력이지. 기득권을 지키려는 수구 꼴통들 이야."

"…."

"회개하고 안 하고는 또 무슨 상관이지? 이미 모두 국보법으로 판결 을 받은 사람들인데, 또다시 수구 세력 앞에서 무릎 꿇고 참회를 하란 말인가?"

"…."

"모두 오해를 하고 있어."

길게 숨을 뱉은 대통령이 팔짱을 풀고는 김성만에게 다가갔다.

"나는 좌우 어느 쪽도 아냐. 좌우의 좋은 점은 받아들이고 나쁜 점은 버리는 자주적, 현실적 입장인데 자기들 기준에 조금만 어긋나면 사정 없이 매도하지."

대통령이 김성만의 앞자리에 앉더니 정색했다.

"이봐. 나는 자네 같은 사람이 필요해. 가감 없이 민심을 전달해주는 측근, 그리고…."

김성만의 눈을 똑바로 쳐다보며 대통령은 쓴웃음을 지었다.

"비판적인 측근 말이네."

"대통령님, 저는"

"자네 여권 있는가?"

"예, 있습니다."

"그럼 오늘밤 안형석 차장을 수행해서 같이 베이징으로 가도록 해."

대통령이 정색을 하고 말을 이었다.

"물론 극비 출장이니까, 휴가를 내서 주위 사람들이 모르도록 하고."

"…."

"안 차장 보좌관으로 북한과의 회담에 참석하도록. 그리고 자세한 이야기는 안 차장한테 듣도록 해."

대통령이 자리에서 일어섰으므로 당황한 김성만이 황급히 몸을 일으켰다. 대통령이 김성만 앞으로 한 걸음 다가섰다.

"회담 상황을 자세히 관찰하고 나서 나한테 보고해 주게."

그러고는 대통령이 손을 뻗어 김성만의 어깨 위에 올려놓았다.

"나는 자네의 의견도 듣고 싶어."

2장
출구 없는 협상

"아버지"

뒤쪽에서 자신을 부르는 소리에 김을수는 소스라치게 놀라 머리를 돌렸다. 큰아들 병기였다. 시선이 마주치자 김병기는 멋쩍은 웃음을 띠었으나 김을수는 눈을 부릅떴다.

"너, 여기 웬일이냐?"

"어머니가 여기 계시다고 가보라고 해서."

"뭐라고?"

말문이 막힌 김을수가 망연하고 있을 때 김병기가 다가와 벤치 위에 비닐가방을 내려놓았다.

"아버지, 여기 점심이요."

"뭐?"

김을수가 다시 눈을 크게 떴지만 이미 기세가 떨어져서 목소리는 흐렸다. 벤치 끝에 앉은 김병기가 앞쪽을 보았으므로 부자 사이에 한동안 침묵이 흘렀다. 일산 호수공원의 남쪽 면에 위치한 호숫가에 둘이 앉아 있는 것이다.

김을수는 올해 53세로 직장에서 한창 팔팔하게 일할 나이였지만 작년 겨울에 15년이나 근속해서 마치 제 집이나 다름없던 회사가 부도를 내고 도산하는 바람에 실직했다. 그래서 김을수는 하루아침에 실업자가 되었는데 물론 퇴직금조차 받지 못했다. 그로부터 6개월간 김을수는 취업을 하려고 백방으로 기를 썼지만 노가다 시장에서 잡부로 열흘쯤 일한 것이 전부였다. 그리고 작년 초에 한성대 영문과를 졸업한 아들 김병기도 마찬가지였다. 입사지원서를 100장도 더 보냈으며 시험이나 면접도 그만큼 치렀지만 아직 직장을 잡지 못하고 있었다. 그래서 세차장 종업원, 주유소, 이삿짐센터 잡부 등 닥치는 대로 일하다가 지금은 도시락집 배달원이 되었다.

　"너, 일 안 나가?"

　문득 생각난 듯이 김을수가 묻자 김병기는 머리를 저었다.

　"오늘은 쉬는 날이에요."

　"그렇지. 오늘이 토요일이구나."

　"진지 잡수세요, 아버지. 국은 보온병에 넣었지만 밥이…."

　가방을 당겨 지퍼를 열면서 김병기가 밥 먹기를 권했지만 김을수는 아들의 손을 잡으며 말렸다.

　"생각 없다. 그리고…."

　김을수가 얼굴을 일그러뜨리며 말했다.

　"궁상맞게 여기서 먹기 싫다. 집에 가서 먹을란다."

　"그러세요. 비가 올 것 같으니까 집으로 가시죠."

　"내가 여기 있는지 네 엄마가 어떻게 알았지?"

　"옆집 아줌마가 아버지를 이곳에서 봤다고 하셨대요. 그래서…."

　"이젠 이곳도 못 오겠군."

"…."

"바닥이 좁아서…."

"아버지"

"올 하반기에는 일자리가 많이 풀린다던데…."

혼잣소리처럼 말했던 김을수는 입을 다물었다. 김을수와 김병기 부자는 지난 대선 때 노무현을 찍었고 지금도 노무현 대통령에 대한 기대를 버리지 않고 있었다. 김을수는 현재 경제가 어려운 이유는 전(前) 정권에서 카드를 남발하고 북한에다 돈을 퍼준 후유증 때문이라고 믿었다. 두 번째는 물론 보수 기득권 세력과 조선일보, 동아일보 등의 방해와 선동 때문이었다. 그놈들은 처음부터 노무현을 대통령으로 인정하지 않았던 것이다.

"아버지"

김병기가 그늘진 얼굴로 김을수를 보았다.

"저, 중국에 갈까 해요."

"중국?"

이맛살을 찌푸린 김을수가 눈을 가늘게 떴다.

"중국에는 왜?"

"그곳은 일자리가 많다고 하더군요. 한국인이 경영하는 공장에 취직할 수도 있고, 물가가 싸서 생활비도 적게 드니까 아무 일이나 해도 돈을 모을 수가…."

"나도 알아보았지만 그게 그렇게 쉬운 일이 아니다."

"그래도 도전해보고 싶어요."

김병기가 절실한 표정으로 말을 이었다.

"한국의 5분의 1, 아니 7분의 1의 월급을 받아도 물가가 싸니까 충분히 생활할 수 있어요. 그리고 일하면서 새로운 기회를 찾아 봐야죠.”

“…”

“그곳엔 기회가 많다고들 해요. 제 동기들도 세 명이나 중국에 가 있어요, 아버지.”

“…”

“이곳에선 희망이 보이지 않아요.”

그러자 김을수가 이를 악물고 앞쪽의 호수를 노려보았다. 김을수는 중국의 경제가 무섭게 발전하는 이유는 몰랐다. 다만 몇 년 전까지만 해도 경제력이 한국보다 한참이나 뒤진 국가였는데 지금은 국가 전체가 경제 발전의 열기에 휩싸여 있다는 것만은 잘 알고 있다. 그것도 한국에서 빠져나간 수만 개의 기업체가 그 동력의 일부가 되었다니 김을수로서는 답답할 뿐이었다.

베이징 동부에 위치한 장성반점은 영어명으로 The Great Wall Sheraton Hotel Beijing이다. 오전 11시 정각이 되었을 때 김성만은 안형석과 조경호의 뒤를 따라 장성반점 808호실로 들어섰다. 이곳이 남북비밀회담 장소인 것이다. 방문을 열어준 사내는 그들을 안쪽의 응접실로 안내했는데 이미 소파에는 사내 셋이 둘러앉아 있었다.

“어서 오십시오.”

먼저 손을 내밀며 맞는 중년의 사내는 당 조직지도부 제1부부장 김명환이었다. 김정일의 매제이자 전임 제1부부장이었던 장성택이 실각한 후 제1부부장이 된 김명환은 이번이 외부적으로 처음 얼굴을 내비치는 것이었다.

“만나서 반갑습니다.”

안형석이 웃음 띤 얼굴로 김명환의 손을 잡았다. 당 조직지도부 부부장은 김정일 위원장의 최측근이며 권력의 실세이다. 당 조직지도부는 당 중앙위의 최고 실무지도 기구로서 실질적인 당 조직, 정치 사업의 총참모부인 것이다. 이 기구의 지시로 당 중앙위원회가 움직이고 북한 체제가 작동한다. 당 중앙위 정치국은 명목상 최고기구일 뿐 실질적 권한행사는 조직지도부와 선전선동부가 해왔다. 먼저 인사를 마친 안형석이 조경호와 김성만을 소개했다. 김명환도 배석한 두 사내를 소개했는데 이규석과 조덕수란 이름만 말해줬을 뿐 소속은 말하지 않았다. 인사를 마친 그들은 앞쪽 소파에 마주보고 앉았다. 탁자 위에는 마실 것과 필기도구가 준비되어 있었다. 김명환이 입을 열었다.

"먼저 대통령님께 위원장 동지의 인사말씀을 드립니다. 위원장 동지께서는 한민족이 연합하면 미 제국주의자들을 충분히 격멸할 수 있다고 하셨습니다. 이제 승산은 우리한테 있습니다."

김명환의 열띤 목소리가 이어졌다.

"부시의 의도는 북남 연합을 저지한 후에 결국 우리 공화국을 붕괴시키는 것입니다. 북남은 공동으로 치밀하게 대적해야 한다고 위원장 동지께서 말씀하셨습니다."

시선을 탁자 위에 둔 안형석이 희미하게 머리만 끄덕였고 김명환은 계속했다.

"부시는 남한의 수구 세력과 내통해서 우리 공화국을 붕괴시킨 다음 미제의 식민지로 만들 계획인 것입니다. 당연히 남한 군부의 앞잡이를 내세워 대리 통치를 하겠지요."

"…"

"물론 우리의 혈맹인 중국이 수수방관하지는 않겠지만 부시는 내부

분란을 이용하여 지원을 방해할 것입니다. 우리는 놈들의 의도를 꿰뚫고 있습니다."

그때 김성만은 옆에 앉은 안형석이 소리를 죽이며 긴 숨을 뱉는 것을 알았다. 가는 숨소리가 길게 이어졌다.

안경테를 밀어올린 안형석이 입을 열었다.

"핵만 폐기하면 북한이 원하는 것은 다 얻습니다. 한국의 수구 언론도 더 이상 트집을 잡지 못할 테고 여론은 완전히 북한에 우호적으로 바뀔 겁니다. 그건 제가 보장합니다."

"위원장께서는 정상 회담을 원하십니다."

불쑥 김명환이 말했으므로 안형석은 말을 멈췄고 다른 수행원들과 김성만은 눈을 크게 떴다.

옆에 앉은 조경호가 입안의 침을 삼키는 소리가 김성만에게까지 들릴 정도였다.

"예? 정상 회담을…."

안형석이 갈라진 목소리로 되물었다. 이번 비밀회담의 남한 측 주요 안건 중 하나가 정상 회담이었는데 북한 측이 먼저 제안한 것이었다. 김명환이 안형석의 시선을 받으며 두터운 입술을 펴고 웃었다.

"그렇습니다, 제주도에서."

"제주도에서?"

"될 수 있는 한 빠른 시일 내에 열리기를 기대하십시다."

그러자 안형석이 입을 꾹 다물더니 잠시 후 다시 어깨를 부풀렸다가 늘어뜨렸다. 북한 측의 의도를 이제야 파악한 것이다.

남한 측의 숙소는 시내 중심부에 위치한 베이징 국제반점으로

Beijing International Hotel이었다. 회담을 마치고 호텔 방 앞까지 오는 동안 안형석은 입을 꾹 다물고 시선조차 주지 않았으므로 김성만과 조경호는 긴장했다. 이윽고 방 앞에 섰을 때 안형석이 그들에게 말했다.

"잠깐 들이가십시다."

상의를 하자는 말이었다. 오후 2시가 되어가고 있었지만 누구도 점심은 생각지도 못했다. 회담장에서는 양측 대표끼리만 논의했기 때문에 조경호와 김성만은 입도 뻥끗하지 못했다.

셋이 소파에 자리 잡고 앉을 때 안형석이 둘을 번갈아보며 물었다.

"어떻게들 생각하시오? 북한 측 제의 말입니다."

안형석의 시선이 조경호에게로 옮겨갔다.

먼저 듣겠다는 표시로 이해했는지 조경호가 입을 열었다.

"먼저 정상 회담을 하고 나서 북한이 후속 6자 회담 거부 선언을 하면 한국도 함께 고립될 것입니다. 하지만…"

조경호가 그동안 생각을 정리했는지 차분하게 말을 이었다.

"정상 회담에서 남북 간 핵에 대한 타협과 선언이 나온다면 그 영향이 매우 클 것입니다. 만일"

"핵 폐기 선언이 남북한 정상 회담에서 나온다면 말이지요?"

안형석이 이어 말하자 조경호는 머리를 끄덕였다.

"그렇습니다. 그렇게 되면 남북한이 주역이 되는 것이지요. 미국은 IAEA에게 핵사찰을 맡길 뿐 주도권을 잃습니다. 남북한은 공동으로 미국을 향해 대가를 요구할 수 있을 것입니다."

"그렇지요."

"김정일 위원장에 대한 우리 국민들의 여론도 아마 순식간에 호의적으로 돌아설 것입니다. 그와 동시에 수구, 극우 세력은 설 자리를 잃게 되겠지요."

그러자 천천히 머리를 끄덕인 안형석의 시선이 김성만에게로 옮겨졌다.

"김 형 생각은?"

"차관보님 생각과 같습니다. 그런데…."

김성만이 정색하고 안형석을 보았다.

"정상 회담의 조건을 자세히 듣고 나서 다시 검토하시는 것이 낫지 않겠습니까?"

내일 오전에 김명환과 다시 만나기로 한 것이었다. 안형석이 머리를 끄덕였다.

"그렇지, 내일 확인해 봅시다."

다음날 같은 시간인 11시에 그들은 다시 모였다. 안형석을 비롯한 남한 측은 모두 긴장한 듯 얼굴이 굳어 있었지만 북한 측의 표정은 대조적이었다. 김명환은 웃음 띤 얼굴이었고 오늘은 수행원들이 커피까지 끓여왔다. 모두 여유 있는 태도였다.

"언제 평양에 한번 오시지요."

커피를 마시던 김명환이 머리를 돌려 김성만을 바라보며 말했다.

"내가 기꺼이 여러 곳을 안내해드리겠습니다."

"감사합니다."

김성만이 예의상 인사를 차리자 김명환은 안형석과 조경호를 둘러보며 말했다.

"두 분은 말씀드릴 필요도 없고 말입니다."

김성만은 문득 자신의 내력을 김명환이 알고 있는 것처럼 느껴졌다.

김명환의 시선이 유달리 따뜻했던 것이다.

"자, 그럼 회의를 시작할까요?"

정색한 김명환이 어제처럼 오늘도 회의를 이끌었다. 김명환이 웃음 띤 얼굴로 안형석을 보았다.

"그럼 정상 회담을 개최하기 전에 양측이 준비할 사항을 논의해야 하지 않겠습니까?"

긴장한 안형석이 머리를 끄덕이자 김명환은 앞에 놓인 서류를 읽었다.

"먼저 현금 지원을 부탁합니다. 우선 회담 전에 20억 불을 입금 시켜 주십시오."

남한 측 일행은 눈만 껌벅였고 김명환의 목소리만 울렸다.

"그리고 양곡 1백만 톤과 비료 1백만 톤, 중유 1백만 톤도 조속히 보내주길 부탁합니다."

그러고는 김명환이 길게 한숨을 뱉었다.

"민족애를 발휘하여 서로 돕고 잘살아 가자는 것이 우리 위원장 동지의 뜻입니다. 부디 대통령께 말씀을 잘 드려주십시오."

크게 심호흡을 한 안형석이 머리를 들고 김명환을 보았다.

"그것은 제가 결정할 사항이 아니니 먼저 정상 회담 시 의제를 듣고 싶습니다."

"의제 말씀입니까?"

김명환은 예상하고 있었다는 듯 벙긋 웃었다. 그러더니 의자에 등을 붙이고는 안형석에게 말했다.

"위원장께서는 북남 공동으로 핵 폐기 선언을 하실 겁니다."

"북남 공동으로 핵 폐기 선언을?"

"그렇습니다."

"그렇다면."

"자연스럽게 6자 회담은 필요가 없게 되지요."

어느덧 정색한 김명환이 말을 이었다.

"물론 핵 폐기 조건이 있습니다. 그것은 정상 회담 시에 자세히 논의할 것입니다."

김명환의 얼굴은 자신에 차 있었다. 그가 결론을 짓듯이 말했다.

"북남이 공동으로 대응한다면 미 제국주의자들도 속수무책이 될 테니까요."

일행이 호텔로 돌아왔을 때는 오후 4시가 되어 있었다. 장성반점에서 룸서비스를 시켜 먹으면서 회의를 계속한 것이다. 오늘은 안형석이 권하지 않았어도 조경호와 김성만이 방으로 따라 들어섰다.

그리고 어제처럼 셋은 소파에 앉았으나 아무도 먼저 입을 열지 않았다. 그러나 모두 긴장한 표정이었다. 남북 간 외교사에서 이만큼 중대한 회담은 일찍이 없었다. 지난번 DJ의 방북 때와 비교하면 주변은 더 복잡한 상황이 되어 있었다.

"예상이 맞았군요."

이윽고 안형석이 한숨과 함께 말을 뱉었다.

"하지만 요구조건이 너무 큽니다. 그리고….'

말을 멈춘 안형석이 조경호와 김성만을 번갈아 보았지만 오늘은 의견을 묻지 않았다. 연거푸 심호흡을 하던 안형석이 문득 정신이 든 것처럼 손목시계를 보았다.

"이만 귀국하십시다."

자리에서 일어선 안형석이 서두르듯 말했다. 1차 회담은 끝이 난 것이다.

"오늘밤에라도 보고를 해야겠습니다."

청와대 본관의 2층 소회의실. 소회의실이라고 하지만 50평 규모에 원탁과 소파까지 갖춰져서 20명은 충분히 모일 수 있는 규모였다. 밤 8시가 넘은 시각, 방 안의 불은 환하게 밝혀졌고 창밖으로 보이는 별관의 불빛도 환했다. 소파의 상석에 앉은 강대현이 힐끗 별관 쪽에 시선을 주더니 낮게 물었다.

"김성만은 어디에 있지?"

"부속실에서 대기하고 있습니다."

한지만이 대답했다. 지금 대통령은 집무실에서 안형석의 보고를 받고 있는 중이었다. 대통령은 안형석과 독대하고 있는 것이다. 회담에 참석했던 조경호는 통일부 소속이어서 청와대에 들어오지 않았지만 김성만은 지금 부속실에 있었다.

"수석님, 어떻게 할까요?"

옆쪽에 앉은 백영석이 묻자 강대현은 입맛부터 다셨다.

"서둘 것 없어, 김성만은 어차피 우리 그룹이니까."

"우리가 먼저 적극적으로 끌어들일 걸 그랬습니다."

한지만의 말에 강대현이 쓴웃음을 지었다.

"이 친구야, 청와대에 온 지 20일도 안 된 놈을 대통령이 베이징 비밀회담에 보내리라고 누가 짐작이나 했겠어?"

"하긴 그렇습니다만, 지난번에 집무실로 김성만을 불러 독대했을 때 주목해야 했습니다."

"글쎄, 서둘 것 없다니까."

소파에 등을 붙인 강대현이 다시 힐끗 별관 쪽을 보았다. 그곳에 김성만이 있는 것이다. 그때 백영석이 말했다.

"김 의원이 강력하게 추천한 것 같습니다."

이의가 없다는 듯이 강대현과 한지만이 거의 동시에 머리를 끄덕였다. 김성만이 베이징 회담에 참석하게 된 일을 말하는 것이다. 대통령은 비밀로 하라고 했지만 청와대의 실세들은 모두 알고 있는 사실이었다. 그리고 김성만이 파격적으로 발탁된 이유도 당연히 김동만 의원의 후광 때문일 것이었다.

"하긴, 조금 답답하구만."

입맛을 다신 강대현이 쓴웃음 지은 얼굴로 둘을 번갈아 보았다.

"어차피 내일이면 어떻게든 회담 내용을 알 수 있겠지만 말이야."

다음날 오전, 10시가 조금 넘었을 때 부속실장 오대성이 김성만의 책상 앞으로 다가섰다.

"김 형, 대통령님 호출이오."

두 손을 책상에 짚은 오대성이 허리를 숙이고는 낮게 말했다.

"지금 즉시."

"알겠습니다."

주위 자리는 비어 있었지만 김성만도 오대성의 분위기에 맞춰 목소리를 낮췄다.

"그럼, 다녀오겠습니다."

어젯밤에는 안형석 혼자서 대통령을 만나러 들어간 후 밤 10시 반까지 기다리다가 퇴근했던 것이다. 김성만이 본관 집무실 안으로 들어선 것은 그로부터 5분쯤 후였다. 대통령은 소파에 앉아 있다가 들어선 김성만을 보자 웃음 띤 얼굴로 말했다.

"어, 거기 앉아."

인사를 한 김성만은 대통령이 눈으로 가리킨 소파에 앉았다.

"곧 통일부 장관이 이곳으로 올 거야. 그리고 그 다음에 안보 회의가 열릴 것이고…."

대통령이 시선을 김성만의 가슴께에 꽂고는 말을 이었다.

"북한 측의 제의에 대한 회의를 하자는 것이지. 모두 전문가들이니까 나름대로 국익과 국제 정세를 기준으로 의견을 내놓겠지."

그러더니 대통령이 시선을 들고 김성만을 똑바로 보았다. 어느덧 정색한 표정이었다.

"자네 혹, 청와대에 있는 젊은 참모들의 모임에 가입했나? 솔직히 말해주게."

"무슨 말씀이신지요."

긴장한 김성만이 조심스럽게 다시 물었다.

"어떤 모임 말씀이십니까?"

"운동권 모임. 내가 알기로는 청와대 내에 NL계열, PD계열을 통합한 모임이 있어. 그들은 정치권과 관계, 그리고 시민 단체들과 긴밀한 유대관계를 맺고 있지. 아주 긴밀하고 활성화된 조직이야."

"저는 아직 잘 모르고 있습니다."

"운동권 선후배는 만나봤겠지?"

"예, 만나서 인사했습니다."

"모임 이야기를 하던가?"

"아직 듣지 못했습니다."

"하긴, 아직 얼마 되지 않았으니까."

머리를 끄덕인 대통령이 다시 시선을 들고 김성만을 보았다.

"만일 그들이 모임에 가입하라고 제의하면 어떻게 할 텐가?"

"저는….."

침을 삼킨 김성만이 대통령의 시선을 받았다.

"대통령님께서 짐작하셨겠지만 저는 말하자면…."

"변심, 아니 개심한 운동권 출신인가?"

"그렇습니다."

김성만이 정색하고 말을 이었다.

"이것은 동생인 김동만 의원도 모르고 있을 것입니다."

대통령은 소파에 등을 붙이더니 창밖으로 시선을 돌렸다.

"그래서 내가 자네를 베이징으로 보낸 거야."

대통령이 그늘진 표정으로 말을 이었다.

"다른 시각으로도 현실을 봐야 할 것 같아서 말이야."

김성만은 소리 죽여 숨을 뱉었다. 그때 대통령이 창에서 시선을 돌려 김성만을 보았다.

"자네 의견을 듣고 싶네, 어떻게 생각하는가?"

"저는 학식과 견문이 짧습니다만"

"말해주게, 들을 테니까."

이미 이럴 경우를 예상하고 머릿속에 단단히 정리해놓았지만 김성만은 긴장했다. 헛기침을 한 김성만이 입을 열었다.

"어쩌면 북한이 선물만 받아 챙기고는 한국에 와서 핵 폐기 선언을 하지 않을 가능성도 있습니다. 또는 핵을 남북한 공동으로 시용하자는 제의를 일방적으로 내놓을 경우도 예상해야 할 것입니다. 북한은 그동안 그런 뉘앙스를 여러 번 풍겨왔으니까요."

"…."

"그러면 대통령님께서도 잘 아시겠지만 지금 한국의 정계, 관계, 노동계, 시민 단체에 뻗쳐 있는 친북 세력이 민족 자주를 외치며 적극 호응할 것입니다. 이미 한국의 정권은…."

"이미 친북 세력이 장악하고 있으니까 김정일의 제의가 먹혀들 것이란 말인가?"

"그렇습니다."

그러자 얼굴을 찌푸린 대통령이 머리를 끄덕였다.

"계속하게."

"또한 북한이 핵 폐기 선언을 하고 나서 약속을 어긴다면 그때는 남북한 양국이 미국과 적대 관계가 됩니다. 공동 선언을 했으니 한국은 북한에 끌려 들어간 셈이 되어버리니까요."

"…."

"따라서 김정일 위원장의 한국 방문은 국내 정치용으로는 절호의 기회가 되겠지만 국제적으로 치명상을 입을 가능성이 있습니다."

김성만이 말을 그쳤지만 대통령은 다시 창밖으로 시선을 둔 채 한동안 입을 열지 않았다.

말 그대로 김정일 위원장의 한국 방문은 친북 세력의 입지를 완전히 굳히는 계기가 될 것이다. 핵으로 무장한 남북한이 공동으로 대처하면 무엇이 두렵겠는가? 이것이 앞으로의 남북한 정부, 시민 단체, 언론에서 뿜어내는 구호가 될지도 모른다. 핵 폐기 선언을 해도 그렇다. 민족 자주를 외치며 친북 세력이 된 한국 집권층과 언론이 선도하면 그 약속은 얼마든지 깨질 수 있는 것이다.

그 시간에 강찬석은 서울역 대합실을 걸어 나오고 있었다. 단정한 머리에 검정색 양복을 걸치고 손에는 가죽 가방을 쥔 차림이어서 회사의 고급 간부처럼 보였지만 강찬석은 현역 육군 대령으로 지금 대전 육본에서 국방부로 가는 길이었다.

KTX는 대전에서 서울까지 50분밖에 걸리지 않았으므로 강찬석은 국방부 출장 시에 자주 이용하는 편이었다. 서울역 앞 택시 정류장에는 항상 빈 택시가 많았지만 손님은 드물었다. 전에는 손님들의 줄이 길어서 그나마도 정류장에 활기가 있었는데 오늘은 두어 명뿐이었다.

"이태원 가십시다."

곧바로 택시의 뒷좌석에 오른 강찬석이 말했다. 그러자 50대로 보이는 운전사가 룸미러로 힐끗 강찬석을 보았다. 국방부로 가자고 하면 다시 말할 필요도 없이 곧장 데려다주겠지만 언제부터인가 강찬석은 이태원에 들어서고 나서야 운전사에게 최종 목적지를 알려주었다. 작전참모부에 근무하는 강찬석은 요즘의 시중 분위기를 알고 있는 것이다.

택시는 용산 방향으로 속력을 내며 나갔다. 강찬석이 시트에 등을 붙이고는 눈을 감았을 때였다.

"군인이쇼?"

운전사가 불쑥 묻는 바람에 강찬석은 눈을 떴다. 그러나 놀라지는 않았다. 경력이 오랜 운전사는 사복 차림의 군인쯤은 대번에 알아보는 것이다. 게다가 이태원을 가자고 했으니 더 티가 났을 것이다.

"예, 그렇습니다."

정색한 강찬석이 대답하자 운전사는 앞쪽을 본 채 말했다.

"난 병장으로 제대했소. 와리바시 군번이지 , 11941185요."

"아아, 예."

"33년 전에 제대했지만 그놈의 군번은 죽을 때까지 잊어먹지 않을 것 같구먼."

"예, 그렇지요."

"2사단 17연디 이시오? 좆칠연대라고 했는데."

"아아, 예, 압니다."

"인제 가면 언제 오나 원통해서 못살겠네, 그쪽에서 군대생활 했지요."

"하, 그렇습니까?"

"지금은 달라졌을까요?"

"달라졌겠지요."

"장교시오?"

불쑥 운전사가 묻자 강찬석은 머리를 끄덕였다. 운전석 옆 개인택시증에 박대구란 이름과 사진이 붙어 있었다.

"예, 그렇습니다."

"그런데 말입니다."

택시 속력을 줄인 운전사가 룸미러로 강찬석을 보았다.

"우리가 군대생활 할 때는 이런 세상이 오리라고는 꿈도 꾸지 못했지요. 안 그렇습니까?"

"예?"

눈을 껌벅이는 강찬석을 향해 운전사가 룸미러를 통해서 웃어 보였다. 어색하고 일그러진 웃음이었다.

"내 또래는 다 그럽니다. 이젠 빨갱이 세상이 되었다고, 청와대에서부터 군에까지 빨갱이가 다 뿌리 박혀서 세상이 뒤집힌 것이나 다름없다고, 그래서 빨갱이가 백주에 활개를 쳐도 모두 무서워서 숨어버리는 세상이 되었다고 말이오."

"그럴 리가…."

쓴웃음을 지은 강찬석이 입맛을 다셨다.

여러 번 비슷한 이야기를 들었던 것이다.

"세상이 민주화되었기 때문이지요. 지난 시절에는 정권 강화의 수단으로 이념 갈등을 부추긴 면도 있습니다. 그런데 지금은 기사님이 말씀하셨다시피 자신의 주장을 자유롭게 내놓는 시대가 되었지요."

"민주화 시대라."

"한국은 엄연히 자유민주주의 국가지요."

"빨갱이들이 나라를 주무르는 것이 아니고 말이지요?"

"그럴 리가 있습니까?"

"내가 말주변이 부족해서."

갑자기 브레이크를 밟은 운전사가 길가에 차를 세우더니 어깨를 세우고는 룸미러를 보았다.

"내리시오. 요금 안 받을 테니까."

"아니, 아저씨."

"좆또, 민주화 열심히 혀, 그래서 진급 잘 허고."

운전사가 씹어뱉듯 말을 이었다.

"시발, 빨갱이 잡으라는 군인이지, 민주화 강의 허라는 군인이냐?"

그러고는 운전사가 아예 시동을 꺼버렸으므로 강찬석은 가방을 쥐고 내렸다.

"칭다오에는 한국인이 20만 명이나 있다고 하더구나."

김을수가 옆에 앉은 아들 병기에게 말했다.

버스는 인천공항을 향해 고속도로를 달리는 중이었다. 김을수가 말을 이었다.

"몇 달만, 아니 며칠 일해 보고 네가 잘 판단하거라. 그리고 어려우면 바로 돌아와도 된다."

"아버지도 참."

김병기가 쓴웃음을 지었다.

중국에 가겠다던 김병기의 계획은 말을 꺼낸 지 며칠도 되지 않아 성사되었다. 칭다오의 한국 회사에서 일하는 김병기의 친구가 직장을 주선해주었기 때문이다. 한국인이 경영하는 봉제공장의 사무직으로 월급을 중국 기준으로 5천 위엔을 받기로 했으니 한화로는 75만 원이었다. 턱도 없이 싼 임금이었지만 그쪽은 대학을 졸업한 조선족 사원의 초봉이 1천5백 위엔이었다. 그래도 한국인이 믿을 만하다면서 채용해준 사장에게 고맙다고 해야 당연했다.

한동안 창밖을 보던 김을수가 다시 입을 열었다.

"다 잘될 거다."

"아버지, 걱정 마세요."

"그래."

머리를 저은 김을수가 정색하고 김병기를 보았다.

"대통령이 우리를 이렇게 내버려 두지는 않을 거야. 다 알고 있을 것이라고."

"노무현은 이미 끝났어요, 아버지."

이제는 김병기가 정색을 하고 김을수를 보았다.

"노무현의 속셈은 이제 다 드러나지 않았습니까? 우린 이용당한 거예요. 아니…."

머리를 저은 김병기가 정정했다.

"우리가 그를 잘못 알고 있었던 것이죠. 또는 노무현이 우리 모두를 이용했거나."

"야, 야."

김을수가 이맛살을 찌푸렸다. 지금까지 김병기는 단 한 번도 이런 말을 하지 않았던 것이다. 이윽고 김병기가 말을 이었다.

"노무현은 분명 나라를 뒤집어 엎어버릴 생각만 갖고 있어요. 만 2년 반 동안 경제가 이렇게 실패한 이유가 분명한데도 그 한심한 임경호를 그대로 두고 있는 것이 그 증거지요."

그러고는 김병기가 김을수를 똑바로 쳐다보았다.

"아버지, 나라가 이렇게 되었는데도 열린우리당이나 청와대에서 계속 그 정책을 밀고 나가는 이유를 아세요?"

김병기가 눈만 끔벅이는 김을수를 향해 쓴웃음을 지어 보였다.

"서민들의 불만을 재벌이나 강남 사람, 기득권층, 수구 꼴통, 보수 언론들에게 뒤집어 씌워서 나라를 평준화하자는 속셈입니다. 마치 북한처럼 말입니다."

"야, 야."

"그렇게 되면 북한과의 통일도 훨씬 쉬워질 테니까요. 물론 적화통일이 되겠지만 말입니다."

"애가 못하는 말이 없네."

"그것 보세요."

다시 얼굴을 일그러뜨리고 웃던 김병기가 버스 안을 둘러보고 조용히 말했다.

"이제는 적화통일이라는 말을 해도 주변 사람들이 이상하게 보지도 않아요. 왜냐하면 이미 붉은 물이 들어 있어서죠."

"형님, 한 가지는 분명합니다."

김동만이 단호한 표정으로 김성만을 보았다. 오늘은 청와대를 찾아온 김동만이 김성만과 부속실 회의실에서 마주앉아 있었다. 김동만이 말을 이었다.

"우리의 열정과 애국심은 세상 어느 누구에게도 뒤지지 않는다는 것입니다. 모두 목숨을 버릴 각오를 하고 견디어온 사람들이죠. 그 사람들이야말로 이 땅에 참된 민주화를 이룩한 공신들입니다."

김성만은 입을 꾹 다물고 있었지만 김동만의 목소리에는 열기가 느껴졌다.

"해방 이후로 50년간 제대로 청산도 못 하고 이어져온 친일, 매국, 매직, 쿠데타, 독재, 부정, 부패 세력을 겨우 2년 만에 청산하고 제대로 된 나라를 세울 수는 없는 겁니다. 형님, 대통령께서는 대한민국의 백년대계가 아니라 천년대계를 보고 계십니다."

"…"

"솔직히 말씀드리면 나는 형님이 이곳에서 어떤 역할을 맡을지 별로 기대하지 않았습니다. 그런데 갑자기 대통령께서 형님을 만나시고 베이징까지 보내셨으니."

방 안에는 둘밖에 없었지만 주위를 둘러본 김동만이 목소리를 낮췄다.

"형님이 대통령께 어떤 말씀을 드렸는지 나는 잘 모릅니다. 하지만…"

"들으셨어."

74

김성만이 김동만의 말을 잘랐다.

"여러 의견을 듣고 싶다고 하셨어. 나는 대통령이 그래야 된다고 생각해."

"형님은 우리의 개혁에 부정적이시지요?"

"그래."

선선히 머리를 끄덕인 김성만이 김동만을 보았다.

"무엇보다도 서민들을 편안하게 해줘야 해. 등 따습고 배부르면 행복한 거야. 너희의 개혁은 그것과 너무 떨어져 있어."

그러자 김동만이 쓴웃음을 지었다.

"이해는 합니다. 누가 서민들을 춥고 배고프게 하려고 하겠습니까? 다만 구시대에 쌓여왔던…."

"국민은 대통령에게 그런 것을 바라지 않았어."

말을 자른 김성만이 정색하고 김동만을 보았다.

"솔직히 말해서 너희 민중세력은 대통령 덕분에 거의 무임승차를 한 것이지, 대통령에게 투표한 대부분의 서민, 지식인, 직장인들은 그때 너희의 존재를 모르고 있었어. 너희는 마치 그들에게서 위임받은 것처럼 행세하고 있지만 말이야."

"…."

"그들이 원했던 서민 대통령 노무현을 너희가 완전히 바꿔놓은 것 같다."

"형님"

"다행히도"

한숨을 뱉은 김성만이 혼잣소리처럼 말했다.

"대통령께서 내 말을 들어주시는 것이 희망이다. 나에겐 말이다."

"아니, 그냥 가시면 어떻게 합니까?"

휴대전화를 귀에 댄 강대현이 서운한 표정으로 물었다.

"오셨다고 해서 기다리고 있었는데 말입니다"

"잠깐 형님한테 드릴 말씀이 있어서요."

김동만이 미안한 듯 목소리를 부드럽게 했다.

"미안합니다. 다음에 시간을 내어서 꼭 찾아뵙지요."

"저도 드릴 말씀이 있었는데 서운합니다, 김 의원님."

"정말 미안합니다."

"할 수 없지요. 그럼 조만간에 제가 먼저 연락을 드리지요."

"기다리겠습니다."

"그럼."

전화기를 내려놓은 강대현이 금방 정색한 얼굴로 앞에 앉은 백영석과 한지만을 보았다.

"김 의원은 김성만한테서 베이징 회담 내용을 들으려고 온 거야."

"어쨌든 그냥 가시다니 서운한데요. 부속실에서 여기까지는 5분도 안 걸리는 데 말입니다."

백영석이 불평했다.

"당 문제로 말씀드릴 일도 있었는데."

"그건 그렇고."

강대현이 둘을 차례로 보았다.

"내일 안보장관 회의 때 대통령께서 베이징 회담 내용을 말씀하시겠지만, 북한 측 조건을 수용하시는 것으로 결론을 낼 거야."

"당연하지요."

대답은 백영석이 했고 한지만도 머리를 끄덕였다. 그들은 안형석을 수행한 NSC 직원에게서 회담 내용을 들은 것이다. 강대현이 말을 이었다.

"백봉규하고 서진철한테는 아까 이야기했으니까 그쪽에서도 대책이 마련될 거야."

백봉규와 서진철은 각각 당과 시민 단체 조직의 간사 역할을 맡고 있는 운동권 출신이었다. 물론 비밀 조직으로 백봉규는 열린우리당의 초선 의원이었고 서진철은 친여 시민 단체인 시민의 소리 대표였다.

"일은 예상대로 진행되고 있지만 긴장을 풀면 안 돼."

얼굴을 굳힌 강대현이 둘을 번갈아 보았다.

"조선, 동아 놈들이 내막을 알게 되면 길길이 날뛰면서 선동을 할 테니까 말이야."

"또 광화문에다 몇백 명 모아놓고 화형식이네 뭐네 한다고 지랄을 떨 겁니다."

백영석이 말했다.

"다 집어넣어야 돼요."

"그런데"

이맛살을 찌푸린 한지만이 강대현을 보았다.

"북한 측 요구 조건을 모두 공개해야 될까요?"

"글쎄, 그것은"

강대현이 머리를 한쪽으로 기울이더니 목소리를 낮췄다.

"대통령이 결정하실 일이지만 DJ 때하고는 상황이 달라서 말이야."

"그때는 현대를 이용할 수 있었지만 지금 우리는 곤란합니다."

"한지만이 말을 받았을 때 백영석이 불쑥 물었다.

"삼성을 내세울 수는 없을까요?"

"힘들어."

머리를 저은 강대현이 입맛을 다셨다.

"상황도 안 좋고 만일 일이 터지면 그때는 치명적이야."

"빌어먹을 조선, 동아 놈들…."

다시 백영석이 말했다.

"요즘은 문화일보까지 까불어대던데 얼른 국보법을 통과시켜야 한다구요."

그러더니 생각난 듯 말을 이었다.

"그렇지, 문화일보 이신우가 썼던 것처럼 신문개혁법안에 논설위원실 운영위원회를 새로 만들고 거기에 시민 단체도 참여시켜야 해."

"만일 막았다가는 확 물어뜯어버릴 테니까."

한태영이 이를 드러내고 말하자 원탁에 둘러앉은 서너 명이 소리 내어 웃었다. 나머지 의원들의 얼굴에도 웃음기가 떠올랐다.

국회의사당 안의 소회의실에는 열린우리당의 초선의원 10여 명이 모여 있었는데 이른바 여권의 강경파 그룹이었다. 한태영이 마른 얼굴을 들고 좌우를 둘러보았다. 그는 1980년대 운동권 출신으로 전대협 동우 회원이며 민족해방(NL) 계열이었다. 민주대학 총학생회 회장을 지낸 한태영은 리더십이 강한 데다 친화력도 뛰어나 초선인데도 여당 강경파를 이끌고 있었다.

"나머지 법안도 이달 안에 통과시켜야 됩니다. 이대로 미루기만 했다가는 죽도 밥도 안 된다구요."

목소리를 높인 한태영이 말을 이었다.

"여론조사 결과도 이제는 우리에게 유리합니다. 그리고…."

한태영이 눈을 치뜨고 웃었다.

"요즘은 먹고 살기 바빠서 아무도 입법안이 어떻게 되든 관심이 없단 말입니다. 그리고 한국인의 기질을 잘 알고들 계시지 않습니까? 금방 잊어먹어요. 아마 한 달만 지나면 국민들의 기억에서 말끔하게 사라질 겁니다."

"그리고….".

역시 NL 계열이며 초선인 백봉규가 나섰다. 백봉규는 이 모임의 간사 역할을 맡고 있었는데 운동권 시절부터 조직력이 뛰어나다고 인정을 받아왔다.

"곧 정상 회담이 열릴 가능성이 많아요."

백봉규가 낮은 목소리로 말을 이었다.

"우리가 국보법을 없애는 성의를 보여줘야 합니다. 그래야 김정일 위원장을 정식으로 맞는 자세가 갖춰지는 것입니다."

"곧 될 것 같습니까?"

초선 하나가 긴장한 표정으로 묻자 백봉규는 정색하고 머리를 끄덕였다.

"제가 청와대 쪽에서 들었습니다."

모두의 시선을 받은 백봉규가 쓴웃음을 지었다.

"여기까지만 알고 계시지요. 이것만 해도 특급 비밀이니까요. 이 사실을 알고 있는 사람은 대한민국에서 스무 명도 안 됩니다."

"그렇다면 국보법이 급해졌는데…."

"국보법이 엄연히 존재하는 상황에서 위원장이 회담을 할 리가 있겠습니까?"

김동만은 머리를 끄덕여 보였다. 백봉규는 안형석 차장을 수행한

NSC 직원에게서 보고를 받았기 때문에 더 깊은 내막은 듣지 못했을 것이었다. 안형석이 북한 측의 요구 조건까지 다 말해주었을 리는 없는 것이다. 현재까지 그 내용을 모두 알고 있는 사람은 회담에 참석한 세 명과 대통령, 그리고 자신뿐이었다. 통일부 차관보 조경호가 정민철 장관에게 말해주었다면 여섯 명이 된다. 김동만은 심호흡을 했다.

대통령의 위기 돌파 능력은 탁월했다. 역대 대통령 어느 누구보다도 뛰어났다.

그러나 그와 비례해서 적도 많았다. 혹자는 본인이 자초한 일이라고도 하지만 김동만이 곁에서 본 관점에서는 천만의 말씀이었다. 대통령이 가만히 있었다면 아마 벌써 매장을 당했을 것이었다. 민주당에 남아 있었다고 해도 식물 대통령이 되었을 것이다. 그러나 이제 정상 회담을 앞둔 시점에 이르자 앞을 가로막은 벽이 너무 높아 보였다. 결국 이번에도 대통령 스스로 선택을 해야만 하는 것이다.

어금니를 문 김동만은 주위를 둘러보았다. 모두 열띤 표정을 짓고 있었지만 열정은 충만할지 몰라도 시위를 지휘할 때의 조직력과 사고에서 몇 걸음밖에 더 나아가지 못한 수준이었다. 그것은 자신도 마찬가지인 것이다. 시선을 내린 김동만은 소리 없이 한숨을 내쉬었다. 갑자기 대통령이 가엾게 느껴졌기 때문이다.

"김 형, 까놓고 말하겠는데…."

강대현이 정색을 하고 김성만을 쳐다보았다. 강대현이 정책수석실로 김성만을 부른 것이다.

"이미 김 의원을 통해 다 들으셨겠지만 참여정부를 움직이는 힘은 바로 우리한테서 나옵니다. 우리가 바로 참여정부의 동력이란 말이죠."

그러고는 강대현이 흰 이를 드러내며 웃었다.

"당과 시민 단체, 그리고 관계와 언론계, 전공노와 전교조, 노동계의 핵심이 우리와 연결되어 있다는 걸 김 형도 잘 아실 거요."

김성만은 눈만 껌벅였고 강대현의 말이 이어졌다.

"기득권 세력들이 사사건건 저항하고 방해공작을 하지만 이미 끝난 게임이오. 그 꼴통들이 안간힘을 쓰면 쓸수록 결국 흉한 꼴만 보이게 될 테니까."

"…."

"그래서 말씀인데"

정색한 강대현이 김성만을 보았다.

"김 형도 우리 모임에 합류해주면 좋을 것 같아서 만나자고 한 겁니다. 김 형도 이 과업에 일익을 담당해주시오."

"잘 알겠습니다."

김성만이 대답하자 강대현의 얼굴에 웃음기가 떠올랐다.

"맡아주시겠다는 거요?"

"열심히 하겠습니다."

"고맙습니다."

강대현이 탁자로 손을 뻗어 악수를 청했다

"대통령께서도 김 형을 신임하시는 것 같은데 아주 잘되었습니다."

"아닙니다. 저는 그저 우연히…."

"우리는 김 형에 대한 기대가 큽니다."

다시 정색한 강대현이 김성만을 보았다.

"김 형의 임무는, 아니 역할은 말이죠."

그러고는 자신의 표현이 어색한지 강대현이 희미하게 웃었다.

"대통령을 안심시켜드리는 일이라고 할까요. 그렇지, 대통령님을 편안하게 해드리는 일이라는 게 적당하겠군요."

"…."

"조선, 동아 놈들이 씹어대는 내용을 보면 나라가 금방이라도 결딴이 날 것 같지 않습니까? 원로라고 하는 수구 꼴통들이 한 마디씩 하는 것을 들으면 정말 가관이지요. 그놈들이 배 두드리면서 룸살롱 다닐 때 우린 라면 먹으면서 민주화 투쟁을 했단 말입니다. 그놈들은 이만큼 잘살게 된 공적이 있지 않느냐고 떠드는데 그것도 우리의 피와 땀을 착취한 덕분이고 빈익빈 부익부 현상만 심화되었습니다, 그렇지 않습니까?"

"맞습니다."

시선을 내린 채 김성만이 머리를 끄덕이자 강대현은 흥분을 진정시키려는 듯 심호흡을 했다.

"그래서 말입니다, 김 형."

"예, 말씀하시지요."

"대통령님도 인간입니다. 만나보셔서 아시겠지만 순수하고 정이 많으시지요. 마음이 약하셔서 결심이 흔들릴 수도 있지 않겠습니까?"

"아아, 예."

"그러니까 김 형이 대통령님께 확신을 심어 드리라는 것입니다. 여론이나 수구 꼴통 언론, 원로랍시고 떠드는 놈들의 선동과 방해에 흔들리시지 않도록 말이지요."

"아아, 예."

"김 형의 책임이 막중합니다."

그러고는 힐끗 김성만의 눈치를 살핀 강대현이 소리를 낮추어 말했다.

"이번에 베이징에 다녀오셔서 잘 아시겠지만 남북 정상 회담을 계기로 이제 우리의 과업은 완성됩니다. 그때 우리는 탄탄대로를 진군하게 될 것입니다."

"이렇게 군을 흔들어도 되는 거요?"

1군사령관 최대훈이 불쑥 말하자 방 안은 순식간에 조용해졌다. 육본의 소회의실 안이었다. 전군 지휘관 회의가 끝난 후 사령관급 장성들이 총장실 옆 회의실에 모인 것인데, 물론 기무사령관 이응배 중장도 동석했다. 주위를 둘러본 최대훈이 커피 잔을 들었다.

"검찰관 놈들을 뒤에서 사주하는 놈이 있다는 것은 초등학생이라도 알 수 있는 일이오. 그런데 언론은 전혀 그 이상을 파고들지 않는군."

"확실한 증거가 없습니다."

이응배가 조심스럽게 말을 받았다.

"공식 요청을 받아 국방부 측에서 열린우리당에 보고한 것뿐이니까요. 그리고 한나라당 쪽에도 보고했습니다."

"건군 이후에 이런 경우가 있었느냐는 말이오, 내 말은."

쓴웃음을 지은 최대훈이 커피 잔을 내려놓더니 혼잣소리로 말했다.

"그렇군 , 6·25 전후와 30년 군사정권을 빼면 올해로 민주화 정부 13년차군."

그러고는 최대훈이 길게 숨을 뱉었다.

"수백 명 장군들이 이렇게 함께 매도당해도 좋단 말인가? 사기가 생명인 군의 사기를 전혀 고려하지 않은 개혁이 결국 누구를 위한 개혁이란 말인가?"

최대훈의 목소리는 낮았지만 눈빛은 강했다. 다시 심호흡을 한 최대훈이 말을 이었다.

"설쳐대는 검찰단 장교들은 곧 제대하고, 날리는 변호사가 되겠지. 군에서 알려진 명성이 경력에 도움이 될 테니까. 그리고 배후가 있다면 더욱 신임도 얻을 것이고."

최대훈의 얼굴에 쓴웃음이 번졌다.

"난 그자들이 제대하고 변호사 개업을 한다는 신문 보도를 읽고 잠깐 충격을 받았어요. 그자들은 군인이 아니었던 거요. 군을 떠나면 변호사가 된다는 보장이 진작부터 있었던 거요. 나는 그것을 잊고 있었던 거고 말이오."

"…."

"그래서 객관성 있게 군의 비리를 캘 수 있지 않느냐고 누가 묻는다면 그렇다고 할 수밖에. 하지만…."

머리를 든 최대훈의 눈빛이 공허해졌다.

"상식이 있는 국민이면 다 알 거요. 갑자기 투서도 아니고 괴문서 한 장으로 이 소동이 일어나는 이유를 말이오."

그때 열린 문으로 육군 참모총장 이태준이 들어섰으므로 모두 일어섰다.

"앉읍시다."

먼저 자리에 앉은 이태준이 사령관들에게 앉기를 권하더니 최대훈에게 말을 건넸다.

"곧 해결될 테니 더 이상 언급하지 맙시다."

이태준은 들어오며 1군사령관 최대훈의 이야기를 들었는지 부드럽게 말을 이었다.

"이럴 때일수록 군은 중심을 잡고 동요하면 안 됩니다. 일부 과격한 사람들이 쿠데타를 거론하는 모양인데 우리는 오히려 그런 루머나 선동을 예방해야 합니다."

그러고는 이태준이 쓴웃음을 지었다.

"작전참모부의 대령 하나가 육본에 가려고 택시를 탔다가 도중에 운전사한테 택시에서 쫓겨났다고 하는군."

모두의 시선을 받은 이태준이 얼굴을 일그러뜨리며 웃었다.

"택시 운전사가 '이런 때 군인이 혁명을 일으켜야 하는 거 아니냐?'고 물었다는 거요. 그래서 대령이 지금은 그런 시대가 아니라고 설명을 해줬더니 너나 민주화 많이 하라면서 돈 안 받을 테니 내리라고 했답니다."

"택시 운전사는 의외로 과격한 사람이 많습니다."

최대훈이 말하자 참모총장 이태준이 머리를 끄덕이며 말을 이었다.

"그들은 경제 환경에 가장 빨리 영향을 받고 소문에도 민감합니다. 수많은 사람들에게서 이야기를 들어서인지 깊지는 못하지만 다방면의 지식을 보유하고 있습니다."

"어쨌든 여러분은 동요하지 말길 부탁드립니다."

정색한 이태준이 주위를 둘러보며 말했으므로 모두 긴장했다. 이태준이 말을 이었다.

"군은 국가와 국민, 그리고 대통령에 충성하는 집단이고 헌법을 지킬 것입니다. 군이 정치에 간여해서는 절대 안 됩니다."

"따라와."

강찬석이 방으로 들어오자 작전참모부장 김경문 소장이 자리에서 일어서며 말했다.

"총장께서 부르신다."

"저를 말씀입니까?"

서둘러 뒤를 따르며 강찬석이 묻자 김경문은 머리를 끄덕였다.

복도를 나온 김경문이 걸음 속도를 늦추더니 머리를 돌려 강찬석을 보았다.

"네가 택시에서 쫓겨난 이야기를 총장께 해드렸더니 인상이 깊게 남으신 모양이다."

"…."

"출세를 하려면 상관의 인상에 남는 것이 첫째 조건이지. 그 상관이 작참부장에다 총장이면 더 말할 것도 없고."

"…."

"넌 참 운이 좋은 놈이다."

"…."

"총장께서 네 이야기를 회의실에서 사령관들한테도 하신 모양이야."

총장실 앞에 선 김경문이 군복 차림을 매만지더니 심호흡을 하고는 낮게 말했다.

"자, 들어가자."

마치 적진에 침투하는 레인저 같은 표정이었다.

"응, 왔나?"

김경문과 강찬석의 경례를 받은 이태준이 가볍게 머리를 끄덕였다. 이태준의 시선이 강찬석에게로 옮겨졌다. 차갑지도 부드럽지도 않은 담담한 시선이었다.

"귀관이 택시에서 쫓겨났다는 사연은 들었다. 그래서 불렀는데"

강찬석은 부동자세로 눈도 깜박이지 않았고 이태준의 말이 이어졌다.

"그 뒷이야기를 듣고 싶다. 택시에서 쫓겨났을 때 기분이 어땠는가? 군인으로서 느낀 그대로를 말하라."

"예."

턱을 든 강찬석이 이태준의 가슴께를 쏘아보며 말했다.

"그 당시에는 모욕감과 함께 현실에 대한 분노가 치밀었습니다."

이태준의 시선을 받은 강찬석이 말을 이었다.

"그러나 곧 그것이 군에 대한 기대가 크기 때문이라고 자위했습니다."

"됐다."

머리를 끄덕인 이태준이 옆에 선 김경문을 보았다.

"강 대령을 내일 청와대로 보내도록."

"예, 총장님."

부동자세를 한 김경문이 대답하자 이태준의 시선이 다시 강찬석에게로 옮겨졌다.

"국방보좌관실에서 대령급 장교 한 명을 비서관으로 보내 달라는 의뢰가 왔다. 귀관이 그곳에 가도록."

그러고는 이태준이 처음으로 희미하게 웃었다.

"앞으로는 전철을 타고 다녀야겠지?"

머리를 든 강대현이 대통령을 보았다. 존경과 신뢰로 가득 찬 시선이었다.

"대통령님, 저희는 전폭적으로 대통령님의 결단을 지지할 준비가 되어 있습니다. 당과 시민 단체, 그리고 언론을 통해 대대적인 남북 화해 캠페인을 펼치고 정상 회담에서 남북 공동 성명에 대한 윤곽을 조금만 흘려놓으면 북한에 대한 지원의 많고 적음은 무시될 것입니다. 따라서….”

“그렇다면 그쪽 대다수의 의견은 북측 요구 조건을 다 받아들이자는 것이군.”

대통령이 묻자 강대현은 절실한 표정이 되었다.

“그렇습니다. 이 시점에서 북한 측 요구 조건을 깎는 협상은 적절하지 않다는 의견이 지배적이었습니다, 대통령님.”

“우리 경제 사정도 좋지 않은데.”

“하지만 대국적으로 생각하신다면….”

“좋아. 그럼 그 내용을 공개할지가 문제인데, 어떻게 생각하나?”

“일부는 공개하되 일부는 당분간 비공개로 하는 것이 낫다고 생각합니다.”

강대현이 거침없이 말하자 대통령은 창밖에 시선을 준 채 한동안 입을 열지 않았다.

집무실 옆 소회의실에는 비서실장 박인식, NSC 차장 안형석까지 넷이 앉아 있었지만 대화는 대통령과 강대현이 주로 나누었다. 강대현은 직급은 아래였지만 대통령을 추종하는 민주조직의 리더인 것이다. 외부에는 386조직으로 알려졌지만 그들 스스로는 민주조직 또는 개혁조직이라 부르며 청와대의 핵심 라인을 모두 장악하고 있어서 대통령의 일거수일투족이 그들의 두뇌를 응용해서 움직인다고 해도 과언이 아니었다. 강대현이 말을 이었다.

“현금 지원만은 비공개로 추진하는 것이 낫지 않겠습니까?”

"현금만 비공개로 말인가?"

예상하고 있었다는 듯이 대통령이 혼잣소리처럼 물었을 때 잠자코 있던 안형석이 입을 열었다.

"국가 예산으로는 현금 지원이 어렵습니다, 대통령님."

그러자 비서실장 박인식이 거들었다.

"2조가 넘는 거금입니다. 그리고 지금은 6·15선언 때와 상황이 많이 다릅니다."

대통령의 시선이 다시 강대현에게로 옮겨졌다. 그러자 기다렸다는 듯이 강대현이 대통령을 향해 말했다.

"그 방법을 조속한 시간 내에 강구해서 보고 드리도록 하겠습니다."

"그렇게 하지."

대통령이 박인식과 안형석을 차례로 보며 말했다.

"신중하게 처리해야 할 거요. 박 실장님 말씀대로 지금은 6·15 때와 다르니까 말입니다."

그때는 지원을 현대 비자금으로 때웠다.

"삼성에서 빼내올 수밖에 없어."

강대현이 앞에 앉은 한지만과 백영석을 향해 말했다. 대통령 면담을 끝낸 강대현은 수석실로 돌아와 그들을 부른 것이었다.

"작년까지 순이익을 수십 조 낸 데다 현금 보유액도 몇조가 넘는다고 하니 자금 여력은 아마 충분할 거야."

"삼성이 말을 들을까요?"

한지만이 조심스럽게 묻자 강대현은 쓴웃음을 지었다.

"그 돈이 얼마나 중요한 일에 쓰이는지를 깨닫는다면 내겠지."

"하지만 요즘엔 외국인 주주가…."

"헛소리."

혀를 찬 강대현이 한지만의 말을 막았다.

"얼마든지 빼내는 방법이 있을 거야. 정 안 되면 이건희 회장 개인 재산이라도 내든지."

"그렇습니다."

백영석이 맞장구를 쳤다.

"그들도 역대 정권과 유착하지 않고서는 대재벌이 될 수 없었으니까, 이번에 조금 국가에 환원한다고 해서 반발해서는 안 되죠. 형님 말씀대로 그 돈이 얼마나 중요한 일에 쓰이는지 안다면 순순히 내놓겠지요."

그 시간에 대통령은 대통령 자문 정책기획위원장 임경호와 집무실에서 마주앉아 있었는데 피곤한 표정이었다. 특유의 희미한 웃음도 띠지 않고 임경호를 바라보았다.

"집단소송이 시작되면 경제계에 많은 타격이 올 것 같습니다. 그래서 시민 단체에 자중하라는 메시지를 계속 보내고 있습니다. 하지만 노동계와 민주노동당 쪽은 다른 방법을 강구해야 할 것 같고, 또…."

힐끗 대통령의 눈치를 살핀 임경호가 말을 이었다.

"당내 일부 의원들이 분식 회계에 대한 집단소송을 지원한다는 소문도 있어서 분위기가 좋지 않습니다."

대통령은 잠자코 앞에 놓인 녹차 잔을 들어 한 모금을 삼켰다. 작년 말 당정이 기업의 과거 분식 회계에 대한 집단소송을 2년 유예키로 결정했는데도 여당의 법사위원들이 부결시켜버렸다. 당내 강경파 그룹의 압력이 작용한 것이다. 그들은 개혁 입법을 밀어붙이지 못해서 지지 세력이 점차 이탈한다고 믿고 있었다.

"경제활동에 장애가 되지 않도록 신중하게 처신해야 합니다."

대통령이 말하자 임경호는 머리를 끄덕였지만 건성처럼 보였다. 그 것은 대통령이 당의 일에는 간여하지 않겠다고 여러 번 공언했지만 임 경호마저 반신반의하는 상황이었기 때문이다.

강경파 초선 그룹은 모두 대통령의 절대적인 추종자들이었으니 그 들의 행동을 독자적이라고 보는 사람은 드물었다. 배후에는 대통령이 있는 것처럼 보였고 또 일부 강경파 의원은 그런 분위기를 풍기고 다니 기까지 했던 것이다. 지도부에서 결정한 사안이 강경파 초선 그룹에 의 해 여러 번 뒤집혔어도 중진들이 무기력하게 방관한 이유도 그 때문이 었다.

"하반기에 예산을 집중해서 집행하면 경제에 탄력이 붙을 것입니다. 자금이 풀리면 소비가 늘어날 것이며 또…."

임경호가 차분한 목소리로 말을 이어갔고 대통령은 잠자코 들었다. 보고 요령은 중소기업에서 청와대 보고까지 모두 대동소이할 것이다. 서론, 상황, 분석, 대책 순으로 이어지며 충격 요법으로 순서를 바꾸기 도 하지만 대책이 낙관적인 것은 다 똑같다. 망한다는 대책을 보고하는 미친놈은 없다.

"일자리 40만 개 늘리기 운동에 기업이 적극 참여하도록 독려하고 있습니다. 그래서…."

임경호의 보고가 계속되는 동안 대통령은 가끔 창밖으로 시선을 주 었다. 다른 생각에 잠겨 있는 것 같은 태도였다.

3장
최후통첩

"경제는 생물이여."

문병식이 버럭 소리를 지르고는 곧 시트에 등을 붙이더니 쓴웃음을 지었다.

"살아 움직이는 물건이란 말이여."

택시 안이었다. 밤 10시가 넘어가고 있는데 박대구는 모처럼 행운을 잡았다. 시흥에서 상계동까지 가자는 손님을 태운 것이다. 올림픽대로와 동부간선도로를 타면 길이 잘 빠질 뿐만 아니라 요금은 3만5천 원쯤 나올 테니 이런 손님 셋만 잡으면 일당 벌이가 되었다.

뒤에 탄 손님은 직원들하고 술을 한잔 했다는 50대의 중소기업 사장이었는데 박대구의 눈썰미로 짐작하면 기계나 공구제작소 운영자였다. 손님이 탄 그 근처에는 그런 공장이 많았기 때문이다. 택시에 손님이 없다는 이야기로 시작한 대화가 영등포를 지날 때 즈음에는 한국 경제에 이르렀고 지금은 경제 대책 무용론을 손님이 토로하는 중이었다.

"지금 한국 경제는 백약이 무효여. 어떤 놈이 어떤 정책을 내놓아도 약발이 먹히지가 않는다구."

문병식의 목소리가 높아졌다.

"그 이유가 뭔지 아시오?"

"모르겠는데요."

힐끗 룸미러로 문병식을 살핀 박대구가 대답했다. 기업하는 손님을 태우면 백 명에 백 명이 다 육두문자를 쓰면서 현 정권을 욕했다. 지금까지 박대구는 현 정권이 잘했다고 칭찬하는 기업가를 한 명도 보지 못했다. 27년 동안 택시 운전사 생활을 했지만 광주민중항쟁을 일으켰던 전두환 시절에도 이 정도는 아니었다. 누구는 민주화가 되어서 마음껏 욕을 해도 안 잡아가기 때문에 그런다고 하지만 그건 헛소리였다. 그때나 지금이나 택시 안은 철저한 언론의 자유 공간이다. 술 먹고 택시 안에서 울분을 터뜨리는 것은 그때나 지금이나 마찬가지다.

그때 문병식의 말이 이어졌다.

"불안하기 때문이여. 이 정권이 어디로 갈지 모르기 때문에 다들 돈을 싸쥐고 있거나 중국으로 미국으로 튀는 거여."

"청와대에 있는 임경호가 문제라면서요?"

한 가닥 들은 풍월로 박대구가 묻자 문병식이 코웃음을 쳤다.

"구멍가게도 운영해본 적이 없는 놈이 난데없이 나타나, 이놈 저놈이 쓴 책에서 베낀 학설을 갖다가 세계 제11위의 경제대국인 한국 경제에다 실험용으로 사용하고 있어. 하지만 그 따위 놈이 문제가 아녀."

"그럼 경제부총리들이 문제구만요. 처음에는 모두 뭔가 해낼 것같이 떠들다가 임경호한테 눌리고 그만둔다면서요. 어쨌든 부총리 자리도 쉽지는 않은 모양입디다."

"그놈들도 문제가 아녀."

문병식이 내뱉듯이 말하자 기분이 상한 박대구가 룸미러를 보았다.

"그럼, 사장님. 뭐가 문젭니까?"

"노무현 대통령이여."

"하긴 그렇죠."

박대구가 머리를 끄덕였다.

"결국 다 노무현이 일으킨 일이니까. 임경호한테 힘을 실어준 것도 노무현이고…."

헛기침을 한 문병식한테 삼겹살 냄새가 짙게 풍겨났다. 문병식이 정색하고 말을 이었다.

"아까 내가 경제는 생물이라고 했지 않소? 살아 움직이는 물건이라고 말이오."

"그러셨지요."

"경제는 주변 상황에 예민하지. 주위에서 아무리 북 치고 장구를 치면서 지랄을 해도 불안감을 느끼면 꿈쩍도 안 해. 잡아끌어도 나오질 않아. 임경호 같은 놈을 백 명씩 데려와도 소용없어."

"그렇겠지요."

"경제는 노무현이가 움직이게 해줘야 돼."

"대통령이?"

말을 되받은 박대구가 다시 룸미러를 보았다.

"어떻게 말입니까?"

"먼저 대한민국이 자유민주주의 국가이고 시장경제를 추구하고 있다는 확신을 사업하는 사람들은 물론이고 국민들한테도 심어줘야지."

"그거야…."

당연한 말이었으므로 박대구의 대답은 시큰둥했다. 대통령은 물론이고 청와대, 열린우리당, 하다못해 친여 시민 단체와 노조에서도 입

94

만 열면 그 소리를 해대고 있는 것이다. 그때 문병식의 말이 다시 이어졌다.

"이제 말로는 절대로 안 먹혀. 노무현이가 행동으로 보여줘야 돼."

"행동으로…."

"그렇지. 행동으로."

그러고는 문병식이 트림을 하더니 지친 듯 시트에 등을 붙였다.

"청와대, 열린우리당, 정부기관, 언론계, 시민단체에 박혀 있는 주사파 놈들을 누를 수 있는 것은 노무현뿐이거든."

문병식이 이번에는 길게 숨을 뱉었으므로 삼겹살 냄새가 택시 안에 가득 찼다.

"하지만 그것이 불가능할 것 같으니까 경제가 요 모양 요 꼴이 되고 있는 거라구."

"어, 잘 왔어."

국방보좌관 윤기환이 건성으로 머리를 끄덕이며 강찬석을 맞았다.

"김 소장한테서 조금 전에 전화가 왔더구만. 그래, 숙소는 정했나?"

"예, 당분간 누님 댁에서 출근할 계획입니다, 보좌관님."

강찬석이 절도 있게 말하자 윤기환은 다시 머리를 끄덕였다. 윤기환은 예비역 육군 소장으로 까마득한 육사 선배였는데 강찬석과는 어떤 인연도 없었다. 인연이 없기는 대통령이나 집권 세력들과도 마찬가지여서 갑자기 국방보좌관으로 발탁된 배경도 오히려 그 때문이라는 소문이었다. 그래서 당연히 실세 그룹과는 거리가 있었고 매스컴에도 거의 등장하지 않았다.

"자네 역할은 국방부와 육본 간의 연락 및 자료 수집이야. 특히 육본과의 원활한 소통을 위해서 이번에 보직 하나를 늘린 것이지.”

윤기환이 이제는 정색하고 강찬석을 보았다.

“이곳은 대한민국의 통치자이신 대통령을 모시는 곳이야. 모든 국가 통치의 중심이란 말이지. 정신 똑바로 차리고 근무해야 될 거야.”

“10분 여유가 있어요.”

행사 의전팀의 장 과장이 손목시계를 들여다보면서 말했다.

“대통령께서도 알고 계실 테니까 10분 후에 말씀드립시다.”

이제는 여러 번 함께 행동한 후였으므로 장 과장은 김성만을 아주 친숙하게 대했다.

행사 의전팀에서만 5년째 근무하는 장 과장은 청와대 경력이 8년인 고참이었다. 그때 옆문이 열리더니 부속실 소속의 여직원이 상반신만 내밀고 말했다.

“김 과장님 , 대통령께서 부르십니다.”

“이크.”

장 과장이 어깨를 움츠리며 김성만에게 웃어 보였다. 전혀 부러워하지 않는 기색이었고 그것이 김성만을 따라 웃게 만들었다.

“10분 후에 총리 면담입니다. 말씀드리세요.”

김성만의 뒤에 대고 장 과장이 말했다.

대통령은 책상 앞에 앉아 있었는데 TV에 가끔 비치는 것처럼 결재를 하거나 PC 모니터를 보고 있지는 않았다. 조금 입을 벌린 명한 표정으로 창밖을 보다가 김성만이 들어서자 자리에서 일어났다.

“어, 거기 앉지.”

눈으로 옆 소파를 가리켜 보인 대통령이 앞자리에 앉았다.

"자네, 다시 한 번 베이징에 가줘야겠어."

대통령이 가라앉은 표정으로 자리에 앉은 김성만을 바라보며 말했다.

"이번 회담은 북한 측 조건을 될 수 있는 한 줄이는 일이야. 우리 경제도 좋지 않은데 요구 조건이 너무 부담스러워."

그러고는 대통령은 외면한 채 입맛을 다셨다.

"그리고 자네 말도 일리가 있어."

김성만이 긴장했고 대통령의 말이 이어졌다.

"조금 전에 통일부 장관한테는 그 이야기를 했어. 하지만"

대통령이 머리를 돌려 김성만을 보았다.

"주위에서는 북한 측이 고집을 부리면 그냥 받아들이자고 하는군."

"…."

"자네 어떻게 생각하나, 반대겠지?"

"예. 저는…."

"알아."

천천히 머리를 끄덕인 대통령이 부담을 덜어주려는 듯이 김성만의 말을 막았다.

"회담 일정은 이번 토요일로 잡혔어. 이번에도 비밀로 나가야 할 것이고 지난번과 같은 멤버야. 다녀와서 나한테 다시 조언을 해주게."

"예."

"답답해."

그러고는 대통령은 진짜 가슴이 답답한지 잠시 어깨를 펴고 심호흡을 했다.

"경제가 살아나야 할 텐데 말이야."

"이러면 다음 대선도 물 건너갑니다. 모두 꿈에서 깨어나야 해요."

그렇게 말한 사람은 강준표였다. 그는 다시 말을 이었다.

"열린우리당도 머리가 있어요. 이대로 나간다면 결국 우리가 집니다. 오히려 시간이 지날수록 무기력하고 무능한 우리의 모습이 더 부각될 것이라고 빤히 내다보고 있단 말입니다."

그러고는 강준표가 지친 표정으로 어깨를 늘어뜨렸다.

"열린우리당은 끊임없이 공세를 퍼부을 것이고 우리가 어쩔 수 없이 저항하는 사이에 여론은 정치권을 외면하게 됩니다. 그러면서 우리는 대안이 없는 정당, 반대를 위한 반대만 하는 정당, 반사 이익만 기대하는 정당으로 낙인찍히는 것이지요."

그러나 방 안에 둘러앉은 아무도 입을 열지 않았으므로 방 안은 무거운 정적에 휩싸였다. 오늘은 당 여의도연구소에 강경 비주류 그룹인 강준표와 조재호, 그리고 새 정치 수요 모임 소속인 장필호와 장용희, 거기에다 유병일 정책위의장과 대표의 법률관계 측근인 유춘기, 정책통인 한영규, 박형준 등 10여 명의 의원이 모여 비공개 회의를 하는 중이었다. 측근과 비주류 그룹까지 모인 비상대책회의인 것이다. 그때 조재호가 가볍게 헛기침을 하더니 정적을 깨뜨렸다.

"올해 들어서 대통령이 정치와 거리를 두는 척하고 있지만 쇼입니다. 뒤에서 다 조종하고 있어요."

"그렇죠. 재보선에서 전패한 후라 정면으로 나설 수도 없는 입장일 테니까요."

그렇게 말을 받은 것은 유병일 정책위의장이었다. 얼굴을 굳힌 유병일이 말을 이었다.

"아까 강 의원도 말씀하셨지만 이대로 간다면 한나라당은 곧 존폐의 위기에 봉착할 것이고 다음 대선에서도 희망이 없습니다. 따라서 말뿐이 아닌 당의 전면 개조만이 당이 살아날 길입니다."

"당명을 또 바꾸자는 건가요?"

누군가가 묻자 유병일은 쓴웃음을 지었다.

"이제 그런 행태는 국민들이 웃습니다. 오히려 안 하느니만 못하지요."

"그럼 뭡니까?"

그러자 이번에는 한영규가 정색하고 말했다.

"뉴라이트 그룹과의 통합입니다."

그 순간 다시 방 안은 정적에 휩싸였다. 뉴라이트 그룹은 이른바 신보수 성격을 띤 조직으로 아직 세력화하지는 않았지만 여론의 반응은 좋았다. 특히 보수 한나라당에 실망한 중도 보수 세력의 대부분이 뉴라이트 그룹을 대안으로 삼고 있었다. 그러나 문제가 있었다. 뉴라이트 그룹은 운동권 출신으로 전향한 주사파가 핵심을 이루고 있는 것이다. 그들은 한나라당 내부의 보수 세력은 물론이고 당의 노선에 비판적이었다. 어쩌면 뉴라이트는 한나라당만의 일방적인 짝사랑이 될지도 몰랐다. 그때 강준표가 정적을 깨뜨리며 물었다.

"그쪽과 이야기가 되었습니까?"

"추진 중입니다. 하지만"

목소리를 낮춘 한영규가 쓴웃음을 지었다.

"모두 잘 아시겠지만 그렇게 된다면 당은 대대적인 내부 조정을 겪어야 할 것입니다. 당의 정책뿐만 아니라 경우에 따라서는 당의 대표도 바꿔야 할지 모릅니다."

"그렇다면."

이제는 조재호가 굳어진 얼굴로 유병일과 한영규를 번갈아 보았다.

"박 대표도 그것을 각오하고 있단 말입니까?"

"그래서 오늘 모두 뵙자고 한 겁니다."

유병일이 말을 받았다. 오늘 모임은 그가 주선한 것이었다.

"박 대표는 자신의 모든 것을 희생할 각오로 국면의 전환을 꾀하고 있습니다. 따라서 여러분께서도 당과 국민을 위해 이번 일에 합심해서 동참해 주십사 하고 부탁드리려는 것입니다."

"국방보좌관실에서 왔습니다."

말끔한 신사복을 입었지만 여전히 군인다운 태도로 강찬석이 손에 든 서류를 김성만에게 내밀었다.

"대통령께서 말씀하신 자료입니다."

"아, 예."

마침 기다리고 있던 참이어서 김성만은 서류를 받았다. 대통령은 이번에 진급한 장군들을 비롯한 육군 장성들의 인적사항 자료를 요청했던 것이다. 국방보좌관을 직접 대면하지는 않고 서류만 보겠다고 했으므로 강찬석이 심부름을 온 것이었다.

"잠깐만 기다리시죠."

김성만이 자리에서 일어서며 말했다.

"대통령께서 혹 다른 말씀을 하실지도 모르니까요."

"예, 알겠습니다."

대통령 집무실 옆 대기실을 둘러본 강찬석이 소파 끝 쪽에 앉았다.

방 안에는 사내가 두 명 더 있었는데 그들과는 아직 인사를 하지 않았다. 오늘 오후 3시 20분에 대기실에서 대통령에게 보내는 서류를 받을 사람이 부속실의 김성만 과장이라는 것만 알고 있을 뿐이었다. 그때 김성만이 방으로 들어섰으므로 강찬석은 조금 긴장했다.

"잠깐만 더 기다리시지요."

김성만이 자리에서 일어서는 강찬석을 향해 말했다. 그러고는 방 안의 두 사내를 향해 말을 이었다.

"3시 40분까지 집무실에 계시겠답니다. 그러니까…"

"알겠습니다."

사내 하나가 머리를 끄덕이더니 안쪽 책상으로 다가가 전화기를 들었고 다른 하나는 서둘러 방을 나갔다.

"앉으시지요."

김성만이 엉거주춤 서 있는 강찬석에게 자리를 권하면서 웃어 보였다.

"저도 청와대에 온 지 한 달밖에 되지 않습니다. 아직 신참이지요."

앞쪽에 앉은 강찬석을 향해 김성만이 부드럽게 물었다.

"현역이시지요?"

"예, 육군 대령입니다."

그러고는 강찬석이 덧붙였다.

"연락관 강찬석입니다."

"알고 계시겠지만 김성만이라고 합니다. 부속실 소속 과장이지요."

정식으로 인사를 나눈 두 사람은 마주보고 웃었다. 힐끗 안쪽의 책상에서 아직도 전화기를 귀에 대고 있는 직원에게 시선을 주었던 김성만이 다시 입을 열었다.

"저는 한 달 반 전만 해도 택시 운전을 했지요. 그 전에는 출판사에도 몇 달 있다가 또 그 전에는 보험 회사 영업 사원도 했고."

말을 그친 김성만이 얼굴을 일그러뜨리며 웃었다.

"그런 놈이 이곳에 있으니 나라가 제대로 되겠습니까? 대통령 가치만 떨어뜨릴 뿐이지요."

아연해진 강찬석이 대답 대신 침만 삼켰고 두 눈을 크게 뜬 채 긴장했다. 다시 웃음을 띤 김성만이 말을 이었다.

"누가 그런 말을 했다더군요. 집권 세력이 과거나 끄집어내고 싸움만 하고 있는 것은 권위주의 정권과 싸운 것 말고는 경험한 것이 없고, 따라서 할 줄 아는 것은 그것밖에 없기 때문이라고 말입니다."

강찬석은 이제 숨소리마저 죽였다. 그러고는 혹시 김성만이 자신을 시험하는 것이 아닌가 하고 생각했다. 그는 지금 제 입으로 제 욕을 하는 것이나 마찬가지였다. 그때 김성만이 자리에서 일어서더니 강찬석에게 말했다.

"시간이 다 되었는데 부르시지 않는 걸 보면 이젠 돌아가셔도 될 것 같습니다."

"부속실의 김성만 과장에 대해 좀 아십니까?"

강찬석이 불쑥 묻자 양대성은 신문에서 시선을 뗐다. 6시가 거의다 되어 사무실 분위기는 조금 느슨해져 있었다. 보좌관 윤기환이 국방부에 일이 있어서 조금 전에 사무실을 떠났기 때문이기도 했다.

"알지요. 그런데 왜 묻습니까?"

양대성은 군 관련 행사 담당으로 나이가 강찬석과 비슷한 40대 후반이고 국방보좌관실에서는 둘이 가장 나이 든 축에 들었다. 그래서 강찬석과 가장 이야기를 많이 나누는 사이가 되었지만 자신의 내력은 절대 말하지 않았다. 강찬석의 짐작으로는 양대성이 군에 가지 않았거나 갔어도 보충역 출신으로 짐작하고 있었다.

"제가 집무실에 갔더니 그분이 대통령께 서류를 갖다 드리더군요."

"김성만 씨는 떠오르는 별이죠."

양대성이 말했다.

"청와대에 들어온 지는 한 달밖에 되지 않아요, 그 사람."

"그렇습니까?"

김성만한테서 직접 들었지만 강찬석이 눈을 크게 뜨고 호기심이 일어난다는 표정을 지었다. 그러자 양대성이 목소리를 낮췄다.

"김동만 의원 사촌형이에요. 김동만 씨 백으로 들어온 거죠."

"아아."

"1980년대 운동권의 유명한 이론가였지요. 지금 청와대에 들어온 사람 중 몇 명은 그 사람한테서 교육을 받았다고 합니다."

"양 과장님은 잘 아시는군요."

그러자 양대성이 다시 신문을 집으며 말했다.

"다 들은 풍월이죠. 청와대 안에서는 다 그 물이 그 물이라 비밀이 없다고요."

머리를 든 강찬석이 양대성을 보았다. 그러나 양대성은 신문에 시선을 준 채 입을 다물었다.

"선배님, 내일 떠나시지요?"

백영석이 웃음 띤 얼굴로 김성만을 보며 물었다.

"6시 비행기로 들었는데."

"이런, 어디서 정보가 샜지?"

쓴웃음을 지은 김성만이 주위를 둘러보는 시늉을 했다. 대통령이 조금 전에 관저로 들어가신 터라 부속실 안은 둘뿐이었다. 옆 대기실에서 직원 두 명이 대기하고 있었지만 지금은 시간 여유가 있는 편이었다.

"선배님, 가시지요. 오늘 저희가 간단하게 한잔 사겠습니다."

손목시계를 들여다본 백영석이 자리에서 일어서며 말했다.

"제가 선배님을 모시러 온 겁니다. 모두 기다리고 있으니까 가시지요."

김성만이 할 수 없이 끌려간 곳은 청와대에서 멀지 않은 삼청동의 호젓한 카페였다. 홀에는 손님이 한 명도 없었고 안쪽으로 들어서자 낯익은 얼굴 대여섯 명이 김성만을 맞았다.

"어서 오시오 , 김 형."

상석에 앉아 있던 강대현이 김성만에게 손을 내밀었다.

"떠나기 전에 한잔 대접하는 것이 예의일 것 같아서 저희가 오시라고 한 겁니다."

"아니, 제가 이런 대접을 받을 수가⋯."

김성만이 두 손으로 강대현의 손을 잡고 말했다.

"감사합니다."

"어쨌든 이번 만남으로 모든 게 결정될 것 아니겠습니까?"

자리에 앉았을 때 김성만의 잔에 양주를 따르면서 강대현이 말했다.

"김 형의 임무가 막중합니다."

"과분한 임무지요."

술잔을 쥔 김성만이 방 안을 둘러보았다. 강대현을 중심으로 백영석과 한지만 등 청와대 각 조직에 포진한 핵심 멤버가 대부분 모여 있었다. 그들은 이른바 실세인 것이다.

"자, 위하여!"

술잔을 든 강대현이 건배를 제의했다. 모두 따라서 술잔을 들어 올렸을 때 강대현이 선창했다.

"남북 공존을 위하여."

"위하여!"

모두가 한 모금씩 양주를 삼켰다. 모두의 얼굴에는 생기가 있었고 방 안 분위기는 활기로 가득 찼다.

"김 형."

정면에 앉은 강대현이 김성만에게 빈 잔을 건네더니 탁자 위로 상반신을 굽히고 말했다.

"내가 대통령께 북한 측 요구를 수용하자고 말씀드렸어요. 이번 결과가 어떻게 나오든 그 방향으로 추진될 겁니다."

방 안이 떠들썩했지만 강대현의 목소리는 다 들렸다. 거침없이 말하고 있었다. 주위가 조용해졌어도 강대현은 목소리를 낮추지 않았다.

"안 차장이 잘 알아서 하겠지만 김 형도 대통령께 힘을 북돋아드리기를 부탁드립니다."

"저를 과대평가하고 계시는데요."

김성만이 멋쩍은 듯 시선을 내리자 강대현은 여전히 정색한 채 머리를 저었다.

"천만에요. 아까도 말씀드렸지만 김 형의 역할이 아주 막중합니다. 대통령은 조언자가 필요하셨던 것이고 김 형이 적임자였지요. 대통령께서는 역시 사람 보는 눈이 있으십니다."

오늘 모임은 단합대회 겸 김성만에게 임무의 중요성을 강조하려는 것이 목적이었던 것이다. 강대현이 말을 이었다.

"이번 남북 정상 회담으로 남북 간의 대치 상태는 종결됩니다. 우리는 이미 국방백서의 주적 개념을 없앤 데다 남북 공동으로 핵 폐기 선언을 함으로써 남북이 공동체임을 세계만방에 확인시켜줄 테니까요."

술잔을 든 강대현이 벌써 붉어진 얼굴로 이만 드러낸 채 소리 없이 웃었다. 그러고는 다시 건배를 제의했다.

"자, 민족 자주를 위하여!"

김성만이 바지 주머니에 넣어둔 휴대전화의 진동을 느끼고 꺼내 보았을 때는 밤 9시 20분이었다. 아직 카페의 모임은 끝나지 않았는데 김성만은 앞에 술잔 네 개를 놓고 잔 비우기를 재촉 받고 있는 형편이었다. 발신자 번호를 읽은 김성만이 놀라 자리에서 일어섰다. 부속실의 당직자한테서 온 긴급 호출이었던 것이다. 서둘러 밖으로 나온 김성만이 전화를 받자 당직자가 재촉하듯 말했다.

"대통령께서 부르십니다. 지금 관저에서 기다리고 계십니다."

김성만은 강대현에게 인사도 하지 않고 카페를 나왔다. 나오면서 카페 주인에게 급한 일로 간다는 말이나 전해달라고 했다.

"음, 늦은 시간인데 불러서 미안한데…."

대기실로 들어선 대통령이 웃음 띤 얼굴로 말하자 김성만이 정색했다.

"아닙니다."

바짝 긴장한 김성만 앞에 다가선 대통령이 손목시계를 보는 시늉을 했다.

"9시 40분인데. 나하고 같이 밖에 좀 나갈까?"

"예, 그런데 어디를."

"글쎄."

대통령이 눈을 가늘게 뜨고 김성만을 보았다.

"이곳저곳, 식당도 좋고, 술집도 좋고 요즘 경기를 직접 내 눈으로 보고 싶어서."

숨을 들이마신 김성만은 대통령이 나름대로 수수하게 차려입은 것을 그때서야 보았다. 검정색 점퍼에다 가벼운 운동화 차림이어서 마치 시골 아저씨와 다름없었다. 대통령이 손에 쥔 야구 모자를 들어 보였다.

"이 모자를 쓰고 마스크로 입을 가린다면 누가 알아보지는 못 하겠지?"

"예, 하지만."

"경호실장한테는 얘기를 했어. 경호원 둘만 따르게 한다는군."

이윽고 대통령이 앞장서서 대기실을 나서면서 말했다.

"경호원들에게는 절대로 티를 내지 말라고 지시했어. 그리고 그들은 우리가 어디로 가는 줄도 모르니까 따라만 올 거야."

"대통령님, 그러시면."

"김 과장이 안내해, 아무 곳이나."

야구 모자를 눌러 쓰면서 대통령이 마치 전장에 나가는 병사와 같은 표정으로 김성만에게 말했다.

"우리 국민들이 어떻게 사는지 내 눈으로 봐야겠어."

"어서 오세요."

문이 열리는 기척에 기계적으로 인사부터 한 나주댁은 자리에서 일어섰다. 10시 20분이 지나가고 있어서 10분만 더 기다려보다가 문을 닫을 생각이었던 터였다. 10평 남짓한 순댓국집 안은 손님이 한 사람도 없었고 오늘 매상도 15만 원이 채 안 되었다. 새로 들어온 손님은 남자 둘로 그중 하나는 의자에 앉아서도 야구 모자에 마스크를 벗지 않았다.

"뭘 드릴까?"

다가간 나주댁이 40대쯤으로 보이는 사내에게 물었다. 지금 손님은 틀림없이 술손님이다. 매상 2~3만 원 올리려고 앞으로 두어 시간을 더 버텨야겠지만 어쩔 수 없는 일이었다.

"예, 순댓국 두 개하고, 저기…."

40대가 힐끗 앞에 앉은 마스크를 보더니 계속해서 주문했다.

"수육 한 접시하고 소주 주십시오."

그러면 매상이 3만2천 원이 되었다. 기운이 난 나주댁이 주방에서 졸고 있던 안 씨에게 주문을 불러주고는 곧 밑반찬을 챙겼다. 그러다가 문득 반찬 챙기는 손을 멈추고는 손님들을 보았다. 그때 마스크를 쓴 손님이 마스크를 벗고 있었는데 나주댁은 이맛살을 찌푸렸다. 손님 얼굴이 대통령과 꼭 닮았기 때문이었다.

먼저 술과 밑반찬을 가져간 나주댁이 그릇을 내려놓으면서 대통령을 닮은 손님을 찬찬히 보았다. 이마의 굵은 주름살마저 닮아서 TV에 나가도 좋겠다는 생각이 들었다.

"참, 얼굴이 신통허게 닮았소, 잉?"

마침내 나주댁이 한마디를 뱉었을 때 대통령이 머리를 들었다. 마스크를 벗었을 때부터 여자가 계속 시선을 주고 있었던 것이다.

"예, 제가 노무현입니다."

대통령이 말했을 때 나주댁은 퍼뜩 눈을 치떴지만 아직 쟁반에 담겨 있던 그릇을 떨어뜨리거나 엎지르지는 않았다. 그러나 나머지 그릇을 내려놓으면서 말을 더듬었다.

"정, 정말이시오?"

"그럼 거짓말을 하겠습니까?"

웃음 띤 얼굴로 대통령이 말하자 나주댁은 한 걸음 물러섰다.

"아이구, 정말이네."

목소리로 확인한 것 같았다.

"아이구머니, 대통령이 우리 집을…."

이제는 반쯤 넋이 나간 얼굴로 혼잣소리처럼 말했을 때 대통령이 손으로 옆쪽 빈 의자를 가리켰다.

"앉으세요, 아주머니. 요즘 사는 이야기 좀 하십시다."

그때 김성만도 자리에서 일어나 나주댁에게 앉기를 권했다. 김성만은 이런 방법으로 민심이나 경제 상황을 파악할 수 있으리라고는 생각하지 않았다. 당황한 상대방이 우선 충격을 받아 흥분하는 데다 대통령 앞에서 대놓고 비난할 수 있는 사람은 없을 것이었다. 나주댁이 자리에 앉았을 때 대통령이 정색하고 물었다.

"요즘 힘드시지요? 그 힘든 이유가 무엇 때문이라고 생각하시는지 저한테 솔직하게 말씀을 좀 해주세요."

그때 주방에서 안 씨가 순댓국과 수육을 들고 와 식탁 위에 내려놓았다. 그러고는 힐끗 대통령을 보더니 풀썩 웃었다.

"그 양반 참, 대통령 많이 닮았네."

그러고는 몸을 돌려 주방으로 돌아갔으므로 나주댁이 따라 웃다가 정색했다. 안 씨 덕분에 진정이 된 것이다. 나주댁이 대통령의 시선을 받고는 입을 열었다.

"나만 힘든 게 아니지라. 다 힘들어요."

"예, 그렇다고 들었습니다. 경제가."

"다 못 살겠다고 헙디다."

"아, 예."

나주댁이 길게 숨을 뱉더니 주름진 얼굴로 대통령을 보았다. 60대 중반인 나주댁은 김대중이 대통령에 당선되었을 때 춤을 추었다고 했다. 10년 전에 죽은 남편 최성기가 김대중의 열렬한 추종자였기 때문이다. 그 외에 다른 이유는 없었다.

"나는 박정희 때부터 쭉 대통령을 겪어봤지만 지금처럼 대통령이 욕을 얻어먹는 경우는 처음 보았다니께."

나주댁의 목소리는 의외로 차분했고 눈빛도 흔들리지 않았다. 대통령은 이제 머리만 끄덕였고 나주댁의 말이 이어졌다.

"나이든 사람은 하나같이 욕을 헙디다. 듣고 보니까 대통령이 빨갱이들만 싸고돈다고 허던디. 그거야 막말 허는 것이었고, 아따 전두환이 시절에도 이렇게까지는 욕을 허지 않았소."

숨을 고른 나주댁의 목소리가 조금 높아졌다.

"왜냐허면 그땐 장사들이 잘되었거든. 그래서 모두 신바람들이 났었다니께 그러네. 내가 그때는 천안에서 생선가게를 혔는디, 정치야 어떻게 되었건 장사허는 재미로 살았지. 그때 번 돈으로 자식 셋 딴살림 차려주고 지금까지 버텨온 거지라."

그러고는 나주댁이 안쓰러운 표정으로 대통령을 보았다.

"나도 아자씨 찍었어라."

"고맙습니다, 아주머니."

"그란디 대통령 뒤에 위아래도 몰라보는 빨갱이들이 있는 줄은 정말 몰랐어라."

"…"

"어른들이 충고를 허면, 느그들이 배 두드리고 살았을 때 우리는 민주화 헐라고 데모 허면서 라면 묵고 살았다고 헌다면서요?"

"…"

"그런 싸가지 없는 놈들이 있기 땜시로 장사가 이렇게 안 되는 거요. 복장이 터질 노릇이지. 누가 민주화시켜달라고 혔어? 장사만 잘되면 되여, 잘만 살문 민주화는 저절로 되는 것이여. 그렇지, 잘사는 것이 민주화라고. 그 염병헐 놈들헌티 대통령 양반님이 말씀 좀 해주쇼."

"예, 아주머니."

"아자씨 뒤에 그런 놈들이 있는 줄 알았다믄 누가 찍었겠소?"

그러고는 나주댁이 길게 숨을 뱉었다.

"나는 이 가게 이번 달로 문 닫소. 대통령 양반이 와주셔서 고맙긴 헙니다만."

후암동 언덕길을 걸어 내려가는 동안 대통령은 입을 열지 않았다. 밤 11시 10분이 되어가고 있었다. 이곳은 2차선 도로가에 차들이 주차되어 있어서 차도는 아주 혼잡했다. 다시 마스크에 야구 모자 차림으로 바지에 두 손을 찌른 채 한동안 말없이 걷던 대통령이 발을 멈췄다. 인도에는 통행인이 별로 없었으므로 뒤를 따르던 경호실 요원 두 명도 동시에 멈춰 서는 것이 보였다.

"그 아줌마 참 억세구만."

마스크를 턱 밑으로 내리면서 대통령이 혼잣소리처럼 말했다. 그런 후 옆에 선 김성만을 향해 쓴웃음을 지어 보였다.

"혼났지만 개운하네, 안 그래?"

김성만이 어떻게 대답을 하겠는가? 그러나 대통령의 웃음을 보자 갑자기 가슴에 막혔던 숨이 터져 나왔다. 그 순간 이번에는 김성만의 가슴이 개운해졌다.

"김성만을 데리고 민정시찰을 나가셨다는군. 둘이서 말이야."

전화기를 내려놓은 강대현이 앞에 앉은 백영석을 보았다. 술기운으로 충혈된 눈이 번들거리고 있었다. 방금 청와대에 남아 있던 직원에게서 보고를 받은 것이었다.

"대통령의 신임이 너무 각별한데요."

백영석이 낮게 말했다.

"지금까지 이런 적이 한 번도 없으셨지 않습니까?"

강대현은 시선을 돌려 옆쪽의 벽을 향한 채 입을 열지 않았다. 물론 이런 일은 처음이었다. 청와대 근무 한 달이 겨우 지난 직원을 국가 중대사인 정상 회담에 대한 비밀 협의 대표로 두 번이나 선발하고 야간 암행에 단독으로 수행하도록 한 것은 엄청난 파격이었다.

"별로 말이 없으니 속을 알 수가 있나."

이윽고 혼잣소리처럼 말한 강대현이 쓴웃음 지은 얼굴로 백영석을 보며 말했다.

"김성만 말이야."

"예, 과묵한 편이지요."

"믿음성은 가지만 진심을 모르겠어."

"우리 모임에 가입했지 않습니까? 임무도 주어졌고 말입니다."

"그건 말뿐이지 구속력이 없어."

입맛을 다신 강대현이 팔짱을 끼었다. 모임이 끝난 후 둘은 카페 근처 커피숍에 마주앉아 있었다. 강대현이 표정 없는 얼굴로 말을 이었다.

"김성만한테는 우리한테서 풍기는 절박감이 전혀 느껴지지가 않는단 말이야. 수동적이고 비관적인 분위기가 느껴져."

"하지만 김 의원의 사촌형이고 대학 시절에는 유명한…."

"김성만은 교도소에서 나온 후에 일체 운동권 그룹과 인연을 끊었어. 그것은…."

"대부분이 그렇지 않습니까? 당장 먹고 살아야지요."

백영석이 적극적으로 김성만을 변호했다.

"김성만 씨는 뉴라이트 놈들하고도 전혀 인연이 없습니다. 지금까지 고단한 생활에 시달렸기 때문이죠. 우리하고 같습니다. 다만 욕심이 없기 때문이 아닐까요?"

그러자 강대현이 눈을 가늘게 뜨고 백영석을 보았다.

"본문보다 해설이 더 좋은 경우가 있던데 지금이 바로 그 경우인 것 같구나."

"김성만 씨는 택시 운전을 하다가 이곳에 왔지요. 바닥에서 수직 상승해서 최고층에 오른 겁니다. 그러니 얼떨떨할 수밖에요."

그러고는 백영석이 쓴웃음을 지었다.

"어느 누가 지금 이 위치를 차버릴 짓을 하겠습니까?"

"나, 내일부터 며칠간 지방출장을 가게 되었어."

김성만이 말하자 정옥진이 양복을 받아 쥐며 머리를 끄덕였다.

"응, 그럼 가방 싸놓을게."

"사나흘 걸릴 테니까 내복만 간단하게."

"지난번처럼 말이지?"

나긋나긋하게 말한 정옥진이 문을 열더니 진수에게 소리쳤다.

"진수야, 목욕탕 물 받아 놔라. 아버지 목욕하시게."

그러자 욕실 문이 열리면서 외아들 진수가 나왔다.

"지금 받고 있어요."

진수는 고3이 되어서 요즘 과외를 다섯 과목이나 받고 있었다. 만일 김성만이 청와대에 들어가지 못했다면 아마 진수 과외비가 없어서 아내 정옥진이는 피눈물을 쏟고 있을 것이었다. 세상이 변한 것은 한 달 전이었다. 식당에서 한 시간에 3천 원을 받고 일하던 정옥진이 밤늦게 들어와 부르튼 손을 더운 물로 녹이는 것을 보면서 김성만은 무력감에 몸을 떨었다. 진수는 무기력한 아버지와 시선도 마주치지 않고 소리 없이 학교에 갔다가 들어오곤 했다. 며칠 동안 부자간에 한마디도 대화를 나누지 않을 때도 있었다.

그러나 지금 청와대에 다니는 아버지와 남편을 둔 자식과 아내의 표정은 활기에 차 있었다. 욕조에 물이 차기를 기다리며 김성만이 서둘러 주방으로 가는 정옥진의 등에 대고 물었다.

"요즘 어때?"

"뭐가?"

정옥진이 머리만을 돌려 김성만을 바라보았다.

"경제가 말이야. 사람 사는 것. 사람들이 대통령을 뭐라고 그래?"

"그거야 뭐."

개수대 앞에 선 정옥진이 밝은 목소리로 말했다.

"다 똑같지 뭐. 잘사는 사람은 잘살고, 못사는 사람은 못살고."

"그런 말이 어디 있어? 한 달 전만 해도 이놈의 세상이 확 뒤집어져 버렸으면 좋겠다고 했잖아?"

"그땐 그때고."

정옥진이 당연하다는 듯이 정색하고 김성만을 보았다.

"지금은 지금이지."

"지금은 달라졌단 말이야?"

"그래, 이젠 세상 살 만해."

그러자 다시 방에서 나와 욕실로 가던 진수가 풀썩 웃었다. 정옥진은 한 달 전만 해도 노무현을 대통령으로 뽑은 놈들의 재산을 모두 압류해서 국민들에게 분배해야 한다고까지 말했다.

"아버지, 물 다 받았어요."

욕실을 들여다본 진수가 큰 소리로 말했으므로 김성만은 자리에서 일어섰다. 이것이 인생인 것이다. 자신과 가족의 안락함을 누가 희생하려 하겠는가? 그렇다면 그는 초인일 것이다.

욕실로 들어서면서 김성만은 혼자 얼굴을 일그러뜨리며 웃었다. 그는 지금 결혼 18년 만에 처음으로 가정의 안락함을 맛보고 있었다. 그리고 그 원인은 안정된 직장과 수입이라는 참으로 하찮은 것이었다.

욕실로 들어간 김성만은 옷을 벗을 생각도 하지 않고 멍한 표정으로 벽에 붙은 거울을 보았다. 청와대 부속실 소속 김성만 과장의 얼굴이 거기에 있었다. 수당까지 합쳐 며칠 전 정옥진에게 월급 427만 7천 원을 가져다주었더니 저렇게 행복해 하는 것이다.

뉴라이트 운동의 대표 주자격인 한국대 교수 강진우는 386운동권의 주역 중 한 사람으로 민족해방(NL) 계열이었다. 따라서 지금 전대협 출신으로 열린우리당 강경파 그룹인 한태영 등과는 동지 관계였다. 그러나 강진우는 절실하고도 격렬한 참회문을 발표한 후 프랑스 유학을 떠났고 학위를 얻고 나서 귀국하여 교수가 되었다. 이른바 전향한 주사파인 강진우가 이제는 뉴라이트 운동의 핵심이 되어 있는 것이었다.

휴일이건 국경일이건 강진우는 오전 9시 반이면 연구실로 출근하여 일을 했다. 10월에 전공과 관련 있는 경제 관련 책을 출간할 예정이었고 틈틈이 뉴라이트 운동에 대한 원고도 써야 했기 때문이다.

11시가 거의 다 되어갈 무렵이었다. 문밖에서 두런거리는 말소리가 울리더니 곧 노크를 하면서 조교가 들어섰다.

"교수님, 손님이 오셨습니다."

"아, 그래."

자리에서 일어선 강진우는 조교의 뒤쪽에 서 있는 정영균을 보았다. 정영균은 한나라당 소속의 초선 의원으로 전직 부장검사 출신이었지만 매스컴에 얼굴은 거의 알려지지 않았다. 요즘 초선들은 기존 정치인들처럼 가만히 있다가 TV 카메라가 비추면 갑자기 열변을 토하는 시늉 따위를 하지 않았다. 정영균은 아예 외면하는 스타일이었다.

"어서 오십시오."

조교가 돌아가고 방 안에 둘이 남았을 때 강진우가 손을 내밀어 악수를 청했다. 정영균은 한나라당의 여의도연구소 소속 의원으로 유병일 전 소장의 측근이었다.

"연구를 방해한 것 같아서 죄송합니다."

부드럽게 말한 정영균이 악수를 나누고는 앞쪽 의자에 앉았다. 정영균도 강진우와 비슷한 40대 중반이었다. 미리 약속을 하고 찾아온 것이어서 강진우는 정영균의 방문 목적을 대충은 짐작했다. 그러나 잠자코 정영균의 말을 기다렸다.

"한나라당은 개혁하지 않으면 살아남기 힘듭니다."

불쑥 정영균이 입을 열었는데 검사 출신답게 어법이 예민했고 말투는 단호했다. 강진우의 시선을 받은 정영균이 정색하고 말을 이었다.

"여론의 동향이나 살피면서 땜질식 처방이나 내놓고 보혁 갈등에다 계파 간 밥그릇 싸움이나 하다보면 정체성도 확립 못한 채 국민들에게 외면을 당하게 되고 다음 재선은 또다시 물 건너간 꼴이 되겠지요."

"…"

"이대로 간다면 대선은 치를 필요도 없습니다. 여당은 김대중, 노무현에 이어서 또 다른 주자를 대통령에 당선시킬 텐데 강 교수님도 예상하시겠지만 그 시기에 대한민국은 좌파 혁명이 완성되고 사회주의 국가로 통일될 겁니다."

"…"

"3대에 걸쳐 좌파 정권이면 청와대의 주인이 개가 되어도 위수김동 세상이 되지요. 그리고…"

시선을 내린 정영균이 침을 삼켰는데 목이 멘 것을 감추려는 의도였다. 정영균의 말이 이어졌다.

"1974년에 베트남은 호치민의 베트콩에 의해 통일되었습니다. 공산 통일이죠. 저는 작년에 베트남 여행을 다녀왔어요. 통일된 지 딱 30년 만이었습니다."

머리를 든 정영균이 희미하게 웃었다.

"베트남은 30년 동안 정지해 있었습니다. 전쟁 때 허물어진 집도 그대로 있었고 호치민 위쪽에 베트콩이 파놓은 쿠치 터널도 그대로 있었습니다. 민족 자주를 외치던 혁명가들은 거의 죽어서 사람들은 누구 탓을 할 기력도 없이 그냥 살아가고 있더군요. 정말 가난하게요.”

“…”

“한때 동양의 파리로 불리던 사이공이었습니다.”

“…”

“호치민이 베트남을 점령하고 나서 제일 먼저 한 일은 베트남의 월맹 협력자들을 모조리 잡아서 강제 교육시설에 넣거나 처형했다는 것을 아시지요? 그것 하나는 위안이 되더군요.”

“잠깐만요.”

마침내 강진우가 부드럽게 정영균의 말을 막았다. 강진우가 웃음 띤 얼굴로 정영균을 보았다.

“말씀에 공감은 합니다만 한나라당이 변화를 수용할 능력이 있다고 생각하십니까? 강온과 보혁의 대립으로 지금까지 제대로 된 정책 한 건 국민 앞에 내보인 적이 없는 상황에서 말입니다. 그리고 작년 말에 열린우리당과 타협해서 가장 만만하다고 생각한 언론법을 통과시키셨지요? 그런 자세로 다음 정권을 획득할 수 있을 것 같습니까?”

어느덧 정색한 강진우가 천천히 머리를 저었다.

“언론법을 양보하지 않았다면 여야의 극한 대립 상태만 지속되고 국회가 공전되어 중요한 예산안 통과도 못 했다고 하시겠지요? 그렇게 자신이 없었습니까? 한나라당은 마치 북한의 억지에 끌려가는 한국 정부 같았습니다.”

그러고는 강진우가 얼굴을 일그러뜨리며 웃었다.

“그렇더군요. 강경파가 주도하는 열린우리당은 북한의 이념뿐만 아니라 행동도 꼭 닮아가고 있더군요.”

“그렇습니다.”

정색한 정영균이 천천히 머리를 끄덕였다.

"강 교수님 말씀이 모두 맞습니다. 이대로 가면 한나라당은 기존 지지층인 영남권이나 보수층에게도 배척당할 겁니다. 그래서 제가 이렇게 찾아온 것입니다."

정영균의 표정이 절실해졌다.

"조금 전에 물으셨지만 우리는 뼈를 깎고 몸을 떼어내는 희생을 하지 않으면 안 됩니다. 설령 차기 정권을 장악하지 못하더라도 자유민주주의와 시장경제를 수호하는 대한민국의 정통성만은 지켜내야 합니다. 그것이 바로 한나라당의 사명이자 존재의 목적인 것입니다."

그러자 강진우의 표정도 진지해졌다.

"그렇게 각오를 하셨다면 저희가 회피할 이유가 없지요."

강진우가 정색하고 말을 이었다.

"목적이 서로 같으니까요."

"반갑습니다."

김명환이 김성만을 향해서도 손을 내밀었다. 안형석에 이어서 두 번째로 악수를 청한 것이다. 남한 측 협상단 세 명의 서열은 물론 안형석이 대표이고 통일부 차관보인 조경호가 부대표 격이었으며 김성만은 참관인 명목이었다. 김성만은 김명환이 내민 손을 잡았지만 당황했다. 김명환이 실수로 이럴 리는 없었다. 다행히 조경호가 전혀 내색하지 않았으므로 분위기는 그냥 넘어갔다.

북한 측 대표단도 지난번과 같은 셋이었지만 장소는 바뀌었다. 북한 측의 요구로 시내 중심부에 위치한 왕부반점호텔로 옮긴 것이다. 특실에는 회의용 원탁이 구비되어 있는 데다 방 두 개를 트면 대기실까지 갖춰지게 되어서 회담에 불편은 없다.

마주앉아 날씨와 음식 이야기를 건성으로 주고받으며 안형석과 김명환은 서로 눈치만 보았는데, 모두 이번 회담이 마지막 예비 접촉이라는 것을 알고 있었다. 다음에는 정상 회담이 열리거나 무산되거나 둘 중 하나가 될 것이었다. 먼저 본론을 꺼낸 것은 이번 2차 회담을 요구한 남한 측의 안형석이었다.

"현재 우리 경제 상황이 좋지 않아서 현금 부담액이 고민입니다. 그래서 금액을 좀 줄여주셨으면 하는데요."

안형석의 표현은 정중했지만 말투는 분명했다. 정색한 안형석이 다시 말을 이었다.

"잘 아시겠지만 현금을 어떤 방법으로 드릴 것인가, 그리고 내용을 공개할 것인지도 아직 우리 측에서는 결정하지 않았습니다. 그래서…."

"이번 회담에서 그 문제를 분명하게 결론을 지어야 합니다."

김명환이 안형석의 말을 자르고 말했다.

"더 이상의 예비회담은 없습니다."

"알겠습니다."

자세를 고쳐 앉은 안형석이 김명환을 똑바로 보았다.

"저도 그렇게 지침을 받고 온 겁니다."

"북남의 역사적인 정상 회담이 열릴 텐데 장사꾼이 물건 값 깎듯이 흥정한다는 것은 회담의 의미를 퇴색시킬지도 모릅니다."

그렇게 말한 김명환의 시선이 김성만에게 멈췄다.

"그렇지 않습니까, 김성만 선생?"

김성만이 대답 대신 시선만 내렸고 안형석이 말을 받았다.

"5억 불에 양곡과 비료, 중유를 각각 30만 톤 지급하는 것으로 절충

해주시지요. 이것이 우리 측의 한계입니다."

"허어."

눈을 둥그렇게 뜬 김명환이 기가 막힌다는 표정으로 좌우에 앉은 이규석과 조덕수를 번갈아 보았다.

"김대중 선생이 내놓은 금액과 같은 금액을 내신단 말입니까?"

김명환이 따지듯 물었다.

"그때하고 지금이 같습니까? 지금은 우리 지도자 동지께서 남한을 직접 방문하시는 데다 역사적인 북남 평화 선언과 핵 폐기 선언을 하게 되지 않습니까?"

상기된 얼굴로 김명환의 열변이 이어졌다.

"이것으로 노 대통령의 입지가 반석같이 굳건해질 것이고, 아시아의 주도권을 우리 북남조선연방이 쥐는 계기가 될 게 아닙니까? 그런데도 돈을 아끼실 겁니까?"

"김대중 대통령이 방북했던 시기보다 지금은 상황이 더 나쁩니다."

어깨를 늘어뜨렸지만 안형석의 말투도 단호했다.

"그때처럼 기업에서 비자금을 빼낼 수가 없단 말씀입니다."

"요즘 삼성그룹과 사이가 좋으시던데."

김명환이 의자에 등을 붙이더니 표정이 조금 부드러워졌다.

"삼성의 작년도 순이익이 사상 최고였다지요? 100억 불이 넘었다고 하던데."

"하지만 삼성은 외국 투자자의 지분이 절반이 넘습니다. 자금을 마음대로 빼낼 수가 없어요."

"어쨌든."

머리부터 저은 김명환의 표정이 다시 딱딱하게 굳었다.

"우리는 더 이상 양보할 수가 없습니다. 그것도 남한 입장을 고려해서 심사숙고한 조건이란 말입니다."

회담장에서 방으로 돌아왔을 때는 저녁 7시 반이었다. 저녁식사 시간이 넘었는데도 양쪽에서는 아무도 식사 초대를 하지 않은 것이었다. 오후 2시부터 시작된 회의가 5시간이 넘도록 계속되었지만 아무것도 진행되지 않았다. 다만 내일 10시에 다시 만나기로 한 것이 위로가 될 뿐이었다. 셋의 숙소는 회담장의 한 층 아래였으므로 그들은 안형석의 방에 다시 모여 앉았다.

"우리로서는 5억 불도 무리입니다."

지친 표정으로 머리를 저으면서 안형석이 말했다.

"피곤하네요. 선의로 도와주면 좋겠지만 상황이 이래서."

안형석은 이미 절충액 한계를 지시받고 온 것이었다. 시종일관 5억 불에서 조금도 물러나지 않았고 서울로 과정을 보고하지 않은 것을 봐도 그러했다.

"만일"

조경호가 안형석에게 물었다.

"저 사람들이 끝까지 받아들이지 않으면 어떻게 하지요?"

"그럼 못 하는 거죠."

시선을 내린 안형석이 탁자를 내려다보며 말했다.

"대통령의 의지가 그렇습니다. 돈 주고 정상 회담은 안 하시겠다는 겁니다. 그래서 5억 불도 부담이 된다는 것이지요."

"그럼"

이번에는 김성만이 나섰다.

"양곡, 비료도 그렇습니까?"

"그렇습니다."

시선을 든 안형석의 표정도 다시 단호해졌다.

"그 사람들이 말했지만 정상 회담이 무슨 장사꾼이 물건 흥정하는 것처럼 거래되어서는 안 된다는 것이 대통령의 의지입니다. 각각 30만 톤에서 1톤도 올려줄 수 없습니다."

김성만은 저도 모르게 심호흡을 했다.

그러나 대통령 주변에서는 북한의 요구를 받아들여 정상 회담부터 성사시키고 보자는 세력들이 포진해 있었다. 아니, 포위하고 있다고 해야 맞는 표현이 될 것이었다. 그때 안형석이 혼잣소리처럼 말했다.

"북한 측은 우리 태도에 조금 놀란 것 같더군요. 아마 지금쯤 평양에 보고를 하고 있을 겁니다."

다음날 아침 9시, 청와대 비서실장 박인식은 대통령 집무실로 들어섰다. 방금 출근한 대통령은 책상에 앉아 서류를 읽고 있다가 머리를 들었다.

차관급 인사에 관한 서류였다.

"대통령님 , 10시에 경제장관 회의가 있습니다."

이미 알고 있는 스케줄이었으므로 대통령이 눈만 껌벅이자 비서실 장이 한 걸음 다가섰다.

"부총리가 대통령 자문 정책기획위원장을 참석시키는 것이 좋겠다 고 건의했습니다만…."

"아, 그래요?"

대통령의 얼굴에 웃음기가 떠올랐다.

"그렇게 하도록 하세요."

"알겠습니다."

각료회의였으므로 임경호 정책기획위원장을 배석시키지 않았는데, 경제부총리 쪽에서 먼저 건의한 것이다. 시중에서 떠도는 부총리와 대통령 자문 정책기획위원장과의 불화설은 낭설일 뿐이라는 증거도 되었으므로 대통령의 표정은 밝아졌다.

그때 비서실장이 조심스러운 시선으로 대통령을 보았다.

"대통령님, 베이징에서 연락을 받으셨는지요?"

"베이징에서라니요?"

되물었던 대통령이 곧 알아듣고는 정색한 표정으로 박인식을 보았다.

"무슨 말씀입니까? 안 차장 이야기를 하시는 것 같은데."

"저, 다름이 아니라."

입맛을 다신 박인식이 테이블 옆으로 바짝 다가섰다. 잔뜩 긴장한 얼굴이었다.

"여러 채널을 통해서 청와대로 연락이 온 모양입니다. 그래서 저한테 건의가 들어왔는데요."

"…"

"안 차장이 주장을 굽히지 않아서 회담이 결렬될 것 같다는 것입니다. 민족의 대사업이 무산될 것 같아서 이쪽에다 연락을 해왔다고 합니다."

"…"

"오늘 오전에 마지막 회담이 열릴 것 같습니다."

그때 대통령이 시선을 들고 비서실장을 바라보았다. 아주 차분한 표정이었다.

"안 차장한테 연락을 해서 나를 바꿔주세요."

대통령이 낮게 말했다.

다시 원탁을 마주보고 앉았을 때 김명환을 비롯한 북한 측 대표 셋의 표정은 밝고 여유롭기까지 했지만, 남한 측 분위기는 어두웠다. 안형석은 인사만 나눈 채 시선을 내리고 있었으며 조경호와 김성만은 딴전만 피우고 있었다.

"자, 시작하실까요?"

김명환이 부드럽게 말하고는 웃음 띤 얼굴로 안형석을 보았다.

"역사적인 북남 정상 회담을 위해서 우리는 이제 타산을 버려야 할 것입니다. 서로 가슴을 열면 우리 민족에게 불가능은 없습니다."

그때 안형석이 굳은 얼굴로 김명환을 보았다.

"남한 측의 최후통첩입니다."

그러자 김명환도 긴장한 듯 심호흡을 하더니 침을 삼켰다. 그러고는 다시 얼굴에 여유 있는 웃음을 띠었다.

"말씀하시지요."

"5억 불에 각각 30만 톤, 어제 말씀드린 조건과 같습니다."

그러자 김명환의 얼굴이 천천히 일그러지더니 낯빛도 색 바랜 종이처럼 변했다. 안형석이 말을 이었다.

"12시까지 방에서 기다리고 있을 테니 수락 여부를 통보해주시지요. 저희로서는 이것으로 임무가 끝났습니다."

그러고는 테이블 아래에 놓았던 가방을 들고 일어섰다. 입을 굳게 문 단호한 태도였다.

4장
피아 식별

"안형석은 5억 불에 각각 30만 톤의 주장을 굽히지 않았어."

강대현이 눈을 가늘게 뜨고 옆쪽의 벽을 노려보며 말했다.

"회담에 전혀 성의를 보이지 않은 거야. 다시 말하면 책임을 질 생각이 없었던 것이지. 이것은 곧 국가와 민족에 대한 사명감은커녕 소신도 없고 제 몸보신에 급급한 결과라고."

방 안에는 백영석과 한지만 등 대여섯 명의 비서관급 멤버가 모여 있었는데 모두 얼굴 표정이 어두웠다. 오후 3시 반이 되어가고 있었는데 안형석 일행은 아직 베이징에서 돌아오지 않았다. 그러나 이미 그들은 베이징 예비회담이 결론을 맺지 못하고 추후 일정도 합의하지 못한 채 끝나버렸다는 것을 알고 있었다.

"수석님."

백영석이 불렀으므로 강대현이 머리를 들었다. 강대현의 시선을 받은 백영석이 주저하며 말했다.

"오전에 실장님을 통해 대통령께 의견이 분명히 들어갔을까요?"

"내가 확인했어."

강대현이 던지듯이 말했다.

"대통령께서 안형석한테 직접 전화도 하셨다고."

"그럼 우리가 건의한 대로 북한 측 요구를 받아들이라고 하신 겁니까?"

"그렇다고 봐야 되지 않겠어?"

눈을 크게 뜬 강대현이 도리어 묻는 듯한 표정으로 백영석을 보았다.

"내가 전화 내용까지는 직접 확인할 수 없었지만 실장한테서 우리 건의를 들으시고 바로 안형석한테 전화를 하신 것은 그런 내용이라고 짐작해도 되지 않을까?"

"그런데 안 차장이…."

"겁이 난 거야. 박지원이 전철을 밟게 될까봐 스스로 결론을 내지 못한 것이지."

"그렇다면…."

이번에는 한지만이 나섰다. 굳은 얼굴로 한지만이 강대현을 보았다.

"예비회담을 다시 열어야 하지 않겠습니까? 정상 회담이 무산된다면 아무것도 안 됩니다."

"다시 해야지."

강대현이 단호한 표정으로 머리를 끄덕였다.

"저쪽에 연락할 방법은 있으니까."

오후 4시 10분이 되었을 때 김병기는 창고 안으로 서둘러 들어오는 오성호를 보았다. 오성호는 김병기를 향해 다가왔는데 표정이 아주 굳어 있었다.

"야, 병기야, 전화."

오성호가 쥐고 있던 전화기를 김병기에게 건네주었다. 오늘은 바깥 날씨가 선선했는데도 오성호의 이마에는 땀이 배어 나와 있었다.

"누군데?"

받으면서 묻자 오성호가 눈을 크게 떴다.

"네 어머님이셔."

긴장한 김병기는 휴대전화를 귀에 댔다.

"예, 병기예요."

"병기야."

병기의 목소리를 확인한 어머니가 금방 울먹였다.

"병기야, 병기야."

"어머니, 무슨 일로."

휴대전화를 귀에 댄 채로 김병기는 창고의 구석 쪽으로 자리를 옮겼다. 이제 김병기의 얼굴도 나무껍질처럼 굳어 있었다.

"어머니, 말씀하세요."

"아이구, 병기야."

어머니는 흐느껴 울더니 겨우 말을 이었다.

"네 아버지가 돌아가셨다."

"아니, 왜요?"

비명처럼 김병기가 묻자 어머니는 더듬대며 말했다.

"공사장에서 사고가 났어, 건물이 허물어져서."

"…"

"아이구, 병기야. 너한테 말을 안 하려다가 그래도 네가 장남인데."

"어머니, 진정하세요."

김병기가 앞쪽의 벽을 노려보며 말했다.

"제가 갈 때까지 절대로 기운 잃으시면 안 돼요, 아셨죠?"

"아이구, 병기야."

"제가 지금 갈게요."

어느새 다가온 오성호가 김병기의 어깨를 팔로 감싸 안았다. 이곳은 베이징 북쪽에 위치한 유통공사 창고 안이었다. 김병기는 먼저 와 있던 오성호의 소개로 중국인이 경영하는 이 회사의 수출부 견습 직원이 되었다. 한 달 월급은 중국 돈으로 5천 위엔이었고 한화로 계산하면 75만 원이 조금 넘었지만 생활비로 1천5백 위엔을 쓰고 2천 위엔은 저축할 예정이었다.

"병기야, 가자."

오성호가 말했을 때 그때서야 김병기는 볼에 흐르는 눈물을 손등으로 닦았다.

"어머니, 그럼."

휴대전화를 끊은 김병기가 오성호를 보았다.

"성호야."

그러자 오성호가 잠자코 팔을 끌었다.

공장 안에서 포장 작업을 하던 중국인 직원들이 그들을 힐끗거리고 있었다.

대통령은 오전에 안형석에게 다시 한 번 다짐을 해주었던 것이다. 오전 10시가 조금 못 되어 위층의 회의장으로 가려고 안형석의 방에 모여 있던 참이어서 김성만은 대통령이 전화를 해온 것을 알았다. 예상하지 못했던 터라 놀란 안형석이 일어선 채 전화를 받았는데 대답만 했지만 내용을 짐작할 수 있었다.

통화를 끝낸 안형석은 딴사람이 된 것처럼 눈을 반짝였고 얼굴에는 웃음까지 떠올렸다. 전화를 받기 전만 해도 어깨를 늘어뜨린 채 시선도 부딪치지 않으려 했던 안형석이었다.

심호흡을 한 김성만은 의자에 등을 붙였다. 비행기는 막 베이징 공항을 이륙해서 고도에 올라 수평 상태가 된 참이었다. 머리를 돌린 김성만은 주위의 승객 대부분이 한국 사람인 것을 알 수 있었다. 안형석은 앞쪽 비즈니스 클래스에 탔고, 조경호는 김성만과 같은 이코노믹 클래스였지만 반대쪽 창가 자리여서 모두 떨어져 앉았다. 각각 따로 티켓을 받았기 때문이었다.

"출장 다녀오시는 길입니까?"

김성만이 옆자리에 앉은 젊은 사내에게 물었다. 앞쪽 포켓에 한국 여권을 꽂아 놓은 20대 청년은 창밖만 내다보고 있었다. 머리를 돌린 청년이 김성만을 보았다. 표정 없는 얼굴이었지만 눈에 수심이 가득했다. 자신의 감정을 숨기지 못하는 사람이 많다. 특히 젊은이들은 더 그러했다.

"아닙니다."

짧게 대답한 청년이 머리를 돌렸다가 다시 김성만을 보았다.

"중국에서 일하다가 돌아갑니다."

"아, 그래요?"

호기심이 일어난 김성만이 청년을 보았다. 다른 때 같았으면 청년의 분위기를 보고 입을 다물었겠지만 지금 김성만은 들뜬 상태였다. 실업 문제가 현 정권의 가장 큰 과제이지 않은가?

"무슨 일을 하셨는데?"

"농산물을 한국으로 수출하는 중국 무역상에서 일했습니다."

청년이 초점이 먼눈으로 김성만을 보았다.

"아버지가 갑자기 돌아가셔서 귀국하는 길입니다."

그러고는 청년이 입을 꾹 다문 채 창밖으로 머리를 돌려버렸으므로 김성만은 할 말을 찾지 못하고 침만 삼켰다.

"그렇다면."

한태영이 결론을 내리려는 듯 상반신을 세우고 둘러앉은 의원들을 보았다. 인사동의 한정식집 '유월이'의 밀실 안이었다. 이곳은 값싸고 맛이 좋은 데다 골목 안으로 한참 들어간 곳에 위치해 있어서 한태영 등이 백수 시절부터 단골로 다니던 곳이다.

"강 수석을 통해서 대통령께 우리 입장을 건의하도록 합시다. 그럼 내용을 다시 한 번 정리해보겠습니다."

한태영이 탁자 위에 놓인 종이를 집어 들고 읽었다.

"첫째 이번에 결렬된 남북 정상 회담의 예비회담을 북측과 연락하여 재개하기로 한다."

"가능한 한 빠른 시간 안이라는 구절을 넣읍시다."

옆에 앉아 있던 서진철이 나섰다. 서진철은 시민 단체인 시민의 소리 대표로 그들과 같은 시기의 운동권 출신이었다. 차분한 목소리로 서진철이 말을 이었다.

"시간이 없어요. 북측은 우리의 요구에 응해줄 겁니다."

"그럼 그 구절을 넣지요."

머리를 끄덕인 한태영이 종이에 메모를 하고 나더니 계속해서 읽었다.

"둘째, 북측 요구 조건은 일단 긍정적으로 수용한다. 그리고 절충을 시도하되 탄력적인 자세를 취해야 한다."

"대통령께서는 20억 불이 너무 무리라고 생각하시는 것 같아요."

이번에는 백봉규가 입을 열었다. 주위를 둘러본 백봉규가 쓴웃음을 지었다.

"5억 불도 대통령이 설정한 금액이란 말입니다. 그러니까 요구 조건에 대해서는 좀 더 구체적이고 확실한 방법을 제의해야 합니다. 현금 지원을 비공개로 해야 한다는 점도 미리 말씀드립시다."

그러자 둘러앉은 일고여덟 명의 사내가 제각기 한마디씩 내뱉어 방안이 어수선해졌다. 대부분이 백봉규의 말에 찬성한 것이다. 그때 한태영이 손을 들자 방 안은 다시 조용해졌다.

"좋습니다. 그럼 얼마가 적당할까요? 그리고 그 돈을 어떤 방법으로 조달해야 될까요? 이번에 북측과 만날 대표는 그것을 분명하게 알고 가야 할 겁니다. 그래야 지난번 같은 실수가 일어나지 않을 테니까요."

회의가 끝났을 때는 저녁 8시가 되어갈 무렵이었다. 한태영과 백봉규는 일행과 헤어져 인사동 길을 나란히 걸어 나왔다. 바지 주머니에 두 손을 찔러 넣은 한태영이 머리를 돌려 옆을 따르는 백봉규를 보았다.

"대통령께서 정상 회담에 대한 의지가 약해지신 것이 아닐까?"

"그럴 리가."

백봉규가 머리를 저었다. 그들 둘은 전대협 멤버로 열린우리당의 강경파를 이끌고 있었다. 주위를 둘러본 백봉규가 목소리를 낮췄다.

"현금 지원이 부담되신 거야, 그것만 해결하면 돼."

"이번에 강대현이 가면 회담은 성사될 거야. 결국 북한 측도 받아들일 거라고."

뱉듯이 말한 한태영이 문득 걸음을 멈추더니 옆쪽의 건물 벽 앞에 붙어 섰다.

눈치를 챈 백봉규가 다가가 서자 한태영이 속삭이듯 말했다.

"이봐, 우리가 대통령의 부담을 덜어드리자고. 만일의 경우에는 우리가 책임을 지고 대통령께 누가 되지 않도록 하잔 말이야."

한태영의 얼굴은 굳어 있었다. 오늘 당의 강경파와 시민 단체의 모임에서 결의한 사항은 정상 회담의 예비회담을 시급하게 개최하도록 남북 간 교섭을 한다는 것이었다. 이번의 남측 대표는 청와대 수석인 강대현이 추천되었으며 지난번에 북한 측이 요구한 조건을 긍정적으로 수용하되 현금 지원은 10억 불, 양곡과 비료, 중유는 각각 50만 톤에서 70만 톤 정도로 융통성을 보이기로 한 것이다. 물론 이 내용을 대통령에게 건의하고 승인을 받아야 할 과제가 남아 있었으므로 아직 결정된 것은 아니었다. 한태영이 어둠속에서 눈을 크게 뜨고 말했다.

"대통령이 강대현 카드를 받아들이신다면 바로 내가 나서겠어."

"식사하셨지요?"

부속실장 오대성이 웃음 띤 얼굴로 다가와 물었다. 저녁 9시가 되어가고 있었지만 오대성도 아직 퇴근하지 않았다.

대통령이 집무실에 있었기 때문에 퇴근을 못 한 것이다.

"예, 식당에서."

신문을 내려놓은 김성만이 자리를 고쳐 앉으며 대답했다. 부속실의 대기실이었다. 안형석과 함께 청와대에 도착한 것은 7시 반경이었는데

8시에 집무실로 들어간 안형석은 아직 나오지 않았다.

"피곤하시겠는데."

앞에 앉은 오대성이 부드럽게 말했다. 그는 김성만이 안형석과 함께 베이징에 다녀온 것을 알고 있었다.

그러나 출장은 대외비 사항이므로 공공연하게 아는 척할 수는 없는 노릇이었다. 그때 탁자 위에 놓인 전화벨이 울렸으므로 김성만보다 오대성이 더 긴장했다. 이 시간에 연락이 올 곳은 상황으로 봐서 대통령 집무실 쪽뿐이었다.

김성만이 전화기를 귀에 댔을 때 지금 당직을 서고 있는 김형문의 목소리가 울렸다.

"김 과장님?"

"예, 접니다."

"대통령님께서 부르십니다. 지금 관저로 가셨는데."

김형문이 조심스럽게 말했다.

"바로 오시지요."

전화기를 내려놓은 김성만이 자리에서 일어서자 오대성이 따라 일어섰다. 그는 이미 눈치를 챈 것이다.

"응, 왔나?"

관저의 식당에서 기다리던 김성만에게 대통령이 들어서며 말했다. 대통령은 밝은색 긴팔 셔츠에 캐주얼 바지 차림이었는데 어울렸다. 얼굴에는 옅게 웃음을 띠고 있었지만 피곤해 보였다.

"식사는 했지?"

앞쪽 의자에 앉은 대통령이 부드러운 표정으로 물었다.

"예, 했습니다."

"나도 안 차장하고 식당에서 먹었어."

그때 주방 직원이 쟁반에다 안주와 소주병을 담아들고 들어와 식탁 위에 내려놓았다.

수육에 파전, 그리고 두부무침이 안주였는데 깔끔했다. 직원이 방을 나가자 대통령이 소주병을 들었다.

"자, 한잔하지."

대통령이 김성만의 잔에 소주를 채우면서 웃었다.

"내가 올해에는 경제에만 전념하겠다는 말을, 모두들 그냥 인기 올리려는 수작으로 보는 모양이야."

맞는 말이었다. 야당과 보수계 언론은 그런 방향으로 비판하고 있었지만 강도는 전보다 약했다. 각 신문의 칼럼에서도, 연초부터 대통령의 어록을 모아보면 과거와 남의 탓이 뒤로 물러서고 미래와 내 탓이 앞으로 나왔다고 평가했다. 대통령은 김성만이 채워준 소주잔을 들더니 단숨에 들이켜고는 길게 숨을 뱉었다.

"정말 나로 비롯된 일이 너무 많았어, 지난 기간 동안 해놓은 일이 너무 없어."

긴장한 김성만이 몸을 움츠렸고 대통령의 말이 이어졌다.

"그 순댓국집 아주머니의 말이 아직도 귀에 생생해. 국민들이 잘만 살면 민주화는 저절로 된다고 했던가? 잘사는 것이 민주화라고 했지?"

"…"

"누가 민주화시켜달라고 했느냐며 화를 냈었지?"

"대통령님, 그거야 아주머니가 홧김에…"

"그게 민심이야."

잔에 스스로 술을 채운 대통령이 정색하고 김성만을 보았다.

"아마 지금쯤 이쪽저쪽에서 정상 회담 문제로 머리를 맞대고 고민하고 있을 거야."

김성만의 시선을 받은 대통령이 말을 이었다.

"다시 예비회담을 주선할 것이고 대표를 바꾸자는 건의가 들어오겠지. 그리고 북한 측 요구를 어느 정도 수용하자고 할 거야."

"…"

"남북 정상 회담으로 참여정부의 기반이 확고해지면서 그것을 개혁으로 연결시킬 수 있다고 모두 믿고 있지. 가능성이 있는 일이야."

다시 소주를 들이켠 대통령이 김성만을 똑바로 보았다.

"나도 개혁에는 전적으로 동감하고 있어, 하지만"

대통령이 길게 숨을 뱉었다.

"방법이 마음에 들지 않아."

"대통령님."

마침내 김성만이 입을 떼었다.

"언젠가 김동만 의원이 그랬습니다. 대통령님은 그 어느 대통령보다 가능성이 많으신 분이라고."

침을 삼킨 김성만이 말을 이었다.

"대통령님은 적응력이 강하고, 때에 따라서는 무서운 돌파력을 보이면서 결코 좌절하지 않으셨다고 했습니다."

"…"

"그래서 제가 어떤 가능성이냐고 물었더니, 꿈을 이룰 가능성이라고 하더군요."

그러고는 김성만이 서둘러 덧붙였다.

"그 꿈은 국민들의 소망이라는 것입니다."

"그 아줌마 말처럼 국민들의 소망은 단순해. 잘사는 것이야."

대통령이 창밖으로 시선을 주면서 말했다. 소주를 급하게 마신 때문인지 볼이 붉어져 있었지만 눈빛은 가라앉아 있었다. 대통령이 혼잣소리처럼 말을 이었다.

"그 아줌마 같은 사람이 국민의 90퍼센트 이상이야. 국보법이네, 과거사법, 사학법에다 신문법 같은 것은 있어도 그만 없어도 그만인 국민들이."

"…."

"내가 지금까지 너무 서둘렀어. 아니, 너무 어둡게만 평가했고 국민들을 편안하게 해주지 못했어."

"대통령님."

이를 악물고 있던 김성만이 입을 열었다가 목이 멘 목소리가 나오자 당황해서 헛기침을 했다.

"아직도 늦지 않습니다, 대통령님. 아직 임기가 반이나 남아 있습니다."

다음날 점심시간에 식당에서 나오던 김성만은 뒤에서 부르는 목소리에 몸을 돌렸다. 백영석이 웃음 띤 얼굴로 다가오고 있었다.

"김 과장님, 잠깐 차 한 잔 하실 시간 있으시지요?"

김성만이 오후에 근무가 없다는 것을 알고 있는 것 같았다.

"그럼요, 어디로 가실까요?"

김성만이 대답하자 백영석은 이층의 소회의실로 김성만을 안내했다. 회의실 안으로 들어선 김성만은 소파에 앉아 있는 강대현을 보았다.

"어서 오십시오."

강대현이 얼굴을 환하게 펴고는 김성만에게 손을 내밀었다.

"잘 다녀오셨지요?"

수석비서관인 강대현에게 베이징 비밀회담에 대해서 일체 함구한다는 것은 그를 무시하는 행동이 될 것이었다. 따라서 그쪽에서 아는 체를 해오면 자연스럽게 받아줘야 한다는 것쯤은 김성만도 알고 있었다.

"예, 덕분에."

악수를 나눈 그들이 자리에 앉았을 때 백영석이 묻지도 않고 커피를 가져와 앞쪽에 내려놓았다. 회의실 안에는 그들 셋뿐이었다.

"결렬이 되어서 유감입니다."

커피 잔을 든 강대현이 어느덧 어두워진 표정으로 말했다.

"대통령님의 의중을 더 깊게 파악했으면 좋았을 텐데, 특히 안 차장이 말입니다."

김성만은 눈만 크게 떴고 강대현의 말이 이어졌다.

"어젯밤 대통령 관저에 가신 것으로 들었는데 특별히 무슨 말씀이 없으시던가요?"

"별로."

정색한 김성만이 강대현을 똑바로 보았다. 대통령과 독대한 내용을 듣자는 것이나 같았으므로 이것은 이만저만한 월권이 아니었다. 대통령을 무시한 처사라고 해도 변명할 수 없을 것이었다. 그러나 김성만의 시선을 받은 강대현이 얼굴을 찌푸리며 웃었다.

"김 과장님 기분 이해합니다. 하지만 김 과장님은 이번 베이징 남북 예비회담에서 안 차장 다음으로 중요한 역할을 맡으셨던 분이지요. 아니 대통령께 영향을 끼친 점으로 보면 가장 비중이 큰 역할이었다고 볼 수도 있습니다.”

강대현의 얼굴이 차츰 굳어졌다.

“짐작하고 계시겠지만 우리는 대통령께 다시 북측과의 예비회담을 건의할 작정입니다. 그리고 이번 남한 측 대표는 좀 더 적극적이고 유연한 자세로 회담에 임해야 할 것입니다.”

그러고는 강대현이 김성만을 똑바로 보았다.

“그래서 김 과장님을 뵙자고 한 것인데, 어떻습니까? 오늘 비서실장이 대통령을 만나 우리의 건의 사항을 전해드릴 겁니다. 아마 오후 3시쯤이 되겠지요. 그리고 3시 30분부터 40분까지 10분간 대통령께서 혼자 계십니다. 그때 김 과장님이 대통령께 예비회담 재개를 구두로 건의해주시면 고맙겠는데요. 부속실 담당 김 과장을 대신해서 다음 스케줄을 말씀드리려고 들어가 자연스럽게 이야기하는 것입니다.”

김성만은 잠자코 강대현의 시선을 받으며 들었다.

“어떻습니까? 해주시겠습니까?”

강대현이 묻자 심호흡을 한 김성만이 마시지도 않고 들고 있던 커피잔을 내려놓았다.

“예, 알겠습니다. 말씀드리지요.”

그러자 강대현의 얼굴에 웃음이 떠올랐다.

“승낙하실 줄 알았습니다.”

강대현이 김성만에게 다시 악수를 청했다.

“김 과장님의 역할이 막중합니다.”

“진수 아빠는 거의 15년 동안 밑바닥 생활을 했어. 그동안 나도 별짓을 다했고."

말을 그친 정옥진이 감회가 새롭다는 표정으로 길게 숨을 내쉬었다.

"파출부, 전단 돌리기, 봉투 붙이기에 시간제 알바까지 안 해본 일이 거의 없지."

"어머나."

유성심이 눈을 크게 뜨고 정옥진을 보았다.

"그동안 고생 많았구나. 난 통 모르고 있었어."

"나보다 진수 아빠가 더 고생했지."

"그러게."

커피 잔을 든 유성심이 지긋한 시선으로 정옥진을 보았다.

"하지만 고생 끝에 낙이라는 말이 맞는 것 같다, 얘."

유성심은 정옥진과 고등학교 동창으로 결혼 전까지는 아주 친했지만 10여 년간 소원해진 사이였다. 자존심이 강한 정옥진이 생활고에 시달리자 유성심을 멀리했기 때문이다. 그러나 지금은 환경이 바뀌었다.

유성심의 전화를 받은 정옥진이 이번에는 핑계도 대지 않고 바로 나왔다. 2년 만에 만나는 것이었다.

"나도 네 남편 또래의 운동권 사람들이 요직에 가 있는 것을 보고 네 생각을 많이 했었어."

커피를 한 모금 삼킨 유성심이 말을 이었다.

"진수 아버지가 왜 그 고생만 할까 궁금하기도 했고."

"진수 아빠는 개심한 주사파야."

자르듯 말했던 정옥진이 쓴웃음을 지었다.

"이번에도 내가 악을 쓰지 않았으면 진수 아빠는 결코 청와대에 들어가지 않았을 거야."

"어머나."

"15년 동안 거의 운동권 친구들하고는 만나지 않았지, 그래서 그 사람들은 진수 아빠에 대해서 잘 모를 거야."

"그랬구나."

"운동권 출신들이 권력을 쥐고 정치를 한다는 것 자체를 싫어하던 사람이었으니까."

그러고는 정옥진이 다시 길게 숨을 뱉었다.

"사촌 시동생도 아마 진수 아빠에 대해서 잘 모르고 있었을 거야, 그래서 추천했겠지만."

"…."

"그이에게 정말 미안해."

시선을 내린 정옥진이 낮게 말을 이었다.

"하지만 요즘 일하는 데 재미를 붙인 것 같아 다행이야. 그래서 아주 마음이 놓여."

"말만 가지고는 안 돼."

박용성이 가는 눈을 더 가늘게 뜨고는 비서실장 김학진을 보았다.

"다만 한 가지라도 실행으로 옮겨야 해."

"예, 그렇습니다."

17년 동안 박용성과 함께 두산그룹을 일궈온 김학진이 찻잔을 내려놓고 정색했다. 그들은 대한상공회의소 근처의 중식당에서 방금 점심을 마쳤고, 잠시 차를 마시며 현 정권하에서 경제 문제를 이야기하고 있던 중이었다.

"지금 정부나 당, 청와대의 진용으로는 실행이 힘들 것 같습니다."

김학진이 말을 이었다.

"첫째로 열린우리당의 강경파 그룹이 주도권을 장악하게 되면 실용노선을 축으로 진행시켜야 하는 경제 문제가 난관에 부딪히게 됩니다. 강경 그룹은 개혁 위주의 정책을 밀고 나갈 것이고 따라서 경제는 다시 위축되는 것이지요."

"그렇지."

쓴웃음을 지은 박용성이 심각한 표정으로 이마의 땀을 닦았다.

"지금도 당과 청와대, 정부를 좌지우지하고 있는 강경파 그룹이 당을 접수하게 되면 상황은 더 어려워지겠군."

"이미 접수한 것이나 마찬가지입니다."

"이제는 개혁도 나쁘지만은 않아."

미스터 쓴소리라는 별명을 들을 정도로 대통령과 정부, 여당을 당당하게 비판해왔던 박용성이 지금은 다른 소리를 하고 있었다. 김학진의 시선을 받은 박용성이 말을 이었다.

"국민들은 2년여 동안 서서히 면역이 되어가고 있어. 무슨 면역인지 아나?"

박용성이 눈만 크게 뜬 김학진을 향해 희미하게 웃었다.

"충격에 대한 면역이야. 이젠 어떤 일이 일어나도 국민들은 별로 놀라지를 않아. 그것이 소득이라면 소득이지."

다시 눈을 가늘게 뜬 박용성이 가늘고 긴 숨을 뱉었다.

"그리고 점점 상황이 나빠져도 면역이 된 상태로 무감각하게 빠져들어가는 거지. 개혁도 마찬가지야."

방 안은 잠시 무거운 정적이 흘렀다.

박용성은 지난해 말에 경제계의 UN이라는 ICC(국제상업회의소)의 45

대 의장에 취임했다. 게다가 대한상공회의소 의장까지 겸임하게 되어 가장 바쁜 경제계 인사일 것이다. 박용성이 다시 혼잣소리처럼 말했다.

"희망이 경제 회생을 이끄는 거야."

"아니, 자네가 오후 담당인가?"

김성만이 들어서자 대통령이 눈을 크게 뜨고 물었다.

"난 김 과장인 줄 알았는데."

"변경되었습니다."

테이블 앞으로 다가선 김성만이 대통령에게 말했다.

"3시 50분에 장애인협회 의장단과 장애인보호협약에 대한 서명식이 있습니다. 보건복지부 장관도 참석합니다."

"음, 그리고 4시 10분에 중소기업 시찰이지?"

"예, 4시 10분에 헬기로 이동하십니다."

머리를 끄덕인 대통령이 시선을 들고 정색했다.

"조금 전 당의 건의 사항이 전달되었어. 남북 예비회담을 시급히 재개하자는 거야. 그리고 이번 회담의 대표는 강 수석이 적임이라는군."

긴장한 김성만이 굳은 채 서 있었고 대통령의 말이 이어졌다.

"그리고 시민 단체 대표가 면담 신청을 해왔어. 저녁에는 아마 만나야 될 것 같은데."

대통령이 쓴웃음을 지어 보였다.

"그들도 예비회담 문제겠지. 청와대와 당, 그리고 범시민 단체들의 호흡이 척척 맞아."

"실은 저도…."

김성만이 굳은 얼굴로 대통령을 보았다.

"그 문제를 말씀드리려고 근무를 교대해서 들어온 것입니다."

"그런가?"

웃음 띤 얼굴로 대통령이 말을 계속하라는 듯 머리를 끄덕여 보였다. 김성만이 말을 이었다.

"점심때 식당에서 강 수석을 만났더니 대통령님께 예비회담 재개를 말씀드려 달라고 부탁하더군요. 자신을 이번 회담의 대표로 추천해 달라고도 했습니다."

"…."

"모두 남북 정상 회담의 개최가 당은 물론이고 국가와 민족을 위한 길이라는 것에 확신을 품고 있습니다."

"…."

"개인의 영달이나 공명심 때문이 아닐 겁니다. 모두 민족을 위해 몸을 바치겠다는 헌신적인 자세를 갖고 있습니다."

말을 그친 김성만이 어깨를 늘어뜨렸다.

"그것은 물론 저보다도 대통령님께서 더 잘 알고 계실 것입니다."

오후 6시가 되었을 때 강대현과 백영석은 회의실에서 두 사내와 마주앉아 있었다.

두 사내는 사복 차림이었지만 경찰청 특수부 소속 수사관이었다. 특수부는 청와대 민정수석실의 지시를 받아 업무를 처리해왔는데 이번에는 정책기획수석 강대현의 요청이 있었던 것이다. 물론 민정수석 나찬용의 승인을 받고 한 일이었다. 두 사내 중 상급자인 수사관 조민구가 입을 열었다.

"김성만 씨는 15년 동안 전혀 운동권 동지는 물론이고 동문들도 만나지 않았습니다. 그쪽과 인연을 끊었다고 해도 과언이 아닙니다."

조민구가 힐끗 강대현의 눈치를 보더니 말을 이었다.

"따라서 절친한 친우 관계도 없었고 떠돌아다닌 수십 개의 직장에서 깊은 이야기를 나눈 동료도 찾지 못했습니다. 김성만 씨의 지난 15년은 백지처럼 공백 상태였던 것이지요."

강대현이 잠자코 머리만 끄덕이자 조민구가 소형 녹음기를 꺼내 탁자 위에 놓았다.

"하지만 오늘 김성만 씨 주변 인물에게서 증언을 녹음했습니다. 직접 들어보시지요."

조민구가 버튼을 누르자 곧 여자의 목소리가 스피커에서 흘러나왔다.

"진수 아빠는 개심한 주사파야."

그러더니 곧 말이 이어졌다.

"이번에도 내가 악을 쓰지 않았으면 결코 청와대에 들어가지 않았을 거야."

"어머나."

다른 여자가 놀란 듯 말을 받았고 다시 말이 이어졌다.

"15년 동안 거의 운동권 친구들하고는 만나지 않았지. 그래서 그 사람들은 진수 아빠에 대해서 잘 모를 거야."

"그렇구나."

"운동권 출신들이 권력을 쥐고 정치를 한다는 것 자체를 싫어하던 사람이었으니까."

"…"

"사촌 시동생도 아마 진수 아빠에 대해서 잘 모르고 있었을 거야. 그

145

래서 추천했겠지만."

그때 조민구가 녹음기의 버튼을 눌러 끄더니 강대현을 보았다.

"이분은 김성만 씨 부인입니다."

짐작하고 있던 강대현이 머리만 끄덕이자 조민구가 녹음기를 주머니에 집어넣으며 말했다.

"부인 친구에게 부탁해서 녹음한 것입니다."

"수고하셨습니다."

생각에서 깨어난 듯 강대현이 똑바로 조민구를 보면서 말했다.

"이번 일은 비밀로 처리해주시지요."

"알고 있습니다."

일행과 함께 일어선 조민구가 강대현을 향해 건성으로 머리를 숙여 보이면서 웃었다.

"대통령께서 알아서 처리하시겠지요."

가라앉은 목소리로 말한 정민철이 문득 시선을 들어 차관인 조경호를 보았다. 조경호가 다시 베이징에 다녀온 후로 그들은 거의 하루에 두 번씩은 만나고 있었지만 상황은 정지된 상태였다. 아무것도 진행되지 않고 있는 것이다.

그것은 이번 회담이 통일부 주관으로 이뤄지지 않았기 때문에 당연한 일이기는 했다. 하지만 통일부의 입장에서 보면 답답한 노릇이었다.

"이것이 차라리 잘된 일인지도 모릅니다."

불쑥 정민철이 말하자 조경호가 놀란 듯 얼굴을 찌푸렸다가 시선을 돌렸다.

현 상황에서 남북 정상 회담 개최를 탐탁지 않게 여기는 무리는 수구 보수 세력뿐이라고 봐도 될 것이다. 더욱이 통일부는 그동안 북한과 접촉하기 위해 최대한 노력했다. 중국에서 통일부 장관 직함을 일절 사용하지 못하는 수모를 겪으면서도 북한의 입장을 옹호하는 회견을 여러 차례 했다. 그뿐인가? 지난해인 2004년 한국은 사상 최대의 대북 지원을 했다. 용천역 사고로 민간 부분의 지원액이 2배로 늘어났다고는 하지만 2억 5600만 불이나 대북 지원을 한 것이다. 또한 개성공단 제품의 생산과 판매 역할에 통일부가 주도했다. 지금 남북 정상 회담을 가장 절실하게 바라는 사람 중 하나가 정민철일 것이었다.

정민철은 6·15 평양 방문에서 김정일 위원장을 만나 6자 회담의 계기를 만들어낸 공적이 있었다. 7월 말에 열린 6자 회담에서 북한은 핵에 대한 처리 방안을 확실하게 내놓지 않았다. 그러나 회담 내용이 긍정적이었고 성의를 보였으므로 미국 측은 호의적인 반응을 보이기는 했다.

"뒷거래는 부담이 돼요. 대통령께서도 나하고 생각이 같으실 겁니다."

그러고는 정민철이 손목시계를 보는 시늉을 했을 때, 문이 열리더니 비서관이 상반신만 내밀고 말했다. 정확히 오전 10시 정각이었다.

"백 의원이 오셨습니다."

그러자 조경호가 서둘러 일어나 방을 나갔고 엇갈려서 열린우리당 백봉규 의원이 들어섰다.

"어서 오십시오."

정민철이 정중하게 손을 내밀어 악수를 청했다. 백봉규는 당권파인 정민철계와 연대하고 있는 초선 강경 그룹의 핵심 의원이다. 인사를 마친 둘은 소파에 마주앉았다. 백봉규는 통일부 장관 집무실에는 처음 찾아온 것이었다.

"저, 알고 계시겠지만 남북 정상 회담 문제 때문에 왔습니다."

긴장한 표정으로 백봉규가 말을 이었다.

"당에서도 토의했지만 이렇게 결렬되어서는 안 된다는 결론이 났습니다. 그래서 대통령께 건의를 하기로 했는데."

머리를 든 백봉규가 정민철을 보았다.

"장관님께서도 도와주셔야 할 것 같습니다."

정민철은 진지한 표정으로 듣기만 했는데 백봉규의 시선을 받고도 한동안 입을 열지 않았다. 백봉규의 말이 전혀 이치에 맞지 않았기 때문이기도 했다.

첫째 당에서 토의를 했다지만 초선 강경파 그룹, 더 자세히 말하면 386운동권 출신 의원들이 모여 토의하고 결정한 것이다. 당의 결정이 아니었다. 그러나 정민철계가 이들과 연대하지 않으면 소수파로 밀려나 당권에서 밀려나게 될지도 몰랐다.

모순이 또 있었다. 대통령에 건의해 달라고 당에서 정부 각료에게 찾아와 청하는 모양새가 그러했다. 통일부의 업무라고 해도 입법부에서 행정부에 찾아와 당연한 일처럼 말하는 것은 조직 사회 경험이 없다는 것을 스스로 드러낸 셈이었다. 그러나 이들은 이런 방식으로 뭉쳐 있고 그 결속력은 대단했다. 이윽고 정민철이 입을 열었다.

"나도 초조하던 참입니다. 그런데 그쪽에서는 무슨 복안이라도 세워 놓고 있습니까?"

"다시 예비회담을 하는 것입니다."

백봉규가 주저하지 않고 말했다.

"이번에는 청와대 강대현 수석을 협상 대표로 보내고 북한 측 요구 조건을 탄력적으로 수용하는 것입니다. 어제 이미 대통령께 우리의 건의 내용을 말씀드렸고 저녁에는 시민의 소리 서진철 대표가 대통령을 뵈었습니다."

"……."

"현금 10억 불, 양곡과 비료, 중유는 각각 50만 톤에서 70만 톤 선에 절충한다는 내용입니다. 장관님께서도 대통령을 직접 뵙고 건의해주셨으면 해서."

"……."

"다른 사람은 몰라도 대통령께서는 장관님의 건의만은 긍정적으로 받아들이실 것입니다. 더구나 주무부서의 장관이시니까요."

"알겠습니다."

마침내 정민철이 백봉규를 향해 머리를 끄덕여 보였다.

"대통령을 찾아가 뵙지요."

"김 과장님, 잠깐만."

책상 앞으로 다가온 부속실장 오대성이 불렀으므로 김성만이 머리를 들었다.

"잠깐 회의실로."

그러고는 오대성이 앞장서서 회의실로 들어섰다. 오전 10시 반이었다. 12시 반에는 대통령을 수행하고 수원의 중소기업 세 곳을 방문하기로 되어 있어서 김성만은 각 공장의 브리핑 서류를 챙기는 중이었다.

김성만이 회의실로 따라 들어서자 오대성이 의자에 앉더니 먼저 한숨부터 내쉬었다.

"오래 같이 있고 싶었는데 유능한 인재는 금방 빼앗기게 된다니까요."

오대성이 시선을 들고 김성만을 보았다.

찌푸린 표정이었다.

"어쨌든 영전을 축하합니다. 김 과장님은 오늘자로 시민사회수석실의 비서관으로 발령이 났습니다."

영전이었다. 지금까지 김성만은 수행비서 역할로 과장급이었는데 단숨에 국장급으로 승격한 것이었다.

"축하합니다."

자리에서 일어선 오대성이 손을 내밀었으므로 김성만은 얼떨결에 마주잡았다.

그러나 굳은 표정은 펴지지 않았다. 시민사회수석실의 비서관은 중책이었지만 지금처럼 대통령과 만날 기회가 많지 않을 것이었다. 김성만은 망연해진 얼굴로 회의실을 나왔다.

"내가 그 친구 이야기는 들었지만."

한유민이 차분한 표정으로 앞에 앉은 한태영을 보았다.

"만난 적은 없어요. 운동권 출신들이 어디 한두 명이야 말이지."

의원회관 안의 한유민 의원 사무실 안이었다. 한유민이 말을 이었다.

"어쨌든 그 친구가 우리한테 적의를 품고 있는 것은 분명합니다. 자신의 본색을 숨기고 있었다는 것이 그 증거지요."

한태영이 잠자코 머리만 끄덕였다. 그들은 지금 김성만에 대한 이야기를 하고 있는 중이었다.

지금까지 한태영과 백봉규 등 초선 그룹은 한유민의 개혁당 그룹과 함께 열린우리당의 강경 주도 세력을 이루고 있었지만 4월 전당 대회

전부터 각각 당의 주도권 장악을 위해 경쟁 관계로 돌입해 있었다. 그래서 이번 남북 정상 회담을 위한 비밀 예비회담에 대해서도 서로 의사소통을 하지 않았다. 그러나 강대현을 중심으로 움직이는 청와대 실무그룹이 동색(同色)인 한유민 측에 정보를 보내지 않았을 리 없었다. 한유민은 이미 김성만에 대한 조사 결과를 알고 있었던 것이다.

"물론 그 친구도 나름대로 생각이 있겠지만 무조건적인 거부감이나 반발은 곤란하다는 말입니다. 운동권이었다고 다 주사파나 위수김동 세력으로 매도하는 수구 세력과 같은 맥락이라고 봐도 될 겁니다."

유창하게 말한 한유민이 스스로 결론을 내렸다.

"어쨌든 그 친구를 시민사회수석실로 보냈다니, 김동만 의원의 얼굴도 있고 하니까 일단은 그 선에서 끝냅시다. 지금은 정상 회담이 급하니까."

"그래서 말씀인데요."

그러자 한태영이 본론을 꺼내었다.

"어제는 정 장관이 그 문제로 대통령을 뵈었고 그제 밤에는 시민의 소리 서진철 대표가, 또 낮에는 실장을 통해서 저희의 의견을 전해드렸습니다. 어쨌든 정상 회담만큼 중요한 일이 어디 있습니까?"

한태영의 표정이 절박해졌다.

"국면을 반전시킬 카드는 오직 정상 회담뿐입니다. 그러니까 한 의원께서도."

"정 장관까지 대통령을 뵈었으니 조만간 결정이 나겠지요."

생각에 잠긴 듯한 표정으로 벽을 향한 채 한유민이 말했다.

"저는 강대현 카드에 대해서는 그것이 최선이라고 생각합니다. 현금 10억 달러 정도에서 합의하자는 내용도."

한유민이 힐끗 한태영을 보았다. 그것은 이미 한태영 측에서 결정한 내용이었다.

강진우는 박근혜 대표와 처음 상면하는 셈이어서 긴장하고 있었다. 여의도연구소의 회의실 안이었다.

"곧 들어오실 겁니다."

옆에 앉은 유병일 의원이 말했을 때 문이 열리면서 박근혜 대표가 들어섰다.

"기다리셨죠?"

박 대표가 웃음 띤 얼굴로 강진우에게 손을 내밀었다.

"말씀 많이 들었습니다. 그리고…."

악수를 마치고 자리에 앉으면서 박 대표가 말을 이었다.

"뉴라이트 운동이 확산되기를 바랍니다."

"감사합니다, 대표님."

긴장이 풀린 강진우가 박 대표를 정색하고 보았다. 한나라당에서는 뉴라이트 운동에 심정적인 지지를 보내고 있었지만, 아직 당론으로 결정한 것은 없었다. 뉴라이트는 보수 혁명을 주장하는 신자유주의 집단인 것이다. 구(舊)보수의 국가주의, 권위주의가 아닌 시장 주도형 자유주의를 말했다.

그러나 강진우의 관점에서 보면 한나라는 보수로서의 정체성 확립과 기존 보수의 보수(補修) 작업을 통일적으로 해결하지 못하고 그것이 마치 양자택일의 문제인 양 소모적 당내 투쟁을 되풀이하고 있었다. 이러면 한나라당의 미래는 없다. 강진우는 자유주의로 이념을 교체하는 것만이 대한민국의 희망이라고 확신했다. 열린우리당은 '민주 대 반민주', '똥 묻은 개와 겨 묻은 개' 또는 '소도둑과 닭서리' 등의 구도를 즐겨 사용해왔다.

그리고 이 구도만 유지되면 어지간한 실정은 얼마든지 뒤집을 수 있다고 믿었으며 실제로 그 효과가 여러 번 입증되었다. 한나라당은 열린우리당의 차악(次惡) 경쟁 전략에 말려들어 실정에 따른 반사이익을 챙기는 것 말고는 독자적인 부가가치 창출에 실패했다는 것이 강진우의 생각이었다.

"오면서 기자들을 많이 만났습니다. 한나라당과 뉴라이트 그룹이 제휴할 것이냐고 묻던데요."

강진우가 말을 이었다.

"그래서 아직 아무것도 결정된 것이 없고 박 대표님의 초청을 받아서 인사차 온 것이라고 했지만 꺼림칙합니다."

"그렇군요."

머리를 끄덕인 박 대표의 얼굴에 잔잔한 웃음기가 번졌다.

"뉴라이트 그룹의 이념과 주장은 공감하고 있지요. 그래서 기자들의 그런 질문도 당연하다고 생각합니다."

"지난번에 정영균 의원께 말씀을 드렸습니다만."

강진우가 여전히 정색하고 말했다.

"한나라당이 혁명적 보수를 하지 않으면 국가의 장래를 위해서도 불행한 일이 됩니다. 저는 오늘 그 말씀밖에 드릴 것이 없습니다."

"받아들일 것입니다."

이제는 박 대표도 정색했다.

"그래서 뵙자고 한 것인데요."

그러고는 박 대표가 옆에 앉은 유병일을 보았다.

"우리 한나라당이"

박 대표의 시선을 받은 유병일이 입을 열었다.

"뉴라이트, 즉 신보수의 이념을 당의 이념으로 삼는다면 우리와 동참 해주시겠습니까?"

그때 박 대표가 서두르듯 유병일의 말을 이었다.

"아니, 우리가 신보수 이념을 따를 테니 우리 당의 앞날에 동참해주시겠습니까?"

예상치 못한 일이어서 강진우는 눈만 크게 떴고 박 대표의 말은 계속 이어졌다.

"물론 내부 조정은 우리 몫이죠. 갈등이나 혼란은 있겠지만 이것이 한나라당의 살 길이라는 데 이의를 제기하는 사람은 거의 없을 겁니다. 우리는 서로 도와야 합니다."

박 대표가 이제는 절실한 표정으로 말했다.

"먼저 당의 정체성을 확립해주세요. 그러려면 당의 정책과 교육 훈련부터 도와주셔야 합니다. 그래야 신보수의 기반이 확립됩니다."

"뉴라이트와 한나라당의 연합이라."

다음날 아침, 신문을 읽던 문병식이 혼잣소리로 말했다. 시흥의 기계제작소 안이었는데 그 앞에는 공장장 유만호가 서 있었다. 휑한 공장 안에는 탁자를 사이에 두고 앉고 서 있는 그 둘뿐이었다.

"박근혜가 제의를 했다는군, 흠."

"뉴라이트가 뭐이다요?"

유만호가 일회용 커피 잔을 우그려 던지며 물었다.

"뉴라이트가 뭐이다니?"

신문에서 머리를 든 문병식이 혀를 끌끌 찼다.

"그럼 새로 나온 자동차 헤드라이트인 줄 알았냐?"

"그럼 깜박이오?"

네 살 아래인 54세였지만 20년 동안이나 한솥밥을 먹고 지낸 유만호여서 술 먹으면 친구도 되었다. 유만호가 장난스럽게 되묻자 문병식이 길게 숨을 뱉었다.

"신보수주의라고 새로 생긴 이념이여."

"이념이고 양념이고."

이번에는 유만호가 혀를 찼다.

"일거리가 들어와야 밥을 먹제."

"글쎄 말이다."

"한나라고 딴나라고 다 소용없어."

유만호가 못이 박인 손바닥을 마주 비비면서 말했다.

"다 그놈이 그놈이여. 도대체 국회의원이 무슨 필요가 있어? 그런 놈들 없어도 산다구."

"너, 노무현 찍었지?"

불쑥 문병식이 묻자 유만호가 눈을 흘겼다.

"그렇소. 어쩔 건디? 내 맘이여."

"이 꼴을 봐라. 다 너 같은 놈들이 노무현이 찍어서 이 모양 이 꼴이 된 것이다, 이놈아."

"허, 기가 막혀서."

유만호가 눈을 부릅떴다.

"그러면 이회창이 대통령 되었다면 형편이 피었을 거 같소? 천만에 말씀이여, 마찬가지여."

"무식헌 놈, 뭘 알고나 말해야지."

"우리 일 없는 것 허고 노무현이하고는 상관이 없어."

유만호가 단호하게 말했다.

"이놈 저놈 다 노무현이 핑계만 대고 있더구만. 정말 장사 잘되는 놈들은 아무소리 않는디 말이여."

맞는 말이었다. 심호흡을 한 문병식은 입을 다물었다. 유만호도 쉰이 넘은 인간인 것이다. 문병식의 경험에 따르면 골수 노무현과 열린우리당은 그때나 지금이나 같았다. 이를테면 유만호 같은 인간들이다. 순수하지만 막무가내인 것 같은 무리들이 아직까지 노무현에 대한 기대를 버리지 않고 있었다.

"안 될걸."

한태영이 웃음 띤 얼굴로 말했다.

"뉴라이트는 물에 뜬 기름이 될 거야. 신경 쓰지 않아도 돼."

"하지만…."

이맛살을 찌푸린 서진철이 목소리를 낮췄다.

"뉴라이트 일당들은 이념 서클을 조직하고 교육하는 과정에서부터 운동권의 모든 활동이 몸에 밴 놈들이야. 그놈들이 한나라당의 지원을 받는다면 세가 금방 확장할 가능성이 있어."

"그래서?"

젓가락을 내려놓은 한태영이 아직도 웃음기를 띠고 서진철을 보았다. 여의도의 중식당 '남경'의 밀실 안이었다. 오늘은 서진철이 한태영을 찾아와 둘이서 점심을 먹는 중이었다.

"강진우 일당이 예전의 우리 전철을 밟는다구?"

"당연하지. 한나라당의 지원을 받아서."

그러자 한태영이 다시 풀썩 웃었다.

"시간이 없어."

"시간이라니."

서진철이 눈만 크게 떴을 때 한태영의 말이 이어졌다.

"그것도 정상 회담으로 맥이 끊길 거야."

"정상 회담?"

"그래."

한태영의 목소리가 낮아졌다.

"남북 정상의 평화와 핵 폐기 공동 선언으로 민족 공론의 시기가 펼쳐지면 신보수니 신자유주의니 따위가 조직되고 교육받을 여유가 없어진단 말이야. 그놈들한테는 시간이 주어지지 않을 거야."

"그렇군."

천천히 머리를 끄덕인 서진철이 혼잣소리처럼 말했다.

"이것도 결국 남북 정상 회담에 달려 있군."

"어제 한유민이 대통령 면담을 했어."

한태영이 불쑥 말했으므로 서진철은 긴장했다.

"한유민이?"

"그래. 내가 부탁했거든. 이 일은 빨리 처리해야 해. 범국민적, 범여권에서 추진해야 한다고."

"잘했어."

서진철이 머리를 끄덕였다. 그도 며칠 전에 대통령 면담을 한 것이다. 다시 만두 하나를 입에 넣은 한태영이 말을 이었다.

"아마 오늘 중으로 대통령께서 결정을 하실 거야. 한유민한테 그렇게 말씀하셨다더군."

고개를 든 대통령이 김형문을 보았다.

"김 과장 , 김 과장이 요즘 보이지 않던데. 김성만 과장 말이야."

긴장한 김형문을 향해 대통령은 부드럽게 물었다.

"무슨 일이 있나?"

"예, 그것이."

침을 삼킨 김형문이 시선을 내리고 말했다.

"김성만 과장은 영전이 되어서 다른 부서로 갔습니다."

"허, 영전이 되어 가다니, 어디로?"

"저, 시민사회수석실로."

"…"

"비서관이 되었습니다."

그러자 대통령이 천천히 머리를 끄덕이더니 낮게 말했다.

"그렇군, 영전이 되었군."

"예, 대통령님."

고개를 숙인 대통령이 아무 말도 하지 않자 궁금해진 김형문이 슬쩍 시선을 들었다.

대통령은 테이블 위의 서류를 들여다보고 있었지만 눈동자가 한 곳에 고정되어 있지 않았다. 서류가 아닌 다른 곳을 주시하고 있었다.

"저어"

망설이던 김형문이 입을 열었을 때 대통령이 고개를 들었다.

"아, 그래. 강 수석을 만날 시간이지? 들어오라고 해."

"안녕하십니까?"

여민2관 현관 앞에 서 있던 김성만이 옆에서 들리는 목소리에 머리를 돌렸다. 낯익은 얼굴이었지만 금방 기억이 나지 않았다. 그러나 상대방의 웃음 띤 얼굴을 보고 모른 척하기에는 좀 미안했다.

"아, 예. 시내에 외출할 일이 있어서요."

먼저 그렇게 대답하고 나서야 김성만은 사내가 국방보좌관실에 파견 근무한다는 육군 대령인 것이 생각났다.

"아, 국방보좌관실에 계시지요?"

김성만이 묻자 사내는 단정한 얼굴을 펴고 다시 웃었다.

"예, 강찬석입니다. 얼마 전에 집무실에서 뵈었지요."

"죄송합니다. 이제야 기억이 났습니다."

"아닙니다, 원체 그곳은 바쁜 부서여서."

"이젠 괜찮습니다. 시민사회수석실로 옮겨서 대통령을 뵙는 긴장감에서 벗어났기 때문에."

"아, 그러십니까?"

놀란 듯 강찬석이 눈을 크게 뜨더니 한 걸음 다가섰다. 그러더니 주위를 둘러보는 시늉을 하고는 물었다.

"지금 바쁘십니까?"

"아니, 별로."

오후 3시 40분이 넘어가고 있었다.

여민2관 옆쪽의 양지바른 곳에 나란히 섰을 때 강찬석이 먼저 입을 열었다.

"저, 김 과장님에 대해서 이야기 많이 들었습니다. 김동만 의원 사촌

형이시라고."

"그래요?"

쓴웃음을 지은 김성만이 건물 벽에 등을 기댔다.

"맞습니다. 사촌동생 백으로 들어왔지요. 하지만 지금은 본색이 탄로가 나서 대통령 측근에서 밀려났습니다."

"저는 그때"

정색한 강찬석이 김성만을 똑바로 보았다.

"과장님의 말씀을 듣고 충격을 받았습니다. 그래서 과장님에 대해서 알아보았지요."

"변심한 주사파라고 하던가요?"

"아닙니다. 김 의원의 사촌형님이라고만 들었습니다. 그래서…."

"제가 떠본 줄 아셨습니까?"

"진심을 듣고 싶었지요."

강찬석이 굳은 표정으로 말을 이었다.

"특히 김 의원의 사촌형인 데다 대통령을 수행하는 위치에 계시기 때문에 더욱 궁금했습니다."

"나는 진심을 말씀드린 겁니다."

김성만이 팔짱을 끼고 앞쪽의 화단을 보면서 말했다.

"가슴에 담겨 있던 말이 마침 군인인 강 대령님을 만나자 그냥 뿜어져 나온 것 같습니다."

김성만이 강찬석을 향해 얼굴을 일그러뜨리며 웃었다.

"그래도 군인은 아직 좌파 물이 많이 번지지는 않았을 것 아닙니까? 그걸 믿고 말을 뱉은 거죠."

"그런데 본색이 탄로 났다고 조금 전에 말씀하셨는데 도대체 무슨 말씀이신지."

"말씀 그대로입니다. 난 변심한 주사파인데 김동만 의원도 모르고 있었지요. 그러다 탄로가 난 것 같습니다. 갑자기 부서가 옮겨진 것을 보면 틀림없지요."

"그러셨군요."

천천히 머리를 끄덕인 강찬석이 앞쪽을 바라보며 혼잣소리처럼 말했다.

"그래서 대통령께서 인사 조치를"

"아니죠."

김성만이 정색하고 강찬석을 보았다.

"대통령께서는 제 의견을 경청해주셨습니다. 그런데 주위의 무리들이 저를 밀어낸 것이죠."

그러고는 김성만이 길게 숨을 뱉었다.

"역부족입니다. 이미 늦었다는 생각이 듭니다."

강찬석은 다시 앞쪽을 향한 채 입을 열지 않았고, 김성만도 같은 곳을 보았다. 모처럼 맑은 날씨였지만 둘의 얼굴엔 그늘이 졌다.

"지시를 받았다는군."

휴대전화를 내려놓은 한태영이 옆에 앉은 백봉규에게 말했다. 승용차 뒷좌석에 나란히 앉은 그들은 인사동으로 가는 중이었다. 그곳의 갤러리에서 열린우리당의 정책자문위원이며 한국대 교수인 임한수의 출판기념회가 있기 때문이다.

"이번 남한 측 대표단은 강대현과 백명석, 그리고 통일부의 조경호 차관보야."

한태영이 쓴웃음을 지으며 말했다.

"김성만 대신 정책수석실의 백영석이 투입되었어."

"백영석이는 믿을 만하지."

입맛을 다신 백봉규가 목소리를 낮추고 말을 이었다.

"그런데 대통령이 김성만에 대해서 어떤 생각을 품고 계시는지 정말 궁금하단 말이야."

한태영이 앞쪽을 향한 채 대답하지 않았으므로 백봉규가 말을 이었다.

"김성만이 대통령께 어떤 주장을 펼쳤을까? 그것 때문에 그런 신임을 받은 것일까?"

그러자 한태영이 머리를 돌려 백봉규를 보았다.

"오늘 오후에 대통령이 부속실 김 과장한테 김성만에 대해서 물으셨다더군. 김성만이 영전되어서 시민사회수석실로 옮겼다고 하니까 아무 말씀도 하지 않으셨다는 거야."

"…."

"대통령의 반응을 예의 주시해야겠어. 긴장을 풀면 안 된다고 강대현한테도 말해 줬어."

"김동만 반응은 어때?"

"글쎄, 김동만도 몰랐던 건 사실인 것 같은데 이런 일로 갈등이 일어나면 안 되지. 일단은 기민하게 조처해 놓았으니까 당분간 놔두자고."

"에이, 개 같은 변절자 놈들."

"시간 여유가 있을 때 그 자에 대해서 차분하게 연구해보자고. 직접 만나서 확인할 수도 있겠지."

그러고는 한태영이 걱정스러운 얼굴로 말했다.

"북한 측이 빨리 예비회담 일정을 잡아줘야 할 텐데. 일정만 잡으면 이젠 정상 회담 성사는 문제없어."

"왜? 또 식욕이 없어요?"

권 여사가 묻자 대통령이 수저를 내려놓고 숭늉 그릇을 들었다.

"배가 더부룩해서."

"낮에 뭘 드셨는데요?"

"총리하고 식당에서 설렁탕 먹었어."

식사를 마친 대통령이 숭늉을 한 모금 마시고 권 여사를 보았다. 관저의 식당 안이었다. 벽시계는 저녁 8시 반을 가리키고 있었는데 그래도 오늘은 일찍 귀가한 셈이었다.

"당신, 조선, 동아, 문화일보 읽고 있지?"

불쑥 대통령이 묻자 식혜를 마시던 권 여사가 잔뜩 긴장한 듯 표정이 굳어졌다.

"그건 왜 물어요?"

"글쎄, 대답해."

"내가 왜 안 읽겠소?"

권 여사가 도전하듯 말하고는 대통령을 똑바로 보았다. 대한민국에서 대통령한테 이럴 수 있는 사람은 권 여사뿐일 것이다.

"그런데 왜요?"

"경제가 어떻다고 해요?"

"오일게이트와 행담도 사건 후부터 경제 이야기는 쏙 들어갔어요."

다시 식혜를 한 모금 삼킨 권 여사는 마치 자신이 신문사 논설위원인 양 말했다.

"난데없이 그런 일들이 불거져 나와서는 여론만 악화되고 벌써부터 레임덕이니 뭐니 말들이 많아요."

"…"

"권력 핵심부가 제각각이고 사분오열이니."

권 여사가 혼잣소리처럼 말했지만 퍼뜩 머리를 든 대통령이 정색했다.

"지금 뭐라고 했어?"

"대통령 혼자서만 떠든다고 되나? 참모들이 솔선수범해서 도와야지."

"…"

"당신 주변을 좀 봐요."

이번에는 권 여사가 정색하고 대통령을 보았다.

"임경호 씨 이야기는 더 이상 말할 필요도 없고, 도대체 옆에서 누가 당신의 의지를 챙겨주고 있어요?"

"허어, 모르면 입 다물고 있어."

"말만 잘하는 운동권 출신들뿐이잖아요? 이곳 청와대 안에 비서관 뿐 아니라 운동권 출신이 가득 차 있다면서요? 도대체 그 사람들은 누가 다 데려온 거죠?"

"말이 왜 다른 데로 새?"

"그동안 아버지 문제 때문에 오해받은 것도 서러운데, 운동권 출신들로만 다 끌어오니 청와대가 무슨 운동권이나 좌익의 집합소예요?"

"아, 시끄러."

"시끄럽기는요. 이 모든 게 다 당신이 시작한 거예요."

대통령의 눈에 힘이 들어갔으나 권 여사는 물러서지 않았다.

"아, 정홍준인가 하는 그 사람"

"정용준"

"이름이야 어쨌든, 그 사람이 당신한테 정조를 닮았다고 했죠?"

"정조는 무슨"

"그 사람은 당신한테 조선시대 정조를 닮으라고 한 것이 와전되었다고 해명했던데, 어떤 말이 맞는 거요?"

"그만 해."

대통령이 정색을 하자 권 여사는 길게 숨을 뱉었다.

"답답해서 그래요."

그러고는 권 여사가 수심이 가득 찬 얼굴로 대통령을 보았다.

"당신이 한없이 외로워 보이기도 하고요."

"자, 한잔."

잔을 들어 올린 김성만이 강찬석을 보았다. 벌써 소주를 두 병째 마시고 있었지만 둘의 얼굴은 멀쩡했다. 고대 앞 안암동 골목의 허름한 식당이었다. 다섯 평도 안 되는 식당 안에는 손님이라고는 그 두 사람뿐이고 주인은 주방에 들어가서 나타나지 않았다. 한 번에 소주잔을 비운 김성만이 강찬석의 잔을 채우면서 말했다.

"많이 늦었어요."

강찬석이 잠자코 김성만을 바라보았다. 여민2관 앞에서 이야기를 나누다가 저녁에 다시 만나 술 한잔 하기로 했던 것이다. 물론 제의는 김성만이 먼저 했다. 강찬석의 시선을 느낀 김성만이 자신의 마음속 이야기를 마치 독백처럼 말했다.

"대통령 주변을 그자들이 그야말로 물샐틈없이 둘러싸고 있다는 생각이 들어요.”

“그자들이라면 누구 말씀입니까?”

강찬석이 조심스럽게 묻자 김성만이 쓴웃음을 지었다.

“운동권 출신들, 정체가 불분명한 무리들, 경력이라고는 반정부 투쟁 경력밖에 없는 자칭 민주화 투사들.”

김성만의 얼굴이 차츰 일그러지더니 목소리가 격해졌다.

“화합과 단결로 미래를 향해 나아가도 바쁜 상황에 백년 전의 과거나 파헤치고 대다수 국민과 전혀 상관이 없는 보안법, 과거사법에 목을 매는 무리들.”

“그들과는 직결된 문제니까요.”

차분한 표정으로 말한 강찬석이 소주를 단숨에 삼켰다.

“전대협 동우회 회원 중 국회의원만 열린우리당에 12명입니다. 의원 보좌관과 당직자까지 포함하면 국회에 150명입니다. 거기다 청와대에도 전대협 회원이 행정관급 이상에만 수십 명이고 정부 부처에도 장관 보좌관으로 대부분 포진해 있습니다.”

강찬석이 김성만을 정색하고 보았다.

“그들에게는 보안법이 다가올 남북 정상 회담에 대비하기 위해서라도 꼭 철폐해야만 할 시급하고 한이 맺힌 법이겠지요.”

이제 강찬석은 김성만에 대한 경계심을 모두 버린 상태였다.

“이미 국방백서에는 북한에 대한 주적 표현이 삭제되었습니다. 김대중 정권 시절부터 끌어온 주적 표현 삭제 문제는 이제 친북 세력이 공공연하게 정권을 장악하면서 자연스럽게 이루어진 것이지요.”

강찬석도 딱딱하게 굳은 표정으로 김성만을 보았다.

“김대중이 집권하면서부터 시작된 공작 아니겠습니까? 김대중이 노무현을 선택한 것도 그런 맥락이겠지요. 이인제가 집권하면 자신들의 맥을 이어갈 수가 없었을 테니까요."

"…"

"노무현의 후계자 결정은 김대중과 김정일의 합의에 따른 것이라는 소문도 있습니다."

"그럴 리가."

"국면을 보면 그랬을 가능성도 없지 않습니다. 대통령은 의심받을 만한 행동을 하고 있습니다."

"아니요."

술잔을 내려놓은 김성만이 정색하고 강찬석을 노려보았다.

"내 생각입니다만, 대통령은 어느 누구의 꼭두각시 노릇을 할 성품이 아닙니다."

"…"

"운동권 출신을 청와대나 당으로 끌어들인 것도 결코 친북좌파 성향 때문이 아니라는 생각이 들어요."

이제는 술기운이 조금 번진 얼굴로 김성만이 강찬석을 보았다.

"개혁을 이끌어 갈 새 얼굴을 뽑다보니 주변의 몇 명이 그런 전력의 인물들과 인연이 닿았고 그래서 조직이 복잡하게 형성된 것입니다."

"…"

"나도 운동권 출신이었고 10년이 넘도록 그쪽과는 발을 끊었지만 소문이나 인맥 정도는 환합니다. 대통령은 대선 전까지 그들과 밀접하게 연계되지는 않았습니다."

"그렇다면"

"대선 후에 형성된 것이지요. 김대중 시대부터 본격적으로 뿌리를 뻗쳐가던 그들이 이번에 권력의 핵심부에 진입하자 순식간에 입법, 사법, 행정, 시민단체, 언론으로 조직을 확산시키면서 점차 기반을 굳히게 된 것이지요."

길게 숨을 뱉은 김성만이 다시 빈 잔에 소주를 채우더니 말을 이었다.

"난 대통령의 신임을 받고 두 번이나 베이징에 다녀왔습니다. 남북정상 회담의 비밀 예비회담에 참관인으로 말이에요."

놀란 강찬석이 몸을 움츠리자 김성만이 술을 한 모금에 삼키더니 말을 이었다.

"회담은 결렬되었지요. 북한 측이 무리한 요구를 했기 때문인데 대통령은 주관이 분명했습니다. 무조건적인 원조나 저자세 남북협상은 국익을 위해서 옳지 않다고 믿고 계셨지요. 그러나 측근들은 그렇게 생각하지 않았습니다."

그러고는 김성만이 길게 숨을 뱉었다.

"그러다가 내 정체가 탄로 났는지 결국 부서 이동이 되었지요. 역부족입니다. 아까 말씀드렸다시피 너무 늦었다는 생각도 들고."

택시가 아파트 정문이 보이는 사거리에 멈춰 섰을 때 김성만의 바지에 넣어둔 휴대전화가 진동했다. 휴대전화의 발신자 번호를 본 김성만의 얼굴이 긴장으로 굳어졌다. 김동만의 전화였던 것이다. 김성만이 응답했을 때 김동만의 목소리가 수화기를 울렸다.

"형, 지금 어디세요?"

"나, 집에 다 왔는데."

"그럼 집 근처에서 20분만 기다려주실래요? 제가 곧 그쪽으로 갈 테니까요."

김동만이 서두르듯 말했다.

"늦은 시간이라 집에 들어가면 형수님한테 폐 끼칠 것 같아서 그래요."

"그러지."

손목시계를 보면서 김성만이 대답했다.

밤 10시 반이 넘어가고 있었다. 그로부터 20분쯤 후 김동만과 김성만 두 사촌 형제는 아파트 건너편의 이층 카페에 마주앉아 있었는데, 손님은 그들 둘뿐이었다. 먼저 장소를 정한 김성만이 손님이 없는 가게를 골랐기 때문이었다.

"형님, 제가 왜 왔는지 아시죠?"

커피를 시키고 난 김동만이 물었을 때 김성만은 희미하게 웃었다.

"안다, 미안하다."

"사실입니까?"

"뭐가 말이냐?"

김성만이 정색하고 김동만을 보았다.

"그 사람들하고 내가 코드가 맞지 않는다는 것 말이냐?"

"저는 형님이…."

"예전의 정열과 사상을 그대로 품고 있을 줄 알았단 말이냐?"

"그렇지는 않더라도"

"누가 어떻게 알아냈는지는 모르지만 참 신통해. 난 전혀 누구한테도 내 가슴속을 보인 적이 없었는데 말이야."

"…."

"하지만 잘되었어. 그 사람들하고 호흡을 맞추기 아주 거북했으니까. 다만 갑자기 옮기게 되어서 미처 대통령님께 인사도 못 드린 것이 죄송할 뿐이지."

"…"

"난 교도소에서 출소한 후에는 살아가는 것에 전적으로 매달렸다. 그리고 그것이 바로 가족과 국가에 봉사하는 것이라는 아주 소박한 진리를 깨달았기 때문이다. 그것이 내 한계였다. 하지만"

김성만이 김동만을 보면서 씁쓸하게 웃었다.

"하지만 그것은 최소한의 정직한 삶이었다고 생각한다. 지금 정치나 관료계에 나와 있는 운동권 동지들의 희생으로 오늘날 민주화의 틀이 정립되었다는 것도 인정한다. 하지만"

김성만이 커피 잔을 들어 한 모금 삼키고 나서 어깨를 늘어뜨리며 자조하듯 말했다.

"대통령을 모시고 민정시찰 중에 한 순댓국집에 들른 적이 있었어. 그런데 그 집 주인 아주머니가 그러더구나. 누가 민주화시켜 달라고 했느냐고? 장사만 잘되면 민주화라고 말이야. 잘사는 것이 민주화라고 정치하는 놈들한테 전해 달라더군."

"…"

"대통령의 뒤에 그런 놈들이 있을 줄 알았다면 아예 찍지를 않았을 거라고도 했어."

"…"

"너희들, 너무 서둔다. 개혁에 대한 강박관념이 너무 강한 것 같다."

"형님"

김동만이 가라앉은 목소리로 김성만을 불렀다.

"그들 말이 맞았군요. 형님이 현 정권 주체 세력에 대해 반감을 품고 있다고 했는데."

"그래."

정색한 김성만이 머리를 끄덕였다.

"난 가슴속에 품고 있는 생각을 대통령께 모두 말씀드렸어. 그리고 대통령께서는"

그러고는 김성만이 시선을 떨어뜨렸다.

"대통령께서는 다 들어주셨다. 그래서 나는 희망을 품게 되었지."

김성만이 말을 멈췄고 김동만은 입을 열지 않았다.

5장
카오스 정국

강대현은 그동안 대통령과 여러 번 독대했던 터라 크게 긴장하지는 않았다. 오후 1시 반 정각이 되었을 때 강대현은 집무실로 들어가 대통령께 인사를 했다. 오늘 면담은 오전 9시에 비서실장에게 요청해서 스케줄이 결정된 것이니 초특급이었다. 강대현의 스케줄이 갑자기 잡히는 바람에 건설 부분 경기 부양을 위한 관계 장관 회의가 한 시간이나 지연되었다.

대통령이 강대현을 보더니 얼굴에 웃음을 띠고 자리를 권했다. 소파에 마주보고 앉았을 때 대통령이 부드러운 표정으로 물었다.

"어때? 연락은 되었나?"

"예, 곧 일정이 잡힐 것 같습니다."

자신 있게 말한 강대현이 대통령을 정색하고 보았다.

"9월 초가 좋겠다는 연락이 왔습니다."

"그럼 9월 10일 안에 하는 게 좋겠군."

"예, 구체적인 일정은 곧 보고 드리겠습니다."

"잘되었군. 이번에는 성사가 되어야 할 텐데."

"그래서 이번에는 사전 준비를 철저히 해놓고 떠날 예정입니다."

"그래야지."

"제가 며칠 후에 삼성그룹 고위층을 만날 계획입니다만…"

강대현이 조심스러운 표정으로 대통령을 보았다. 대통령이 눈만 껌벅였으므로 강대현이 말을 이었다.

"이번 북한 측에 제공할 현금 지원액에 대해서 협조를 요청하려는 것입니다."

"…."

"말씀드리지 않고 저희들 선에서 처리한 것은 문제가 발생했을 때 저희가 책임질 작정을 했기 때문입니다. 하지만 일단은 보고 드리는 것이 낫겠다고 중론을 모았습니다."

"…."

"현금 지원액을 공개하면 경제 사정도 좋지 않은 데다 남북한 담합의 오해까지 불러일으킬 수 있어서 정상 회담의 효과가 반감될 가능성이 크다는 의견입니다."

"…."

"지난번 정상 회담 때 현대에서 빼낸 경우와는 다를 겁니다. 삼성의 자금 여력은 현대보다 월등한 데다 업무도 더 치밀하게 처리할 테니까요."

그때 대통령이 입을 열었다.

"삼성 측에 연락은 했나?"

"예."

"어떻게 이야기할 작정인가?"

"조국과 민족을 위해, 그리고 남북한의 평화와 통일을 위해서 대한민국 제1의 기업이 성금을 내는 것으로 생각하라고 하겠습니다."

"…."

"하지만 그 성금에 대한 대가를 바라지는 말라고 하겠습니다."

"그렇다면 얼마나 요구할 작정인가?"

"예, 10억 달러입니다."

강대현이 다시 정색하고 대통령을 보았다.

"북한도 남한의 경제 사정을 알고 있을 테니 10억 달러로 조정이 될 것 같습니다."

안형석이 5억 달러를 고집하다 회담이 결렬되었으니 가능성이 있는 금액이었다. 시선을 내린 대통령이 머리를 끄덕이더니 낮게 말했다.

"알고 있겠지. 우리가 5억 달러를 내기도 어려운 처지라는 걸."

"낌새가 이상하긴 한데."

조병모가 낮게 말했다.

"뭐가 말이요?"

커피 잔을 들면서 안호영이 묻자 조병모는 입맛부터 다셨다.

"한유민과 한태영 일당이 뭔가 꾸미고 있는 것 같아."

"전당 대회 때문이겠지."

의원회관 안의 안호영 사무실 안이었다.

안호영이 말을 이었다.

"한태영이 국참연의 정호문과 제휴하고 나서 한유민의 참정연이 위축되었을까?"

"그래서 한유민이 한태영하고 자주 만난단 말이야?"

"그자들이야 같은 물 아닌가벼. 수세에 몰리면 결국 그쪽으로 붙을 수도 있지."

"참정연이 국참연한테."

"지미릴. 참정연, 국참연, 모두 비슷비슷혀서 어찌나 헷갈리던지."

안호영이 전라도 사투리로 투덜거렸다.

그 둘은 민주당 출신의 중진으로 3선이었지만 지난 수개월 동안 언론에 이름 석 자가 보도된 것은 서너 차례밖에 되지 않았다. 그것은 곧 찬밥이라는 뜻이나 마찬가지였다. 둘 다 열린우리당의 안개모(안정된 개혁을 위한 모임)에 소속되어 있었지만 모임도 몇 번밖에 나가지 않았다. 게다가 강경파의 위세에 밀려 모임이 유산된 것도 여러 차례였다. 그러나 관록에다 눈치는 보통이 아니어서 분위기 파악에는 일가견이 있는 사람들이었다. 조병모가 다시 입을 열었다.

"한유민이나 정호문이나 대통령에 대한 충성심으로 따지면 위아래가 없지. 대통령도 그것을 알 것이고 , 따라서 다 대통령을 위한 일이라고 갖다 붙이면 말이 될 테니까."

"나도 그런 말은 들었는디."

이제는 안호영도 건성이던 표정을 고치고는 정색을 했다.

"운동권 초선 그룹이 자주 모인다고 말이여. 거기다 김동만도 가끔 같이 어울린다고 하던디."

"이것들이 또 무슨 수를 내려나?"

"이젠 꼼수가 통하지 않아."

다시 입맛을 다신 안호영이 식은 커피를 한 모금 마시더니 이맛살을 찌푸리며 말했다.

"그놈의 유전게이트하고 행담도 의혹, 거기에다 비비 꼬인 남북 관계로 요즘 당 지지도가 최악이야. 이참에 출총제 규제나 확 풀어버리면 좋을 텐데."

출총제 개정이란 출자 총액 제한 제도를 말한다. 공정거래위원회가 입법 예고한 개정안은 출총제 기준을 완화해서 일부 기업을 규제에서 졸업시킨다는 계획이었다. 경제계는 계속해서 출총제야말로 기업의 투자를 가로막는 걸림돌이며 세계적으로 한국에만 유일하게 있는 제도이므로 자산 5조 원 이상 기업 집단인 출자 총액 규제 범위를 줄여달라고 지속적으로 요구해왔던 것이다.

그러나 여당 내 강경 그룹은 대기업의 개혁을 위해서는 출총제가 필요하다는 의지를 버리지 않았다. 대기업의 문어발식 확장을 방지하고 투명 경영을 위해서는 공정거래위원회가 출자총액을 규제해야만 한다는 것이었다. 조병모가 길게 숨을 뱉었다.

"대통령이 경제에 올인 한다고 해놓고 연초부터 과거사를 캐기 시작, 반년이 넘었는데도 이 모양이니 올해도 경제는 물 건너간 것 같군."

"하지만 선거는 치르고 봐야 해요. 한나라 쪽도 신통한 수가 없거든."

안호영이 소파에 등을 붙였다. 얼굴에 웃음기까지 띠고 있었다.

"요즘 뉴라이트를 끌어들여서 당의 노선을 중도로 정한다느니 하고 있지만 그러다가는 보수층의 표까지 다 잃을 것 같아."

그러자 조병모가 따라 웃었다.

"점점 자신감을 상실해가고 있어. 그것을 보면 이런 상황에서도 조금 위안이 돼."

"어떻게 안 되겠습니까?"

박용성이 묻자 국무총리 유경찬은 먼저 머리부터 저었다.

"어렵겠습니다."

그러고는 유경찬이 정색하고 박용성을 보았다.

"지금은 어렵습니다."

"하지만 상반기 실적이 아시다시피 2.7퍼센트 성장입니다. 이렇게 나가게 되면…"

"그래도 어렵습니다."

다시 머리를 저은 유경찬이 길게 숨을 뱉었다.

"잠깐 반짝하다가 가라앉으면 후유증이 더 클 겁니다."

박용성이 어두운 얼굴로 유경찬을 바라보았다. 총리 집무실 옆의 소회의실에서 단둘이 마주앉아 있었으므로 서로의 숨소리까지 들릴 정도였다.

오늘은 박용성이 대한상공회의소 회장 자격으로 총리와 공식 면담을 하는 자리였으니 언론에도 틀림없이 보도가 될 것이다. 그래서 둘은 단둘이 있기 전에 기자들을 위해 한참 동안이나 배우처럼 자세를 갖춰야만 했다. 박용성이 잠시 말을 멈추었다. 그가 지금 부탁하고 있는 것은 다름 아닌 출총제 규제 완화였다. 지난번 공정거래위원회가 제시한 공정거래시행령 개정안의 자산 규모를 상향 조정해 달라는 요청인 것이다. 자산 5조 원 기준을 높여 달라는 요청이었는데 여당 강경파 그룹은 5조 원이나 6조 원이나 무슨 차이가 있느냐며 외면하고 있는 상황이었다.

"박 회장님 입장도 이해합니다만"

국무총리 유경찬이 어두운 표정으로 말을 이었다.

"지금까지 임기 내내 끌어온 과제입니다. 그동안 모두 고생했지요. 국민은 국민대로, 기업은 기업대로, 그리고"

말을 그친 유경찬이 쓴웃음을 지었다. 문득 작년 말에 자신의 주변에서 일어난 유경찬 파동이 떠올랐기 때문이다. 유경찬이 말을 이었다.

"정부 여당도 나름대로 최선을 다했고 그 결과 곧 결실을 맺을 수 있을 것입니다. 정치, 사회, 경제에 대한 개혁이 한꺼번에 이루어지는 바람에 일어난 혼선은 불가피한 측면도 있지 않겠습니까?"

눈을 가늘게 뜬 채 미동도 하지 않는 박용성을 향해 유경찬의 목소리는 점점 열기를 띠었다.

"경제가 하반기에 최소한 안정은 될 것입니다. 그리고 연말부터 상승해서 내년부터는 6퍼센트 이상 성장할 겁니다."

그것이 이미 열린우리당과 재경부, 그리고 한국은행과 경제연구기관들이 내놓은 계획서 내용이었으므로 박용성은 그냥 눈만 껌벅였다.

"회장님께서도 힘을 보태주시기 바랍니다."

유경찬이 결론을 짓듯 말하자 박용성이 슬며시 얼굴을 펴고 웃었다.

"이런, 혹 떼러 왔다가 혹을 붙이고 가게 되었습니다."

"조병모 의원이 오늘 지역구로 내려간다고 하는데요."

차에 올랐을 때 비서실장 김학진이 말했으므로 박용성은 시선만 돌렸다. 김학진이 조심스럽게 말을 이었다.

"안호영 의원도 오후 행사 때문에 시간을 낼 수가 없다고 합니다."

"그럼 몇 명인가?"

"김동만 의원하고, 김원갑 의원까지 네 명쯤 됩니다."

"처음에는 열 명이었던가?"

"예, 회장님."

그러자 차 안이 잠시 무거운 정적에 덮였으나 곧 박용성의 목소리로 깨졌다.

"좋아, 그래도 할 수 없지. 가자고."

다음 스케줄은 오후 4시에 열린우리당 회의실에서 의원에게 출총제에 대한 협조를 요청하려고 며칠 전부터 의원들과 약속해 놓았던 것이다. 그런데 열 명이던 열린우리당 의원이 네 명으로 줄어들었다. 박용성이 혼잣소리처럼 말했다.

"그래, 경제가 살아난다면 얼마나 좋겠나? 그렇게만 된다면야 대한민국 만만세다."

"김형욱이가 청와대 지하실에서 죽었다는 소문이 계속해서 나돌고 있어."

소주를 한 모금 삼킨 오 씨가 말을 하자 박대구는 퍼뜩 고개만 들었다. 오 씨가 말을 이었다.

"김대중 납치 사건도 결국은 박정희가 시킨 것이지. 뻔할 뻔자 아닌가? 이후락이 지가 뭔데 그런 큰일을 저질러?"

오늘은 박대구가 쉬는 날이어서 둘은 동네 식당에 마주앉았다. 식당 손님은 그들 둘뿐이었다. 그래서 주방장 겸 주인인 박 씨 아줌마는 5천 원짜리 생태찌개 안주를 만들어주고는 뒷방에 들어가 TV를 보다가 졸고는 했다. 박대구가 대꾸를 안 했지만 오 씨의 말에는 잔뜩 힘이 들어가 있었다.

"그, 머시냐, 민청학련 사건도 조작이여. 동백림 사건, 이수근 사건, KAL기 폭파 사건도."

"그런 건 얘깃거리도 못 돼. 집어치워."

마침내 박대구가 손을 들어 오 씨의 말을 막는데 표정이 심드렁

했다.

"뻔한 이야기 그만하라니까. 재미없다."

"그럼 네가 재미있는 얘기 좀 해봐라."

"천성산 터널 공사 얘기 알고 있지?"

"그게 뭔데?"

오 씨가 곧 머리를 끄덕였다.

"아, 그 머시냐, 스님이 단식 투쟁 한 것 말이지? 뭣 때문이더라?"

"도롱뇽 살린다고."

"그렇지, 도롱뇽이 어떻게 생겼지?"

"아마 도마뱀 같던가, 나도 잘 몰라."

"귀한 건가?"

"몰라."

"그게 뭐가 재밌다는 거야?"

이맛살을 찌푸린 오 씨가 소주를 한 모금 마시고는 주위를 둘러보았다.

"앗따, 손님도 드럽게 안 오네."

"그런데 그 스님이 말이야."

박대구가 말을 이었다.

"백일 단식을 하는 바람에 공사가 중단되었잖어?"

"그래, 독하더만. 나도 신문 봤어."

시큰둥한 표정으로 오 씨가 맞장구쳤지만 다시 딴소리를 했다.

"이 집 하루 매상이 5만 원도 안 될 것 같은디 , 여기도 곧 문 닫겠다."

"그 스님 때문에 공사를 석 달 중단하고 환경평가를 다시 하게 되었는데 말이야."

박대구가 다시 소주를 한 모금에 삼키더니 안주도 먹지 않고 오 씨를 노려보았다.

"석 달 중단하면 공사비가 얼마나 손해보는지 아냐?"

"몰라."

하루에 70억씩 모두 6천3백억이다."

오 씨는 눈만 껌벅였고 박대구의 말이 이어졌다.

"6천3백억이란 말이여 , 6천3백억."

"그래서?"

액수가 크기는 해도 별로 감동을 받지 않은 표정으로 오 씨가 묻자 박대구는 길게 숨을 뱉었다.

"도롱뇽 때문에 공사비가 2조 5천억 가깝게 날아갔다는 거다. 이번 스님 한 명의 단식으로 6천3백억이 깨지고."

"……."

"참말로 돈 아깝다."

"……."

"그게 어떤 돈인데, 시발. 피땀 흘려 일한 돈에서 걷어간 세금인데 6천3백억을 던져? 스님을 강제로 병원에 데려갔으면 되잖아?"

그러고는 박대구가 얼굴을 일그러뜨리며 웃었다.

"시발. 내가 내 자식 살리겠다고 단식하면, 미쳤구나 하고 뒈지게 내버려두겠지."

"당연하지."

술기운에 슬슬 얼굴이 달아오른 오 씨가 장난처럼 대답했지만 박대구는 정색했다.

"시발놈들, 중 하나 살린다고 돈을 이렇게 날려도 되는 거야?"

"그 중은"

오 씨가 붉어진 얼굴로 물었다.

"단식해서 죽자고 했단 말이지? 그깟 도롱뇽 살리려고?"

그러고는 제 말에 제가 대답했다.

"시발 , 6천3백억이면 지금도 굶어죽는 아이들 10만 명은 살리겠다. 북한 아이들 100만 명은 먹이겠고. 도롱뇽 좋아하시네, 정말 잘 돌아가는 나라다."

"이 상태로만 가면 다음 대선에 문제없어."

한태영이 눈을 크게 뜨고는 앞에 앉은 백봉규와 서진철을 번갈아 보았다. 그들 셋은 전대협 동우회 회원으로 학생 시절부터 절친한 사이였다. 한태영과 백봉규가 여당의 초선 의원으로 강경 그룹을 이끌고 있다면 서진철은 친여 시민단체인 시민의 소리 대표인 것이다. 서진철은 친여 시민단체의 주도적 인물로서 평소 정부 여당의 든든한 후원자 노릇을 하고 있었다.

"한나라는 결국 제 껍질을 벗지 못하고 있다가 자멸하고 말 거야."

한태영이 목소리를 낮췄다.

"남북 정상 회담이 그 시발점이 되겠지."

소파에 등을 붙인 한태영의 얼굴에 웃음기가 떠올랐다.

"그자들은 투쟁에는 어린애나 같아. 우리더러 무능하고 무경험, 무식하다고 했지만 온실 속에서 놀던 놈들이라 조직력과 행동으로 무장된 우리를 당해낼 수는 없어."

"박근혜의 리더십 문제도 있지."

백봉규가 거들었다.

"비록 4·30 재보선에서 우리가 완패했지만, 2년 후 대선 때 한나라는 단물 다 빠진 무말랭이처럼 될 거야."

"이 눈치 저 눈치만 보다가 기존 보수 세력도 다 떨어져 나갈 테니까 두고 봐. 당명을 바꾸고 뉴라이트를 끌어들였다고 해도 마찬가지야."

정색한 한태영이 말을 이었다.

"그야말로 뼈를 깎는 것 같은 시련과 고통, 좌절의 기간을 겪고 단련된 우리들이다. 우리한테 무능한 정권이니, 투쟁 일변도로 2년 반을 보냈다고 하지만 한나라 놈들이 한 건 뭔데? 기껏해야 반사 이익이나 얻고 이리 붙었다 저리 붙으면서 당론 하나 확정짓지 못했잖아? 오히려 더 무능하고 사분오열된 정당이다. 이제 국민은 그들에게 나라를 맡기면 더 엉망이 되리라는 것을 알았을 거야."

"정상 회담만 성사되면 모든 일은 일사분란하게 진행될 테니까."

서진철이 결론짓듯 말하고는 환하게 얼굴을 펴고 웃었다.

"민족통일의 대과업은 우리 대에 틀림없이 이루어질 거야."

"만일의 경우에 그것이 안 된다고 해도 기반은 굳혀놓겠지."

한태영이 화답하고는 술잔을 들었다.

"자, 그럼 술이나 한잔 하자고."

여의도의 한식당 목포집은 값이 싼 데다 맛있어서 초선 의원들한테는 인기였다. 아직 초저녁이어서 끝 방에 들어앉은 그들 셋 외에는 홀 손님이 두 테이블 있을 뿐이었다. 소주를 한 모금 삼킨 한태영이 목소리를 낮추고 말했다.

"강대현이 승낙을 받은 모양이야."

"승낙이라면?"

서진철이 묻자 한태영의 목소리가 더 낮아졌다.

"현금 지원 문제 말이야."

"아아, 그럼."

"삼성 측과도 곧 접촉할 모양이던데."

한태영의 말에 서진철이 쓴웃음을 지으며 대답했다.

"당연히 내겠지. 오히려 그런 부탁을 해줘서 고맙다고 할걸?"

"절대로 대통령께는 누가 되지 않도록 해야 해. 지난번 김대중 정권 때보다도 더 철저하게."

다짐하듯 말한 한태영이 서진철과 백봉규를 번갈아 보았다.

"현금 지원 문제는 강대현과 내가 책임질 거야. 대통령은 물론 정통일부장관도 모르는 일로 할 테니까. 물론 북한 측도 입단속을 시켜야겠지."

"그쪽이야 철통같을 테지."

백봉규가 한태영의 말을 받았다.

"이쪽을 조심해야 해. 지난번 현대처럼 터지면 안 된다고."

"진수 아빠, 전화."

정옥진이 전화기를 내밀면서 김성만의 눈치를 살폈다. 요즘 정옥진은 자주 이랬다.

"친구래요."

"친구?"

전화기를 받아든 김성만이 무의식중에 벽시계를 보았다. 저녁 8시 반이 되어가고 있었다. 오늘은 평소보다 일찍 퇴근해서 막 저녁 식사를 마치고 신문을 읽는 중이었다.

"여보세요."

김성만이 말했을 때 수화기에서 낯선 사내의 목소리가 울렸다.

"아, 김 비서관님, 저, 경호실의 하 과장입니다."

"아아, 예."

놀란 김성만이 긴장했다. 하 과장이라면 지난번에 대통령과 함께 순 댓국집 밀행 때 동행했던 요원이었다. 하 과장의 말이 이어졌다.

"대통령께서 부르십니다."

택시에서 내린 김성만은 먼저 주위를 둘러보았다. 이곳은 재동의 헌 법재판소 근처 식당가로 한정식 이리집은 바로 길옆이었다. 밤 9시가 조금 넘었을 뿐인데도 거리는 한산했다. 김성만이 이리집의 목제 대문 앞으로 다가갔을 때 옆쪽 골목에서 사내 하나가 소리 없이 나타나더니 표정 없는 얼굴로 말했다.

"오른쪽 방에 계십니다."

경호실 요원이었다.

"혼자 계시는 겁니까?"

김성만이 묻자 요원이 머리를 끄덕였다.

"예, 혼자 계십니다."

하 과장은 보이지 않았지만 김성만은 문을 옆으로 밀고는 식당 안으 로 들어섰다. 세 평쯤 되는 홀은 비어 있었고 40대쯤의 여자가 서 있다 가 반색을 하며 그를 맞았다.

"김 비서관님이시지요?"

"예."

"여기로."

여자가 옆방을 가리켰다. 식당 안은 조용했다. 김성만이 낡은 방문을 밀고 안으로 들어섰을 때 대통령은 술상을 앞에 두고 앉아 있다가 시선을 올렸다. 생각에 잠겨 있는 표정이었다.

"미안해, 집에 있는 걸 불러내서."

"아닙니다."

"거기 앉아."

눈으로 앞자리를 가리켜 보인 대통령이 소주병을 들더니 김성만의 앞에 놓인 잔에 술을 채우며 말했다.

"사회수석실 업무는 할 만해?"

"예."

"김성만 씨 본색이 탄로 났기 때문이지?"

불쑥 대통령이 물었으므로 김성만은 잠시 숨을 멈췄다. 대통령이 엷게 웃음 띤 얼굴로 김성만을 보았다.

"아마 자네 뒷조사를 했겠지. 그리고 내 주변에 놔두면 안 되겠다고 판단했을 거야."

"…."

"그것이 옳은 판단일지도 모르지. 일사불란하게 추진되어야 할 과업들이 방해를 받으면 곤란할 테니까."

"대통령님, 저는…."

"알아."

대통령이 손을 들어 김성만의 말을 막더니 술잔을 들어 소주를 한 모금 삼켰다.

"부담이 되었을 거야. 벅찼을 것이고, 실은 나도 그렇게 느꼈으니까."

긴장한 채 몸을 움츠린 김성만을 향해서 대통령이 정색하고 말했다.

"자네가 날 도와줘야겠어."

"예."

"나한테 조언하는 역할을 계속해서 맡아주게. 행정력이 부족하면 어떤가? 나는 앞으로 추진해갈 목표에 대한 조언자가 필요해. 나머지 기능은 다른 사람들이 맡아줄 테니까."

김성만의 시선을 잡은 대통령의 목소리가 굵어졌다.

"자네가 국정상황팀장을 맡아주게. 그러면 수시로 날 만날 수 있을 테니까."

다음날 아침, 강대현은 굳은 얼굴로 비서실장 박인식과 마주앉아 있었다. 출근하자마자 박인식이 부른 것이다.

이미 강대현은 김성만이 현재 공석이 되어 있는 국정상황실장으로 발령이 난 것을 알았다. 박인식이 발령 지시를 내린 지 몇 분도 되지 않아서 그 정보가 강대현에게 전달되었기 때문이다. 그래서 박인식이 김성만의 인사에 대한 해명을 하려고 자신을 부른 것으로 짐작하고 있었다. 지난번 김성만이 부속실에서 사회수석실로 옮긴 것은 강대현 조직의 공작 때문이었다. 강대현은 수석비서관이었지만 비서실내 주류 그룹 리더였던 것이다. 지금까지의 정책과 당과의 관계 등 모든 것을 대통령의 두뇌가 되어 행사해온 그룹이었다.

"김성만 씨가 국정상황실장으로 옮기게 되었어요. 대통령께서는 김성만 씨를 각별히 신임하시는 모양이어서."

비서실장 박인식이 정색을 하고 말을 이었다.

"그리고 예비회담 문제인데, 대통령께서는 별도 지시가 있을 때까지 보류하라고 하셨습니다.”

순간 놀란 강대현이 눈을 크게 떴다.

“아니, 지금 뭐라고 하셨습니까? 예비회담을 보류하라고 하셨단 말씀입니까?”

“그래요. 별도 지시가 있을 때까지.”

“아니, 북한 측에 이미 통보를 한 상황인데. 더욱이 오늘 내일 중으로 일정이 잡힐 예정인데요.”

이제는 당황한 강대현의 목소리가 흔들렸다.

“어렵게 잡은 일정인데 북한 측에다 뭐라고 설명해야 합니까? 이러면 남북 정상 회담은?”

“대통령 지시입니다.”

비서실장 박인식이 이렇게 냉정한 표정을 짓는 것을 처음 접했지만 강대현은 아직 놀람에서 깨어나지 못했다. 그만큼 정상 회담에 몰입하고 있었다는 증거도 될 것이었다.

“무슨 이유 때문인지 알 수 없습니까? 제가 대통령께 여쭤봐야 되지 않겠습니까?”

“아니.”

먼저 머리부터 저은 박인식이 다시 헛기침을 하고 말을 이었다.

“대통령께서 별도 지시를 내린다고 하셨으니 기다리는 것이 순서겠지요. 그리고”

박인식이 마치 낯선 사람을 만난 것 같은 시선으로 강대현을 노려보았다.

“대통령께서는 삼성그룹과 더 이상 접촉하지 말라고 지시하셨습니다. 그렇게 말하면 아실 것이라고.”

188

"아니, 그러면"

정민철이 놀란 얼굴로 대통령을 보았다. 청와대의 대통령 집무실 안이었다. 강대현이 박인식에게서 통보를 받은 그 시각, 대통령은 통일부 장관 정민철에게 예비회담을 보류한 사실을 설명해주고 있었다. 긴장으로 딱딱하게 굳은 정민철이 물었다.

"정상 회담을 보류한단 말씀입니까?"

"6자 회담의 결과가 나올 때까지."

차분한 표정으로 말한 대통령이 정민철의 시선을 받더니 쓴웃음을 지으며 말했다.

"정석대로 하겠단 말입니다."

"정석대로라면"

"편법을 쓰지 않겠다는 말이지요."

대통령의 말이 이어졌다.

"북한 측과 정상 회담 시 남북한 평화 공존 선언과 함께 공동 핵 폐기 선언으로 6자회담을 무력화시키겠지만 우리 측에 실리가 없어요. 민족 자주라는 그럴듯한 표현에 말려들어서 북한과 함께 수렁에 빠질 수는 없단 말입니다."

"대통령님."

당황한 정민철이 대통령을 보았다. 그는 대통령의 입에서 이런 말이 나올 줄 전혀 예상하지 못했던 것이 분명했다.

"대통령님, 그렇다면 우리가 지금까지 펴온 정책은"

"실패한 거죠."

대통령이 한마디로 잘랐으므로 정민철은 아연해질 수밖에 없었다. 그러자 대통령이 정색하고 말했다.

"이대로 끌려 들어가기만 했다가는 한민족 전체가 불행해질 것 같다는 생각이 들었습니다. DJ 정권 때부터 잘못 끼워진 단추지만 이제 내가 바로잡을 겁니다."

방으로 들어선 한태영이 테이블 주위에 둘러앉은 사내들을 향해 건성으로 머리를 끄덕여 보이고는 자리에 앉았다. 오전 11시 40분, 여의도의 중식당 '남경'의 방 안에는 10여 명의 의원이 모여 있었는데, 한태영이 이끄는 운동권 의원들은 거의 모인 셈이었다.

"조금 전에 정 장관이 대통령을 만나고 돌아갔는데, 그 이야기를 한 것 같습니다."

한태영이 조금 흥분한 상태로 말했다.

"강 수석에 이어서 통일부 쪽에도 통보를 해주는 것이 순서니까요."

"그렇다면 정상 회담을 우리 쪽에서 거부한 셈이 되는데."

초선이며 전대협 동우회 회원인 임세운이 말을 받았다.

"남북 관계에 악영향을 끼치게 될 겁니다. 지금까지 쌓아올린 양국 간의 신뢰를 한순간에 허물어버린 꼴이 될 수 있다고요."

"도대체 대통령은"

역시 초선이며 강경한 성품의 박기채가 눈을 가늘게 뜨고 한태영을 보았다.

"김성만이라는 놈의 영향을 받은 것일까?"

박기채가 혼잣말처럼 물었지만 아무도 대답하지 않았다. 그렇다고 하기에는 너무 허무했기 때문일 것이다. 그때 백봉규가 입을 열었다.

"김성만이 청와대 상황실장이 된 것은 대통령의 생각이 어느 정도 그놈하고 같다는 뜻입니다. 대책을 세워야 합니다."

방 안에 무거운 정적이 덮쳤고 백봉규의 말이 계속되었다.

"내 추측이지만 정상 회담 보류만으로 그칠 것 같지가 않아요. 대통령은 마음을 바꾼 것 같습니다."

백봉규는 변했다는 표현 대신 마음을 바꿨다고 했다. 대통령이 변했다는 표현을 싫어했기 때문이다. 그는 지난번에 대통령이 변한 것이냐는 기자의 질문에 억울하다고 대답할 만큼 거부 반응을 보였다.

"배신이야."

차의 뒷좌석에 올랐을 때 한태영이 뱉듯이 말했다. 옆자리에 탄 백봉규는 입을 굳게 다물고는 앞쪽만을 보았다. 얼굴이 창백했다. 그들은 모임을 마치고 돌아가는 길이었는데 회의에서는 아무런 결론도 나지 않았다. 격렬한 불만과 불평이 쏟아져 나왔지만 대책으로 결정된 것은 없었다. 그것은 그만큼 모두가 당황하고 있다는 증거였다.

"실컷 이용하고는 이제 통치 기반이 다져진 것 같으니까 우리를 도태시키려는 거야."

한태영이 말했을 때 백봉규가 머리를 들었다.

"이대로 물러날 수는 없어."

눈을 치켜뜬 백봉규가 한태영을 노려보았다. 백봉규는 한태영만큼 치밀하고 조직적인 사고를 갖추지 못한 대신에 행동력은 뛰어났다. 운동권 시절에 그 둘이 호흡을 맞춰 조직하고 투쟁한 사건은 거의 다 성공했다. 한태영이 머리를 끄덕이며 동의했다.

"민족의 염원인 남북 공존의 기회를 이번에 놓칠 수는 없어. 대통령 하나의 판단 때문에 절호의 기회를 놓치면 안 된단 말이야."

"서둘러야 해."

백봉규의 표정이 초조해졌다. 지금 당장 어디론가 뛰어갈 기세였다.

그날 오후 5시경, 회의실에 있던 강대현은 여직원의 메모 쪽지를 펴 보더니 자리에서 일어섰다.

"잠깐만 나갔다 오지요."

회의실에는 10여 명의 사내가 모여 있었는데 모두 비서관급 이상으로 청와대 각 부서에 심어져 있는 실세들이었다. 즉 강대현과 운동권 동지로서 그들은 당과 시민 단체, 또는 언론계와 노조에까지 맥이 닿았다. 회의실 밖으로 나온 강대현은 복도에 서 있는 백영석을 보자 이맛살을 찌푸렸다. 백영석이 회의 직전에 인사수석실로 불려갔던 것이다.

"무슨 일이야?"

강대현이 묻자 백영석은 어깨를 늘어뜨리며 한숨부터 뱉었다. 표정이 굳어 있었다.

"저, 청와대를 떠나게 됐습니다."

"뭐야?"

놀란 강대현이 한 걸음 다가서자 백영석은 쓴웃음을 지었다.

"절더러 장애인보호재단 사무국장으로 가라는군요."

"뭐라고?"

"그만두라는 말이나 다름없어서 사표를 내겠다고 했습니다."

"누, 누가 그래?"

강대현이 눈을 부릅뜨고는 침을 삼켰다. 갑자기 시기도 아닌데 인사수석이 이런 발령을 낼 리가 없었다.

그래, 대통령이다. 대통령이 강대현의 세력을 약화시키려고 가장 측근인 백영석부터 제거하려는 것이었다. 정상 회담 보류에 이어서 연거

푸 닥쳐온 대통령의 전격전이었다. 한동안 앞쪽의 벽을 노려보던 강대현은 이윽고 천천히 머리를 끄덕였다.

"그렇군, 이제야 대통령의 의중을 확실하게 알았다."

"당장 내일부터 어떤 변화가 있을지 예측하기 어렵게 되었습니다."

서진철이 굳은 표정으로 말을 이었다.

"반개혁적 인물이며 우리에게 비판적 인물인 김성만을 국정상황실장으로 끌어올림과 동시에 정상 회담을 보류했어요. 게다가 강 수석의 핵심 측근인 백 비서관을 그 뭐냐, 장애인재단의 국장으로 좌천시켰습니다. 오늘 하루 동안에 일어난 일이죠."

방 안에는 10여 명의 사내가 둘러앉아 있었지만 아직 아무도 입을 열지 않았다. 인사동의 전통 찻집 안이었는데 손님은 그들뿐이었다. 문앞에 휴업 푯말을 걸어놓고 그들이 임시 회의장으로 사용하고 있었기 때문이다. 실내 분위기는 무거웠다. 테이블에 둘러앉은 사내들의 신분은 다양했다. 언론기관, 노조, 전교조와 전공노에 소속된 사내들에다 정체를 밝히지 않은 사내들도 서너 명이나 있었다. 그때 기둥 옆에 앉아 있던 사내가 입을 열었다.

"이런 때일수록 흔들리지 말고 단결해야합니다. 그동안 피땀 흘려 이룩해 놓은 우리의 기반은 쉽게 무너지지 않습니다."

모두의 시선을 받은 사내의 말이 이어졌다.

"대통령은 위기 돌파력이 뛰어난 분이지요. 작년의 탄핵 사건이 좋은 예가 될 겁니다. 대통령은 이번에 경제 회생에 승부를 걸면서 상황을 전환하려는 것 같습니다. 이번의 희생양은 친북 주사파가 되겠지요."

홀 안에 웅성거리는 소음이 일어나더니 두어 명은 짧은 분노의 외침을 뱉어냈다. 그러자 사내가 쓴웃음 지은 얼굴로 그들을 둘러보았다.

"물론 여기 모인 여러분 중에 주사파가 없다는 건 우리는 물론이고 대통령도 알고 있겠지요. 하지만 친북 주사파 세력을 청소하고 헌법에 정한 대로 자유민주주의 시장경제를 추구해 나간다고 하면 보수 진영은 물론이고 흔들리는 30~40대 여론이 일시에 호응해줄 겁니다. 특히"

호흡을 고른 사내가 말을 이었다.

"불안해 하던 기업가, 부유층의 절대적인 지지를 받게 될 것입니다. 그러면 경제가 와락 살아나겠지요."

"아니, 그러면"

그때 낮고 굵은 목소리로 사내 하나가 말을 받았다. 사내가 눈을 부릅뜨고 주위를 둘러보았다.

"우리가 희생양이란 말입니까, 지금까지 실컷 이용하고 나서 이젠 제물이 되라고요?"

"그럴 수는 없지."

사내 하나가 소리쳤을 때 구석에서 거친 외침이 터졌다.

"배신자 노무현을 타도하자!"

그러자 서진철이 손을 들어 좌중을 진정시켰다.

"잠깐만"

정색한 서진철이 주위를 둘러보자 좌중은 곧 조용해졌다. 이윽고 서진철의 차분한 목소리가 홀 안을 울렸다.

"여러분, 지금은 우리가 1980년대 반정부 투쟁하던 시기와 다릅니다. 우리는 이미 한국 사회의 주도 세력이 되어 있고 정치권력의 핵심으로 포진하고 있단 말입니다. 이것이 하루아침에 이루어진 일입니까?"

그러고는 서진철이 입술 끝을 올리며 웃었다.

"대통령이 잘못 판단하고 있다면 그것을 깨우쳐드려야 합니다. 조직적이며 체계적으로 말이지요. 눈앞의 순간적인 유혹에 빠져들어 백년대계를 놓치지 않도록 우리가 힘을 합쳐 대통령한테 보여 드려야 합니다."

서진철의 표정은 자신감이 넘쳐흘렀고 그것이 홀 안의 사내들을 진정시킨 것 같았다. 그러나 분위기는 아직 뒤숭숭했다.

집무실 안으로 들어선 김성만은 대통령이 등을 보인 채 창가에 서 있는 것을 보았다.

"어, 왔나?"

대통령이 창밖을 내다본 채 말했으므로 김성만은 세 걸음쯤 뒤쪽에 서서 대답했다.

"예, 대통령님."

국정상황실장이 된 지 오늘로 일주일째가 되는데 김성만은 그동안이 마치 폭풍의 핵 속에 갇혀 있는 것처럼 불안한 나날이었다. 남북한 정상 회담을 보류하고 자신을 국정상황실장에 임명함으로써 대통령은 앞으로의 자세를 주위에 분명하게 알린 셈이 되었다. 대통령이 팔짱을 끼더니 창밖을 향한 채 말했다.

"남북 관계나 북한의 핵 폐기 문제보다 내부 갈등 수습이 문제야."

창가에서 돌아선 대통령이 김성만을 보았다. 정색한 표정이었다.

"예상보다 심해지고 있어, 반발이."

임기가 아직 많이 남아 있음에도 언론은 벌써 레임덕 현상을 보도하고 있었다. 어제는 개성공단의 출입이 북한 측에 의해 금지되었다. 북한 체제를 비방했다는 이유였지만 정상 회담을 위한 예비회담을 보류한 남한 측에 대한 보복이 분명했다. 게다가 이틀 전에는 평양 방송이 1년 몇 개월 만에 강경하게 남쪽 정부를 비난했다.

비난 강도는 노무현 정권 이후 가장 강경한 수준이었다.

"인터넷 신문과 개혁 언론 인터스피드가 출총제 기준 완화에 대해서 이틀 동안 계속 비난하고 있습니다. 아무래도 계획적인 것 같습니다."

김성만이 보고하자 대통령은 쓴웃음을 지었다.

"그렇겠지. 아무래도 그들과 맥이 닿아 있을 테니까."

"당에서도 이번의 출총제 규제 완화를 거부하는 움직임이 있습니다."

그리고 그 선두에는 한태영 등 초선 강경 그룹이 있었다.

김성만이 조심스럽게 말을 이었다.

"저쪽에서는 전방위로 움직이고 있는 것 같습니다."

대통령은 눈만 껌벅이고 있었으므로 김성만의 목소리는 점점 더 가라앉았다.

"정상 회담 보류가 친북 세력의 위기감을 불러일으킨 것 같습니다. 따라서 그들은 대통령님이 추구하는 경제 우선 정책을 훼손해야 입지가 흔들리지 않는다고 믿는 것이 분명합니다."

"그래서"

헛기침을 한 대통령이 김성만의 말을 잘랐다.

"나도 이러고 있을 수만은 없지. 지금 몇 시인가?"

대통령이 손목시계를 보는 시늉을 했으므로 김성만이 서둘러 시간을 보고 말했다.

"10시 반입니다, 대통령님."

"예, 최경철입니다."

조선일보 편집국장 최경철이 전화기에 대고 응답하자 곧 사내의 목소리가 울렸다.

"여기 청와대입니다만, 국정상황실장 김성만이라고 합니다."

"아아, 예."

긴장한 최경철이 전화기를 고쳐 쥐었다. 노무현 집권 이후 2년 반 동안 청와대에서 걸려온 전화를 받아본 적이 없었던 것이다. 국정상황실장이라면 일주일 전에 임명된 김동만의 사촌형이 아닌가? 부쩍 호기심이 일어난 최경철이 물었다.

"그런데 무슨 일이십니까?"

"국장님께선 지금 시간이 있으십니까?"

"아, 왜 그러시는데요?"

그러자 김성만이 조심스럽게 말했다.

"대통령님께서 조선일보를 방문하고 싶다고 하십니다."

그로부터 40분쯤이 지난 시각, 대통령은 비서실장 박인식, 국정상황실장 김성만을 대동하고 조선일보 건물의 접견실로 들어섰다. 접견실에는 조선일보 발행인 김영훈 사장과 편집인 전영식, 논설주간 박수환, 편집국장 최경철까지 핵심 인물 넷이 기다리고 있었고 모두 긴장한 표정이었다.

"아이구, 안녕들 하십니까?"

대통령이 먼저 웃음 띤 얼굴로 일일이 악수를 나누고는 최경철의 안내를 받아 접견실 소파에 앉았다.

"놀라셨지요?"

자리에 앉은 대통령이 옆자리의 김영훈에게 묻자 비서실장 박인식이 짧게 웃었다. 김영훈이 따라 웃었고 방안의 분위기가 조금 부드러워졌다.

"언젠가는 꼭 찾아와야겠다고 마음먹고 있었지요. 정말입니다."

대통령의 말에 김영훈도 웃음 띤 얼굴로 대답했다.

"저도 언젠가는 꼭 오실 줄 알았습니다. 정말 진심입니다."

"아이고, 이런."

이마의 주름을 깊게 만든 대통령이 입맛 다시는 시늉을 했다.

"그렇게 기다리고 계셨다면 좀 더 일찍 오는 건데."

"잘 오셨습니다, 대통령님."

박수환이 정색을 하고 말했다.

"설령 내일 비판 칼럼을 쓰게 될지라도 이렇게 상호 신뢰가 쌓이면 얼마나 좋습니까?"

"그렇죠."

머리를 끄덕인 대통령도 웃는 얼굴로 대답했다.

"상호간의 신뢰가 중요하죠. 특히 국가와 국민, 즉 집권자와 국민의 관계에 있어서는 신뢰가 제일 중요한 요소라는 생각이 들었습니다."

순간 접견실 안은 긴장감에 휩싸였고 대통령의 말이 이어졌다.

"저는 이번에 출총제 규제를 완화했으면 하는 바람이 있는데, 국회에서 여야가 잘 처리해줬으면 참 좋겠습니다."

그때는 이미 최경철이 분주하게 메모를 하는 중이었는데 모두 대통령의 말에 숨을 죽이고 경청했다. 그들이 누구인가? 모두 수십 년씩 언론계에 종사해온 베테랑들이었다. 대통령이 방문한 의도를 알아채고 있는 것이다. 힐끗 최경철에게 시선을 준 대통령이 이제는 받아쓰기 쉽도록 또박또박 말했다.

"나는 국민에게 약속드린 대로 이제 경제에 올인 합니다. 그러기 위해서는 기업 활동을 위축시키는 출총제부터 폐지하고 싶습니다."

"폐지라고 말씀하셨습니까?"

놀란 최경철이 묻자 대통령은 머리를 끄덕였다.

"그렇습니다. 그리고 기업에 관한 여러 규제도 순차적으로 철폐할 계획입니다."

"저, 그렇다면"

이번에는 박수환이 끼어들었다. 박수환이 대통령을 똑바로 보았다.

"대통령님, 그러시면 과거사 진상 규명은 그대로 추진하실 계획이십니까? 그것은 한나라당 박 대표를 목표로 삼고 있다는 여론도 많이 있습니다만."

"보류하겠습니다."

"아아."

저도 모르게 탄성을 뱉은 박수환이 상기된 얼굴로 대통령을 보았다.

"대통령님, 저희 조선일보를 방문해주신 목적은 화해와 함께 이 말씀을 하시려는 것이었군요."

"화해보다도 화합이죠."

대통령의 얼굴에 다시 웃음이 떠올랐다.

머리를 돌린 대통령이 김영훈을 보았다.

"제가 진즉 찾아왔어야 했습니다."

"순수하고 순발력이 강합니다. 이제는 노무현 추종자들의 열정을 이 해할 것 같습니다."

대통령을 배웅하고 돌아온 박수환이 아직 흥분이 가시지 않은 얼굴로 말했다. 최경철은 기사를 작성하려고 편집국으로 뛰어 들어가 버렸으므로 박수환이 엘리베이터에 탄 김영훈과 전영식을 번갈아 보았다.

"조선일보를 찾아와 출총제 폐지와 과거사 진상규명 보류를 선언하고 가다니, 열린우리당의 강경파 초선들이 혼란에 빠질 것입니다."

"한나라당과 열린우리당의 온건파와 실용파 세력이 연합해서 법안을 통과시키게 되겠군."

전영식이 생각에 잠긴 표정으로 엘리베이터의 숫자판을 보며 혼잣소리처럼 말했다.

"결국 대통령은 좌파의 강경 노선에 제동을 걸려는 것이군. 그것을 그들에게 경고하기 위해서는 조선일보를 이용하는 것이 가장 효과적일 테니까."

"아니, 이게 뭐야?"

먼저 제목부터 훑어본 정호문의 얼굴이 대번에 벌겋게 달아올랐다.

"이게 도대체."

신문을 접은 정호문이 앞에 서 있는 최동식을 노려보았다. 최동식은 그의 보좌관 겸 비서, 매니저 역할까지 맡은 후배였는데 아침에 사무실로 출근하자마자 조선일보를 가져온 것이었다.

"대통령께서 조선일보에 찾아가신 겁니다. 그리고 출총제 폐지와 과거사 진상규명을 보류하시겠다고 했다는데요."

최동식이 말하자 정호문은 입을 꾹 다문 채 앞쪽만 노려보았다.

"조선일보는 사설에서 대통령의 정책을 대대적으로 환영한다고 발표했습니다."

그때 테이블 위의 전화벨이 울렸으므로 최동식은 전화기를 들었다. 그러고는 몇 번 대답만 하더니 곧 전화기를 내려놓고는 긴장한 표정으로 정호문을 보았다.

"의장님, 대통령께서 찾으신다는대요."

접견실은 전에 정호문이 한 번 와본 곳이어서 낯설지 않았다. 그때는 전영근과 함께 대통령을 만났는데 분위기가 좋았다. 헌법재판소에서 탄핵이 기각된 지 얼마 되지 않은 때여서 정호문과 전영근은 들떠있었고 대통령도 자주 웃었던 것이다.

그러나 오늘은 분위기가 달랐다. 정호문은 굳은 표정으로 빈 접견실을 둘러보았다. 대통령은 변절자인 김성만을 중용하면서 기득권 세력과 수구 꼴통들이 주장하는 출총제 폐지와 과거사 규명의 보류를 천명한 것이다. 그것도 수구 꼴통의 원산인 조선일보에 찾아가 선언했으니 적진으로 찾아가 항복한 꼴이나 다름없었다. 김성만이 대통령을 꼬인 것이다. 귀가 얇은 대통령이 돌아버린 것이 분명했다. 그때 방문이 열리더니 대통령이 혼자 들어섰으므로 정호문은 자리에서 일어섰다.

"대통령님"

불쑥 감정이 격해진 정호문이 목이 멘 소리로 부르자 대통령은 웃음 띤 얼굴로 손을 내밀었다.

"정 의장, 말씀드릴 것이 있어서 오시라고 한 겁니다."

"그동안 안녕하셨습니까?"

인사를 나눈 정호문이 앞쪽에 앉더니 조심스럽게 물었다.

"어떻게 된 일입니까?"

"경제 때문이죠."

거침없이 말한 대통령이 정호문을 정색하고 보았다.

"우리는 비밀리에 남북 정상 회담을 추진하고 있었지요."

놀란 정호문이 눈만 크게 떴고 대통령의 말이 이어졌다.

"그런데 북한 측은 회담의 조건으로 현금과 물자 지원을 요청해왔습니다."

"…."

"그리고 정상 회담 시에 남북한 공동으로 평화 선언과 핵 폐기 선언을 하자는 것입니다. 6자 회담을 무력화시킴과 동시에 남북한이 핵 문제를 공동으로 대처하자는 의도인데 그것은 민족 공존을 부각시키는 효과는 있을지 몰라도 우리는 그 결과에 따라 치명상을 입을 수도 있습니다. 북한이 핵 폐기 약속을 지키지 않으면 한국은 함께 고립됩니다. 상대적으로 북한은 부담이 그만큼 덜어질 테니 약속 이행에 더 여유를 갖게 되겠지요."

"…."

"더구나 북한은 회담의 대가로 현금 20억 달러를 요구했는데 일부 인사는 그것을 비밀리에 모 기업에 요청하여 조달하자는 것입니다. 그것도 회담 전에 비밀리에 건네주는 것인데."

길게 숨을 뱉으며 대통령이 정호문을 보았다. 가라앉은 표정이었다.

"나라를 이렇게 운영하면 되겠습니까? 그래서 내가 회담을 보류하고 경제에 올인 하겠다는 것입니다. 그랬더니 반발이 만만치가 않네요. 그들은 정상 회담을 이용해서 정국을 이끈다는 의도겠지요. 그러나 경제는 뒷전이었습니다."

그때 정호문이 천천히 머리를 끄덕였다.

"알겠습니다, 대통령님."

정호문이 대통령의 가슴께에 시선을 둔 채 생각에 잠긴 표정으로 말했다.

"저는 대통령님만을 믿습니다."

"이번에 밀리면 끝장이야."

김문철이 굳은 얼굴로 말했다.

"다 차려놓은 밥상을 빼앗기면 안 된단 말이야."

"물론이지."

다부지게 대답한 오수환이 심호흡을 했다. 그에게 이번 사건은 그야말로 다된 밥에 누가 코를 풀려 하는 것이나 마찬가지였다. 그 누구란 바로 대통령이었다. 시민 단체 '개혁의 소리' 대표인 김문철과 인터넷 신문 '투모로'의 편집장 오수환은 운동권 동지이며 현재는 강력한 친여 단체의 리더이기도 했다. 오수환이 말했다.

"조선일보로 찾아가 무릎을 꿇다니, 배신자. 민족의 이름으로 처단해야 해."

"절대로 내색하면 안 돼, 지금은."

김문철이 눈을 치뜨고 말했다. 오후 1시 반 , 둘은 성북동 길가에 주차된 차 안에서 나란히 앉아 있었는데 운동권 시절에도 이렇게 밀담을 나누었다.

"노무현의 개혁 정책 후퇴에 대해서 비판하는 것으로 모두 말을 맞추자는 거야."

앞쪽을 노려본 채 김문철이 말을 이었다.

"정상 회담을 보류하고 반북 세력의 거점인 조선일보를 노무현이 찾아간 것에 우리가 분노하고 있다는 것을 눈치 채게 하면 안 돼."

"알고 있어"

"곧 언론과 시민 단체, 그리고 노조와 전교조, 전공노, 거기에다 당과 청와대에 있는 우리 세포가 연합해서 노무현을 압박하게 될 거야."

김문철이 혼잣말처럼 말했지만 차 안의 분위기는 살벌해졌다.

"노무현이 아직 분위기 파악을 제대로 못한 모양인데 지금은 돌이키고 싶어도 돌이킬 수 없는 상황이라는 걸 곧 알게 될걸."

그러고는 김문철이 머리를 돌려 옆에 앉은 오수환을 보았다. 어느새 김문철은 얼굴에 웃음기를 띠고 있었다.

"그리고 결정적인 순간에 북쪽에서 지원해줄 테니까 말이야. 안팎에서 일어나면 노무현이 열 명 있어도 당해낼 재주가 없지."

김문철의 표정은 자신에 차 있었다.

"이거 우습지 않습니까?"

손에 들고 온 한 뭉치의 신문을 탁자 위에 내려놓은 강문성이 고길용에게 물었다.

"상황이 역전되었어요. 조선, 동아, 문화일보가 적극적으로 노무현을 지지하는 입장이 된 것과 반대로 지금까지 친여 성향이었던 언론들은 싹 등을 돌렸단 말입니다."

"글쎄 말입니다."

고길용도 이미 듣고 본 터라 웃음 띤 얼굴로 머리를 끄덕였다.

"어쨌든 대통령이 이번에 출총제를 아예 폐지한다는 바람에 주가가 사상 최고로 뛰었습니다. 대통령이 주식 투자를 했다더니 아마 한몫 챙겼겠습니다."

"그런데"

정색한 강문성이 고길용을 보았다.

"대통령이 그렇게 말했으면 열린우리당에서도 준비를 해야 할 텐데 아직 움직이는 눈치가 안 보인단 말입니다. 우리한테 연락도 없고."

"곧 연락이 오겠지요."

"혹시"

강문성이 머리를 기울인 자세로 낮게 말했다.

"열린우리당 내부에서 갈등이 발생한 것이 아닐까요? 이번 대통령의 출총제 폐지 발언으로 말입니다. 언론이나 사회단체에서 일제히 대통령을 반박하고 나서는 모양이 수상쩍기도 하고."

공감이 가는 듯 고길용이 눈만 껌벅이자 강문성이 말을 이었다.

"지금까지 이런 경우는 처음 아닙니까? 친여 언론 매체가 TV까지 연합해서 일제히 대통령을 공격하는 것 말입니다. 개혁 세력의 반발을 무마하기 위한 위장 공격은 아닌 것 같습니다."

"그런 것 같기도 한데."

고길용이 혼잣말처럼 대답할 때 강문성은 주머니에 넣은 휴대전화가 진동했으므로 꺼내 쥐었다.

"여보세요."

응답했던 강문성의 귀에 생소한 사내의 목소리가 울렸다.

"저, 김동만입니다."

"아니, 김 의원."

전화기를 고쳐 쥔 강문성이 힐끗 고길용을 보았다.

"김 의원이 웬일이시오? 나한테 전화를 다 주시고."

"상의드릴 일이 있어서요."

김동만이 조심스럽게 말을 이었다.

"조용한 곳에서 만나 뵐 수 있을까요?"

그로부터 한 시간쯤이 지난 오전 11시경에 여의도의 중식당 '상해'의 밀실에서 강문성과 김동만은 단둘이 마주앉았다. 강문성은 얼굴에 웃음을 띠고 있었지만 긴장한 기색이 역력했다. 김동만은 여당에서도 김원갑 등과 함께 실용파로 분류되는 인물이었다. 강경파 그룹과는 거리를 둔 채 경제 정책에는 온건 노선을 유지하고 있었지만 대통령의 최측근 출신 아닌가? 더구나 사촌형 김성만이 청와대의 국정상황실장에 임명된 것이다. 김동만은 지금도 대통령의 의중을 가장 잘 읽고 있는 측근이라는 것이 여권은 물론이고 야권 지도부의 생각이었다.

아직 점심시간이 되려면 시간이 남았기에 먼저 녹차부터 시켜놓고 이야기를 시작했다. 김동만은 강문성보다 훨씬 젊은 데다 관록도 부족했지만 대통령의 측근이라는 프리미엄이 본인이 원하지 않더라도 붙어 있었으므로 겸손한 태도마저 무겁게 보이는 단점도 있었다. 그러나 오늘 김동만은 달랐다. 강문성을 정면으로 응시한 채 굳은 표정이었다. 겸손한 자세는 결코 아니었다.

"강 총장님, 이 문제를 한나라당 원내대표나 당대표께 말씀드려야겠지만 제 위치가 적당하지 않아서요."

김동만이 입을 열었다. 맞는 말이었다. 당 대 당의 협조 사항이나 안건은 당의 해당 당직자끼리 절차를 밟아 진행해야 한다. 김동만은 핵심 당직자가 아닌 것이다. 강문성이 머리만 끄덕였다. 김동만이 말을 이었다.

"한나라당에서 출총제 폐지 법안을 상정해 주시지요. 그러면 우리가 지지하는 방법으로 법안을 통과시키겠습니다."

"아니."

숨을 들이켠 강문성이 김동만을 쏘아보았다. 그러나 그 이유를 물을 만큼 강문성이 경솔하지는 않았다. 대신 확인하듯 김동만에게 물었다.

"대통령의 지시인가요?"

김동만이 머리만 끄덕이자 충격을 받은 강문성이 다시 숨을 들이켜고 말했다.

"좋습니다. 우리가 하지요."

출총제가 폐지되면 대부분의 기업은 만세라도 부를 것이다. 기업인 전체를 대상으로 출총제에 대한 투표를 한다면 99퍼센트가 폐지에 찬성할 것이었다. 정부 여당이 출총제를 밀어붙인 것은 개혁과 투명 경영이 이유였다. 따라서 여당 스스로가 출총제를 다시 폐지한다면 개혁의 포기로 비칠 수 있을 테니 한나라가 발의하고 여당이 산발적으로 동참하는 모양이 어울릴지도 몰랐다. 어쨌든 득실을 계산해 봐도 전혀 손해 날 상황이 아니었으므로 강문성은 서둘러 자리에서 일어섰다.

"그럼 서둘러야겠습니다."

대통령이 진짜 변했다. 자리에서 일어선 순간 강문성은 속으로 그렇게 중얼거렸다. 이렇게 나가면 다음 대선에도 한나라는 죽을 쑤게 될 것이었다. 박근혜가 열 명 모여도 어려웠다. 강문성의 어깨는 다시 축 쳐졌다.

6장
폭풍 전야

"민노총이 연세대로 모이고 있습니다."

하윤석 상황분석팀장이 다가오더니 표정 없는 얼굴로 말했다.

"한총련과 연대할 것 같습니다."

하윤석은 경찰청 정보과장 출신으로 김성만보다 다섯 살 연상인 52세였지만 깍듯하게 예의를 지켰다. 전(前) 정권 때 청와대에 들어와 사정 관계 부서에 배속되었다가 정권이 바뀌자 수송부로 옮긴 것을 이번에 김성만이 발탁한 것이다. 하윤석이 말을 이었다.

"시위는 시간이 지날수록 조직화하고 대형화할 가능성이 큽니다."

민노총이 어떤 조직인가? 조직력이 뛰어나고 시위라면 세계의 어느 단체에도 뒤지지 않을 것이다. 현재 민노총의 시위 참가 예상 인원은 2만여 명, 연세대에 이미 모여 있는 한총련의 2만 명과 연합하면 엄청난 세력이 될 것이었다. 김성만이 머리를 들어 벽시계를 보았다. 오후 3시 10분 전이었다. 민노총은 사전에 어떤 기미도 보이지 않고 그야말로 기습적으로 노조원을 소집했는데 한총련도 마찬가지였다. 경찰 등 정보기관에서도 어젯밤까지 그들의 모임을 예상하지 못했다.

"실장님."

하윤석이 조심스러운 시선으로 김성만을 보면서 말을 이었다.

"이대로 두면 시위 규모가 확산됩니다. 초기에 진압해야…."

그러자 김성만의 얼굴에 쓴웃음이 번졌다.

"아마 배후에서 선수들이 지휘하고 있겠군요, 그렇죠?"

"그렇습니다."

여전히 긴장한 하윤석이 머리를 끄덕였다.

"양상이 전과는 전혀 다릅니다. 그 배후가 권력의 중심부에 폭넓게 포진하고 있어서."

"이른바 친위 시위처럼도 보이겠군요."

"그래서 진압 경찰도 중심을 잡지 못하고 있습니다."

하윤석의 말에 이번에는 김성만이 머리를 끄덕였다. 민노총이나 한총련과 연계한 정치권력들이 이미 공공연하게 수면 위로 부상했고 일부는 국회의원으로 또 다른 일부는 행정부와 청와대에까지 진출해 있는 상황인 것이다. 진압 책임을 맡은 경찰이 상급 기관이며 명령권자인 그들의 눈치를 보지 않을 수 없을 것이었다.

김성만이 서류를 챙겨 들고 일어섰을 때 하윤석이 한 걸음 다가섰다.

"실장님, 서둘러야 할 것 같습니다."

그는 김성만이 지금 대통령께 보고하러 가는 것을 알고 있는 것이다.

"들었어."

김성만의 보고를 듣고 난 대통령이 그렇게 말했다. 이미 상황 보고를 들었다는 말이었다. 국정상황실장인 김성만은 대통령이 불러서 들어왔지만 수시로 대통령께 직보할 수 있는 라인은 여러 개 있었다.

비서실장이 그렇고, NSC 차장, 특보, 정책실장이나 각 수석들은 긴급한 현안이 있을 때는 대통령이 부르지 않아도 찾아갔다. 대통령이 자리에서 일어서더니 창가로 다가가 섰다.

"조만간 출총제 폐지 법안이 상정된다는 것을 알고 선수를 치는 거야. 하지만"

창밖을 내다보면서 대통령이 말했다.

"한나라당은 물론이고 우리당도 흔들리고 있어. 한나라 쪽은 아직 내 의도를 의심하고 있는 모양이야. 출총제 대가로 국보법 폐지를 요구할 것이냐고 김 의원한테 다시 물었다는군."

김 의원은 물론 김동만이었다. 대통령 뒤에 비껴선 채 김성만은 어금니를 물었다. 개혁을 가치로 내걸었던 참여정부의 2년여에 걸친 국정 운영이 실패했다는 것을 이번 출총제 폐지 법안 상정으로 인해 스스로 자인한 셈이 되었다. 그것은 대통령에게 충성했던 열린우리당의 개혁 성향 의원들에게 엄청난 충격이었을 것이고 쉽게 용납하지 못하는 것이 당연했다. 따라서 한나라 측의 발의로 출총제가 상정 된다는 소문이 돌자, 열린우리당 내부는 혼란 상태에 빠졌다. 안개모 소속 의원들만 찬성 의사를 비쳤을 뿐 나머지는 아직도 진의 파악에 부산할 뿐 입장 표명을 하지 않았다.

몸을 돌린 대통령이 창틀에 엉덩이를 붙이고는 김성만을 바라보았다.

"발단은 정상 회담을 보류한 것인데, 이렇게 반발이 거세리라고는 예상하지 못했어."

"저쪽은 필사적이라는 느낌이 듭니다."

김성만이 조심스럽게 말을 받았다.

"대통령께서 정상 회담을 보류하고 계속해서 조선일보 방문 등의 행보를 계속하시는 동안 저쪽은 전열을 정비하고 있었습니다."

저쪽이란 친북 세력을 중심으로 한 반(反)노무현 세력을 말하는 것이었다. 굳은 얼굴로 김성만이 말을 이었다.

"지금 대통령님을 지원해줘야 할 세력은 조직력은 물론이고 목적 의식도, 자신감도 결여된 상황입니다. 이런 상황이 계속된다면."

말을 그친 김성만이 어금니를 물었다. 대통령을 지원해줘야 할 세력이란 바로 수구 꼴통으로 알려진 이른바 보수 우익 세력인 것이다. 그러나 한나라당과 일부 시민 단체로 명맥을 이어가던 그들은 아직 어떤 도움도 되지 못했다. 신문에 대대적인 출총제 폐지 찬성 광고를 냈을 뿐이었다. 그들은 1970~1980년대를 통해 반정부 투쟁으로 단련된 현 집권 세력에 비하여 경험도, 조직력도, 패기도, 거기에다 배경까지 취약했다. 역으로 말하면 현 집권 세력은 경험과 조직력, 패기까지 충만한 시위대를 거느린 상황이었다. 대통령은 고립되었다. 주위에 뜻을 같이 할 동지가 몇 명 있었지만 마치 마른 모래알처럼 흩어져 있었다. 정부 주요 요직, 입법부, 그리고 치안 조직까지 저쪽에서 장악한 것이나 마찬가지였다.

그때 대통령이 입을 열었다.

"내버려둬."

"예?"

놀란 김성만이 외마디로 되물었을 때 대통령이 다시 몸을 돌려 창밖을 보았다. 오후의 햇살이 잘 깎인 정원의 잔디 위에 비스듬하게 비치고 하늘은 맑았다. 대통령이 등을 돌린 채 말했다.

"아까 비서실장한테도 말했지만 내버려둬. 내가 그렇게 만들어 놓았으니까 저들이 할 소리를 다 하도록 놔두자고."

"이것 봐라!"

눈을 치켜 뜬 박대구가 앞을 향한 채 소리쳤다. 택시는 광화문 사거리를 지나 시청 쪽으로 달리는 중이었지만 손님이 없었으므로 악을 써도 괜찮기는 했다.

"뭐라구? 친미 수구 세력이 결국은 남북한 전쟁을 일으킬 거라구?"

방금 라디오에서 대학교수 하나가 그렇게 말한 것이다. 연세대에 모인 한총련과 민노총 시위에 대한 방송 도중에 초청 인사로 나온 인물이었다.

"이런 개시키."

조선호텔 앞을 지나면서 박대구가 욕설을 뱉었다. 시민의 소리 방송이었다. 그때 해설자가 말했다.

"우리 국민은 모두 평화를 원하고 있습니다. 동족상잔의 전쟁은 6·25 한 번으로 족합니다. 우리는 남북한의 평화 공존을 위해 어떤 희생도 치를 각오가 되어 있습니다. 이것을 방해하는 세력은 곧 민족의 반역자이며 평화의 파괴자인 것입니다."

"흥"

아직 화가 풀리지 않아서 그렇게 코웃음 쳤지만 내용은 구구절절 맞는 말이었다. 그러나 가슴이 더욱 답답해진 박대구가 택시를 우회전했다.

"이 빨갱이 새끼들. 평화 핑계를 대고 한국을 통째로 집어삼킬 작정인 줄 내가 모를 것 같으냐?"

신촌 방향은 연세대의 시위 때문에 길이 막혔다. 그래서 강남으로 가는 손님을 찾는 중이었다. 그때 해설자의 말이 이어졌다.

"오늘밤부터 민족통일범국민추진본부는 한반도에 확고한 평화 수용기반이 구축될 때까지 무기한 촛불 시위를 계속할 예정입니다. 시위에 참가할 단체는 다음과 같습니다."

민족통일범국민추진본부는 오늘 오후에 발족했는데 발기인 명단이 화려했다. 열린우리당 의원의 반 정도가 포함되어 있는 데다 민주노동당 의원 전원, 그리고 한나라당 의원도 10여 명이나 되어서 의원 숫자만으로도 일거에 원내 2위의 당이 되었다. 더욱이 한나라당이 무기력한 상황인 데다 열린우리당도 혼란에 휩싸여 있어서 민통추는 제1당이 된 것이나 마찬가지였다. 민족통일범국민추진본부를 모두 민통추라고 불렀다.

"빨갱이 새끼들"

마침내 차를 길가에 세운 박대구는 끝없이 이어지는 참가 예정 단체의 이름을 들으며 울분을 쏟아냈다. 그러나 아직도 얼떨떨해서 조리 있는 반박은 물론이고 욕설도 나오지 않았다. 대통령이 조선일보에 들른 지 사흘밖에 안 되었다. 그 사흘 동안에 이렇게 광범하고 단단한 조직이 결성된 것이었다. 게다가 지금 연세대에 모인 시위대와 촛불시위에 참가할 단체들을 보라. 박대구는 입을 반쯤 벌린 채 창밖을 보면서 아직도 이어지는 촛불 시위 단체들의 이름을 들었다.

"또 노무현이가 머리를 썼구만."

마침내 박대구는 그렇게 결론을 내렸다.

탄핵을 유도하여 일거에 정치판을 뒤집어엎은 것이 작년이었다. 이번에는 출총제 폐지와 보수 세력과의 화해를 가장하고 추종 세력을 결합시켰다. 작년 총선 때 열린우리당은 결국 헤쳐 모여야 한다고 누가 말하지 않았던가? 위기를 조장해서 세력을 모아 치고 나간 것이 노무현의 주특기가 아니었던가? 이번도 마찬가지일 것이다. 겉으로는 노무현의 급작스러운 우회전에 대해 위기의식을 느낀 권력의 핵심 세력들이 작당한 것처럼 보이지만 다 노무현의 작전일 터였다. 보라, 순식간에 결성된 민통추, 끝없이 이어지는 시위 참가 단체들, 노무현의 배경 없이는 불가능한 작업이었다.

"그래. 이젠 빨갱이들이 대놓고 나설 기회를 만들어준 거야, 노무현이가."

박대구가 앞쪽을 노려보면서 다시 혼잣말을 했다.

"지금 시중 여론도 노무현이 마지막 카드를 꺼냈다는 거야. 민통추를 결성할 계기를 만들어 놓고는 지금 쏙 빠져 있는 것이 탄핵 사건과 다를 바 없지 않느냐 말이야."

김상균이 머리를 들고 보좌관 한경만을 보았다.

"비상한 전략이야. 이미 대세는 기운 것 같아, 그렇지?"

"그렇습니다."

목소리를 낮춘 한경만이 말을 이었다.

"전길수 의원도 민통추에 가입할 것 같습니다."

"전 의원이."

놀란 김상균이 입을 다물었다. 전길수는 재선 의원으로 김상균과 함께 한나라당 내에서 중도를 표방한 자유 그룹의 핵심이었다. 이미 민통추에는 한나라당의 개혁 성향 의원 13명이 옮겨가 있는 상황이었다. 자유 그룹의 핵심 전길수가 빠져나간다면 그룹에 소속된 17명 의원 중에서 상당수가 이탈할 가능성이 있었다.

"확실해?"

이윽고 머리를 든 김상균이 확인하듯 묻자 한경만은 마른 입술을 혀로 핥았다.

"제가 방금 전 의원의 보좌관한테서 확인했습니다. 지금 전 의원은 자유 그룹의 이경모, 최무열, 장순길 의원 등을 포섭하고 있다고 합니다."

"개자식이구만."

마침내 김상균이 욕설을 뱉었다. 지금까지 손발을 맞춰온 자신에게는 일언반구 상의도 하지 않았던 것이다. 이것은 자유 그룹의 멤버를 저 혼자 포섭해 저쪽으로 옮기면서 주가를 올리려는 수작이었다.

"의원님."

한경만이 김상균의 옆으로 바짝 다가섰다. 의원회관의 사무실 안이었다. 김상균은 파란만장했던 자신의 43년 인생 가운데 지금 가장 중요한 선택의 기로에 서 있다는 것을 깨달았다. 작년 총선에서 경북의 지역구에서는 무난하게 열린우리당 후보를 제쳤지만 그때는 반노, 반열린우리당 감정 덕분이었다.

머리를 든 김상균은 창밖을 보았다. 지금 노무현이 짜낸 새 정치판은 차기를 위한 것이었다. 그것은 초등학생도 알 것이다. 보라, 벌떼처럼 일어나 호응하는 시민 단체들, 신문, 방송, 막강한 영향력의 노동조합, 한총련, 그리고 인터넷 매체들, 민통추는 순식간에 권력의 핵심이 될 것이었다. 한나라당은 어떤가? 그러자 자신도 모르게 쓴웃음을 지은 김상균의 두 눈에 초점이 잡혔다. 이것도 아니고 저것도 아닌 정당,

항상 뒷북만 두드리다가 무기력하게 주저앉은 정당, 박근혜가 여자이기 때문도 아니고 박정희의 혈육이어서도 아니었다. 첫째로 당의 기본 이념, 즉 색깔이 없었다. 눈치나 살피면서 우왕좌왕 하다가 다 잃었다. 그것이 한나라당의 태생적 한계인 것이다. 당명을 바꾼다고 될 일이 아니었다. 그리고 지금은 너무 늦었다.

심호흡을 한 김상균이 한경만에게 말했다.

"백봉규 의원에게 연락해봐. 내가 통화를 하겠어."

백봉규는 지금 민통추의 간사가 되어 있었다.

"한나라에서 이제 김상균까지 28명이 넘어왔어."

백봉규가 소리치듯 말했을 때 방 안의 이곳저곳에서 박수 소리가 났다. 여의도의 해남빌딩 6층은 열린우리당의 외곽 단체인 행정수도운영 위원회 사무실이었는데, 지금은 민통추의 임시 본부가 되었다. 사무실이 크고 근처에 시민 단체와 노조 사무실 등이 위치하고 있어서 편리했기 때문이다.

"그러면 민통추에 가입한 의원만 현재 117명이야. 이제 원내 제1당이 되었어."

누군가 그렇게 소리쳤다. 사무실 안은 떠들썩하니 활기에 차 있었다. 150평이 넘는 사무실에 모인 면면은 국회의원, 시민단체, 언론, 노동조합의 간부들이었고 둘러앉아 회의를 하거나 연락을 하느라 분주했다. 백봉규가 안쪽 회의실 문을 밀고 들어서자 테이블 주위에서 서성대던 사내 몇 명이 알은 체를 했다.

"대통령 동향은 어때?"

백봉규가 궁금한 듯 묻자 안쪽에 앉아 있던 한태영이 얼굴을 일그러

216

뜨리며 웃었다.

"없어."

"국무회의도 소집하지 않았단 말이야?"

"국무회의는 오늘 오후 5시 반이야."

"내부 분위기는?"

"비서실장하고 김성만이 들락거리고 있지만 특별한 조치는 없어."

그러고는 자리에서 일어선 한태영이 백봉규의 팔을 잡아 창가로 데려가 나란히 섰다.

"대통령도 우리의 발 빠른 행동에 아마 놀란 것 같아."

팔짱을 끼고 선 한태영이 창밖에 시선을 준 채 낮게 말했다.

"이곳저곳에 연락을 하겠지만 역부족일 거야. 이미 우리가 다 눌러놓았으니까"

"아직도 모두 우리가 대통령의 비밀 지시를 받고 이러는 줄로 알고 있어."

그러자 한태영이 머리를 끄덕였다.

"시민 단체 대부분도 그렇게들 생각하고 있어. 당이나 정부기관도 마찬가지고."

"이 상황을 그대로 밀고 나가야 해."

백봉규가 말하자 한태영이 손목시계를 보는 시늉을 했다.

"앞으로 사흘이야. 사흘 안에 끝낸다."

청와대 회의실에서 대통령이 소집한 긴급 국무회의가 열리고 있었다. 원탁에 둘러앉은 총리 이하 국무위원들의 표정은 한결같이 굳어 있었다. 비상시국인 것이다. 대통령이 갑자기 출총제 폐지를 선언하고 조선일보를 방문한 것이 기폭제 역할을 했지만 시중 여론은 차가웠다. 아니 의심쩍은 분위기라고 해야 맞는 표현일 것이다. 대통령의 돌연한 행보를 시발로 제일 먼저 북한이 개성공단의 출입을 금지하는 강경 자세로 돌아섰으며 열린우리당과 시민 단체, 그리고 전교조와 전공노, 거기에 한총련과 언론기관까지 일제히 반발하면서 행동에 돌입했다.

이것은 대한민국의 전 국가기관, 단체, 언론, 노조가 움직인 것과 같았다. 권력의 중심이 행동으로 나선 것이었다. 열린우리당의 껍질이 벗겨지는 것처럼 핵심이었던 강경 개혁파 의원들이 민통추를 구성하고 나왔을 때부터 이곳에 모인 국무위원들도 그들의 배후에 대통령이 있다는 느낌을 가졌다. 대통령의 옆에 앉은 총리의 표정도 굳어 있었다. 그동안 여러 차례 대통령의 진의를 파악했지만 시간이 지날수록 알 수 없었기 때문이다. 대통령은 민통추의 설립에서부터 한나라 측의 내분과 의심으로 출총제 폐지안이 국회에 아예 상정되지도 않은 다급한 상황인데도 동요하지 않았다.

그리고 사태가 악화되어 가는 만 사흘 동안 전혀 움직이지 않고 있다 오늘 오후에야 국무회의를 소집한 것이었다. 이런 분위기였으니 모두 의심할 만했다.

대통령이 입을 열었다.

"이번 사건의 발단은 이렇습니다."

모두의 시선을 받은 대통령이 말을 이었다.

"남북 정상 회담의 예비회담을 제가 중지시킨 것이 원인입니다. 이유는 북한 측의 과도한 요구 때문이었는데 그 내용은 밝히지 않겠습니다."

대통령은 공식 석상에서 처음으로 정상 회담을 보류한 사실을 밝힌 것이다. 대통령이 말을 이었다.

"그리고 출총제 폐지를 결심하고 의견을 당에 전달했지만, 그 이후부터는 여러분께서 알고 계시다시피 이런 상황으로 급진전되었습니다. 그런데 제가 가장 우려하는 것은"

말을 멈춘 대통령이 국무위원들을 둘러보았다. 다음 말을 강조하기 위한 잠깐 동안의 침묵이었다.

"이 모든 상황을 제가 연출하는 줄 알고 있다는 것입니다. 일부 시민 단체에서는 그런 소문까지 내고 있는 것으로 들었습니다. 그런데"

정색한 대통령이 머리를 저었다.

"그런 유언비어에 속으면 안 됩니다. 국정 홍보처는 즉각 반박해주시고 각 부서는 민심 안정을 최우선 과업으로 진행해 주십시오."

지금 언론계의 반응은 역시 양쪽으로 갈라져 있었다. 그런데 괴이하게도 조선, 중앙, 문화일보 등 지금까지 정권에 비판적이던 언론사는 작금의 정국 혼란에 우려를 표명하는 데 반해, 친정부 언론기관들은 민통추를 지지했고 시위에 대해서도 호의적으로 보도했다. 이러니 국민들은 물론 국무위원, 총리까지 배후에 대통령이 있다고 의심할 만했다. 회의를 마쳤을 때 대통령의 뒤를 따라 회의실을 나가던 총리가 낮은 목소리로 말했다.

"대통령님, 잠깐 여쭤볼 말씀이."

그러자 머리를 돌린 대통령이 얼굴을 펴고 웃었다.

"제 방으로 가시지요."

잠시 후 집무실의 소파에 마주앉자 총리 유경찬이 정색하고 물었다.

"제가 민통추의 한태영 의원한테서 들었습니다만, 곧 김원기 의장도 합류한다는 것입니다. 그리고"

손끝으로 안경테를 밀어올린 유경찬이 말을 이었다.

"고건 전 총리와도 합의가 되었다고 했습니다. 그 소문이 정가에 파다해서 한나라당 의원들이 대거 합류하는 동기가 되었다는대요."

"글쎄요, 나는 모르는 일입니다."

쓴웃음을 지은 대통령이 머리를 저었다.

"내가 그들 배후에 있다는 소문이 나 있다는 것은 압니다만."

"그렇습니까?"

대통령의 얼굴에서 시선을 뗀 유경찬이 생각에 잠긴 듯한 표정으로 말했다.

"잘 알겠습니다."

"뭐라구요?"

전화기를 귀에 댄 전영근이 목소리를 높였다.

"지금 뭐라고 했습니까?"

그러자 송화구에서 한유민의 목소리가 낮게 울렸다.

"민통추에 가입했습니다."

"민통추에?"

"예, 아무래도 그것이 대통령의 뜻인 것 같아서."

"아니, 이것 보십시오."

그때 전영근의 옆에 앉아 있던 정호문이 물었다.

"뭐래? 뭐라는 거야?"

"민통추에 가입했다는 겁니다, 한유민이."

송화구를 손바닥으로 가린 전영근이 말하자 정호문은 입맛을 다셨다. 그러고는 소파에 등을 붙였다.

"놔둬, 맘대로 하라고 해. 지 맘이니까."

전화기를 다시 귀에 댄 전영근이 미처 입을 열기도 전에 한유민의 목소리가 이어졌다.

"대통령께서 확실한 언질은 주지 않으셨지만 민통추가 참여정부의 개혁을 지속시키고 분단된 조국과 민족의 화합에 적합한 체제라는 것만은 확실합니다. 현재의 열린우리당 체제로는 불가능했던 상황에서 민통추가 태동한 것은 바로 대통령께서 발화시키셨기 때문 아닙니까? 저는 이것을 예사로 보지 않습니다."

"이것 보세요, 한 의원. 정 회장님이…."

"저도 정 회장님이 대통령님을 만나신 것 압니다. 무슨 말씀을 들으셨다는 것도."

"그렇다면"

"제가 다시 연락드리지요."

그러고는 전화가 끊겼으므로 전영근이 입맛을 다시면서 휴대전화를 내려놓았다.

"뭐래?"

그러더니 정호문이 곧 다시 말을 이었다.

"안 들어도 알겠다. 그럴듯한 말이겠지."

"대통령이 배후에 있다고 믿는 것 같습니다."

"지랄들 하고 있네."

뱉듯이 말한 정호문이 눈을 부릅떴다.

"도대체 왜 말 그대로를 안 믿는 거야? 왜 그렇게들 복잡하게 생각하느냐구?"

"한 의원 말도 일리가 있어요."

전영근이 한유민의 말을 대충 들려주었을 때 정호문은 코웃음을 쳤다.

"꿈보다 해몽이 좋군. 소설은 별 것도 아닌데 평이 끝내주는 바람에 내가 몇 번 속은 적이 있지. 하지만 나는 이제 안 속는다."

9월 30일 09시 15분

대통령 앞으로 다가선 김성만이 보고했다.

"오전 9시 현재 민통추에 가입한 현역 의원은 119명입니다. 열린우리당 78명, 한나라당 31명, 민주노동당 10명입니다."

책상에 앉은 대통령은 시선을 김성만의 가슴께에 준 채 머리만 끄덕였다. 하루 사이에 다시 일곱 명의 현역 의원이 민통추에 가입했는데, 그중에는 열린우리당의 한유민도 포함되어 있었다. 한유민의 가입으로 민통추의 배후에 대통령이 있다는 소문은 사실과 더욱 가까워졌고, 이와 비례해서 시민 단체와 노조의 기세는 더욱 높아졌다. 어제 오후부터 연세대학교에 모인 연합 시위대의 숫자는 6만여 명으로 늘어났다. 그와는 별도로 어젯밤 시청 앞 광장에서 광화문까지 덮은 촛불 시위대는 10만여 명에 달했다. 이미 아침 비서관회의에서 상황 보고를 받은 대통령은 모두 파악하고 있는 내용이었다.

이윽고 대통령이 시선을 들었으므로 김성만이 긴장했다.

"주가가 사상 최대 폭으로 떨어졌어."

그러자 김성만은 잠자코 대통령의 다음 말을 기다렸다. 대통령의 말대로 어제 주가는 사상 최대 폭으로 하락했다. 단숨에 87포인트나 빠진 것이다. 그러나 그것에 놀란 국민은 거의 없었다. 모두 예상하고 있었기 때문이다. 펀드매니저들은 앞으로 주가가 더 하락한다고 예측했다. 대통령이 말을 이었다.

"임경호 씨는 하반기가 되어야 주가가 안정을 찾을 것이라고 하는군."

그러고는 대통령이 쓴웃음을 지었다. 허탈한 표정이었다.

"임경호 씨도 이번 사건을 내가 연출한 줄로 알고 있는 거야."

"대통령님."

책상으로 바짝 다가선 김성만이 대통령을 보았다. 김성만의 표정은 절박했다.

"이대로 두면 큰일 날 것입니다."

지금까지 대통령께 보고하면서 큰일 날 것 같다는 식의 표현을 쓴 참모는 없을 것이었다. 직원 열 명 미만의 소기업에서도 그런 표현은 안 쓴다. 통계 숫자와 확률을 보고해야 정상이었다. 그러나 대통령은 그냥 들었고 김성만의 말이 이어졌다.

"그자들은 대통령님이 배후에 계시는 것처럼 행동하고 있습니다. 그래서 공권력도 주춤거리는 것입니다. 이대로 나간다면"

"어떻게 될 것 같나?"

불쑥 대통령이 묻자 김성만은 긴장했다.

"걷잡을 수 없게 됩니다. 지금 상황을 주도하고 있는 인물들은 대부분 운동권 출신으로 반정부 투쟁 경력을 갖춘 전문가나 같습니다. 그들은 20여 년 전부터 정부를 전복하려면 어디부터 어떻게 해야 한다는 것을 잘 알고 있는 자들입니다. 그런 그들이 이제 정권까지 장악하고 있는 게 현실입니다, 대통령님."

"그렇군."

"아마 경찰과 정보기관에도 이미 끈이 닿아 있어서 시위 진압도 어려운 상황이 될 수 있습니다."

"무정부 상태가 된단 말인가?"

"그리고…."

"그리고 뭔가?"

대통령이 반문하자 김성만이 먼저 고인 침을 삼키고는 창백한 얼굴로 말했다.

"대통령님, 꽤 오래 전의 일입니다만 시위대가 외치던 '가자 북으로, 오라 남으로'라는 구호를 기억하십니까?"

"물론 기억하지. 아직도 생생해."

"북한의 공작에 넘어갈 가능성도 있습니다. 지금 같은 상황이야말로 북한 입장에서 보면 천재일우의 기회일 테니까요."

대통령은 눈만 크게 떴고 김성만이 말을 이었다.

"지금 북한은 맹렬하게 움직이고 있을 것입니다. 6자 회담 당사국인 미국과 일본, 중국도 신경을 곤두세우고 있겠지요."

9월 30일 14시 15분

"웬일이야?"

강찬석이 묻자 한세환은 어금니를 물었다가 풀었으므로 볼의 근육이 슬쩍 드러났다. 한세환의 버릇이었다. 육사 동기인 한세환과는 학교 시절부터 친했던 터라 그가 긴장했을 때 어금니를 문다는 것도 강찬석은 잘 알았다. 한세환이 입을 열었다.

"북한의 암호 통신이 폭주하고 있어. 그뿐만이 아니야. 공작원들의 활동이 빈번해져서 이렇게 간다면"

말을 그친 한세환이 다시 어금니를 물었다.

"불안하고 답답하다. 그래서 널 찾아왔어."

"내가 무슨 도움이 되겠니?"

"그래도 넌 권력의 핵심에 있잖아."

정색한 한세환이 강찬석을 똑바로 보았다. 한세환은 기무사의 정보
참모였으니 그 역시 군 내부에서는 최고급 정보를 관리하는 직책이었
다. 한세환의 시선을 받은 강찬석이 쓴웃음을 지었다.

"다 알면서…, 우리는 이곳에서도 열외야. 군은 엄정 중립을 지키고
있단 말이야."

"그런가?"

웃지도 않고 정색한 한세환이 대기실 안을 둘러보았다. 안보보좌관
사무실 옆 대기실에는 둘뿐이었다.

"대통령이 이번 사건의 배후에 있다는 소문을 너도 듣고 있지?"

한세환이 목소리를 낮추고 묻자 강찬석이 대뜸 머리를 끄덕였다.

"모르는 한국 사람이 있니? 인터넷에 들어가면 도배를 해 놓았
던데."

"그렇다면 너는 이 혼란 상황의 실제 연출자가 어떤 무리인지도 알
고 있겠구나, 그렇지?"

"안다."

"네 입으로 말해봐라."

정색한 한세환이 다그치듯 묻자 강찬석은 입맛을 다셨다.

"너 왜 이래? 말장난하려고 온 거야?"

"말해봐."

"시끄러."

"우리는 정보를 윗선에 그대로 보고하고 있지만 전혀 반응이 없다. 전에는 조처하는 흉내라도 냈는데 지금은 묵살되고 마는 거야."

눈을 치켜 뜬 한세환이 말을 이었다.

"큰일 났다. 이런 상황이 계속된다면 곧 대한민국은 식물국가가 된다. 눈 뜨고 당하게 된단 말이야."

9월 30일 16시 40분

연세대학교 건너편의 2층 카페 안. 대학 안에서는 이제 7만 명 가까운 시위대가 운집해 있었으나 창밖으로 내다보이는 거리는 평온했다. 길 끝에 전경 한 떼가 몰려 서 있었지만 태도는 느슨했다. 시위대가 대학 안에 운집해 있기 때문일 것이다. 그러나 창가의 테이블에 둘러앉은 네 사내의 분위기는 긴장되어 있었다. 모두 40대 중반의 장년들로 간편 점퍼 차림이었는데 왼쪽에 앉은 두 사내는 개혁의 소리 대표인 김문철과 이번에 민통추의 간사로 선임된 안국진이었다. 그때 김문철의 앞에 앉은 사내가 입을 열었다.

"한국의 정보 라인이 장악되었다고 해도 미국의 위성 감시 체제는 그대로 살아 있습니다. 미국의 정보당국은 지금 우리의 통신을 모두 파악하고 있을 겁니다."

금테 안경을 낀 사내는 흰 얼굴에 외제 유명 브랜드 점퍼를 걸쳤고 몸에서 향수 냄새가 풍겼다. 사내가 말을 이었다.

"자연스럽게 그리고 제방이 터져 물이 쏟아지는 듯이 순식간에 과업을 마치라는 당의 지시입니다. 이제 절호의 기회가 온 것입니다."

목소리를 낮췄지만 사내의 얼굴은 열기에 떠서 달아올라 있었다. 심호흡을 한 사내가 안국진을 보았다.

"앞으로 열흘입니다, 안국진 동지."

"알겠습니다."

어깨를 편 안국진이 이를 드러내고 소리 없이 웃었다.

"열흘 후인 10월 10일이 대한민국 역사에 기록되겠군요."

"대한민국 역사가 아니죠."

사내가 부드러운 표정으로 수정했다.

"통일 한민족이 새로운 국가를 탄생시키는 역사로 기록되겠지요. 그리고 그날로 대한민국의 역사는 끝이 나고 말입니다."

"영광입니다, 박 선생님."

잠자코 있던 김문철이 격정에 싸인 얼굴로 사내를 보았다. 사내의 이름은 박기윤, 북한 노동당 선전선동부 제2과장이었으니 고위직이었다.

"이미 한국의 주권을 이어받을 준비는 다 되어 있습니다. 명령만 내리면 됩니다."

"위대하신 김정일 장군께서도 기대하고 계십니다."

헛기침을 한 박기윤이 정색하고 앞에 앉은 두 사내를 보았다.

"자, 잘 들으세요."

9월 30일 18시 25분

시청 앞 광장.

"오늘은 15만이 넘을 것 같은데."

남대문경찰서장 양길수가 찌푸린 얼굴로 옆에 선 경비과장 오금택을 보았다. 그들은 사복 차림으로 프라자호텔 로비에 서 있었는데 주위에는 취재하는 외국 기자들로 혼잡했다.

"예, 이제는 거의 다 모인 것 같습니다."

오금택이 귀에 넣은 리시버를 누르던 손을 떼고는 낮게 말했다.

"개혁의 소리, 시민의 소리 등 시민 단체가 주동인 것처럼 하고 있지만 그쪽 인원은 몇천 명뿐이고 나머지는 노조원입니다."

"도대체 어떻게 하겠다는 거야?"

팔짱을 낀 양길수가 씹어뱉듯 말했다.

"이제는 지긋지긋하구먼."

그때 오금택이 머리를 들고 양길수를 보았다.

"서장님, 덕수궁 쪽에 플래카드가 올라갔는데 내용이…"

"어디?"

덕수궁은 왼쪽이어서 밖으로 나가야 볼 수가 있었다. 서둘러 현관을 나온 양길수와 오금택은 덕수궁 쪽을 바라보았다.

"이런 빌어먹을."

저녁 무렵이었지만 덕수궁 옆쪽 차도에서 시위대가 들고 있는 흰색 플래카드는 선명하게 드러났다. 욕설을 뱉은 양길수가 오금택을 보았다.

"본부에 연락해."

"예, 서장님."

주머니에서 무전기를 꺼내든 오금택의 얼굴도 굳어 있었다. 오금택이 본부에 보고하는 동안 양길수는 다시 플래카드를 노려보았다. 30년 전쯤 저 문구가 나부꼈을 때 양길수는 착실한 대학생이었다. 친구들은 시위에 가담했지만 양길수는 그 시간에 아르바이트를 해서 학비를 벌어야 했다. 그렇지만 시위대가 들고 다니던 플래카드에 적힌 저 문구를 보고 가슴이 설 던 기억이 지금도 생생했다.

"가자, 평양으로! 오라, 서울로!"

9월 30일 19시 42분

통일부장관 정민철의 집무실.

차관보 조경호가 서둘러 들어서자 소파에 앉아 있던 정민철이 머리를 들었다. 늦은 시간이었지만 정민철은 간부들과의 회의를 마치고 방금 집무실로 돌아온 참이었다.

"장관님, 북쪽에서 연락이 왔습니다."

다가선 조경호가 말하자 정민철은 시선만 들었다. 조경호의 표정은 상기되어 있었다.

"이번에는 중국대사관을 통해서 온 것입니다. 제가 방금 중국대사관의 부대사를 통해 연락을 받았습니다."

"중국대사관이라고 했습니까?"

이맛살을 찌푸린 정민철이 확인하듯 물었을 때 조경호가 서두르듯 대답했다.

"예, 정상 회담 전에 남북 간 관계 장관 회의를 하자는 것입니다. 그들은 남쪽의 회담 상대로 장관님을 지명했습니다."

"…."

"북한은 부수상 서철상이 나온다니 격이 맞습니다."

"서철상?"

"예, 부수상이라고 합니다."

"처음 듣는 이름인데."

"대통령께 보고하셔야 되지 않겠습니까?"

이름이야 어떻든 무슨 상관이냐는 듯이 조경호가 손목시계를 보는 시늉을 했다. 어쨌든 북한의 부수상이면 부총리급이니 거물이고 정민철과 격이 맞았다. 거기에다 중국대사관을 통한 공식 제의였으니 더욱 신뢰도가 높았다. 그러나 정민철은 선뜻 나서지 않았다. 오히려 이맛살을 찌푸리고 조경호를 보았다.

"의제는 뭐라고 합디까? 어떤 명목이죠?"

"현안이라고 했습니다."

"현안이라니요?"

"제가 물었더니 대사관 부대사는 그렇게만 말했습니다."

하긴 현안이라면 당면한 문제가 한두 가지가 아니니 말이 된다. 개성공단의 남쪽 사람들 출입을 금지하는 바람에 벌써 일주일이 넘도록 공단은 폐쇄된 상태였고, 사흘 전부터는 금강산 관광도 중지되었다. 북한 측이 항구와 시설 보수를 핑계로 일방적으로 중지시켰기 때문이다. 그런 상황에서 북한이 부총리급 회담을 제의해왔으니 조경호가 서둘만했다. 더구나 저쪽은 부수상이라는데 회담 상대로 통일부 장관을 지명해준 것이다. 총리를 지명했더라도 이쪽은 감지덕지할 판이었다.

"청와대에 연락합시다."

마침내 정민철이 조경호에게 말했다.

"먼저 안 차장한테 알려줘야 하지 않겠어요?"

9월 30일 20시 05분

시청 앞 광장.

남대문경찰서장 양길수는 이제 프라자호텔 앞 전경 중대 뒤쪽에 서 있었는데 경비과장 오금택이 다가왔다.

"본부에서 연락이 왔습니다."

바짝 붙어 선 오금택이 주위가 별로 소란스럽지 않았는데도 양길수의 귀에 입을 붙이고 조용히 말했다.

"그냥 두랍니다."

플래카드를 그냥 두라는 말이었다. 잠자코 시선을 돌린 양길수는 이제 광장을 가득 메운 촛불 시위대를 보았다. 시위대는 촛불을 흔들며 '우리의 소원은 통일' 노래를 부르고 있었고, 플래카드들도 따라 흔들렸다. 그리고 '가자, 평양으로! 오라, 서울로!' 플래카드는 잠깐 사이 일곱 개로 늘어나 가장 기세 좋게 흔들리는 것처럼 느껴졌다.

"큰일 났는데."

양길수가 저도 모르게 중얼거렸지만 오금택은 듣지 못한 모양이었다. 30대 후반인 오금택은 저 구호가 나부꼈던 시대에는 초등학생이었고 그때 어떤 상황으로 발전했는지는 모를 것이었다.

9월 30일 21시 50분

청와대 비서실 여민2관의 대기실 안.

김성만이 안으로 들어서자 대기실에서 초조한 표정으로 기다리던 강찬석이 자리에서 일어섰다.

"많이 기다리셨죠, 미안합니다."

다가선 김성만이 손을 내밀며 웃었다.

"아시다시피 상황이 좋지 않아서요."

"바쁘신데 귀찮게 해드린 것 같습니다."

"저만 그런가요, 지금 다 비상근무인데."

마주보고 앉았을 때 강찬석이 곧 용건을 꺼냈다.

"상황실장께서 대통령께 직보를 하시는 것으로 알고 있습니다만."

정색한 강찬석이 말을 이었다.

"군에 대한 정보는 대통령께서 직접 받으시는 것이 요즘 같은 비상 시국에 필요합니다. 그런데 대통령께서는 상황이 급변하는 요즘 일주일 동안 기무사령관을 한 번도 부르지 않으셨습니다."

"…"

"국방장관도, 국방보좌관도 부르지 않으셨더군요."

"…"

"기무사의 제 동기가 찾아와 북한의 암호 통신이 폭주한다는 말을 하고 갔습니다. 북한 공작원들도 날뛰는데 상부에 보고를 해도 반응이 없다는 겁니다. 그리고…"

강찬석이 무섭게 긴장한 얼굴로 김성만을 보았다.

"9시 뉴스 보셨습니까?"

"봤습니다."

"그 플래카드 보셨지요?"

"예, 봤습니다."

둘의 시선이 마주쳤고 강찬석이 얼굴을 일그러뜨리며 웃었다.

"앵커는 자연스럽게 넘기더군요. 3개 방송사가 모두 같았습니다. 민족의 소원이 통일이고 그것을 그런 방법으로 표현한 것이 아니겠느냐고."

"…"

"하지만 점점 구체적이 되어갈 겁니다. 그 사이 시청자들은 마약에 중독된 것처럼 무감각한 상태가 되어갈 것이고."

"…"

"북한이 개입되어 있습니다."

그 순간 김성만은 숨을 들이켰다. 강찬석의 두 눈에 가득 물기가 고여 있었기 때문이다. 물기를 들키지 않으려는 듯 턱을 든 강찬석이 눈을 부릅뜨고 말했다.

"분합니다. 이렇게 앉아서 당해야 하는 것이."

9월 30일 22시 25분

청와대 본관 소접견실 안.

대통령과 통일장관 정민철, 비서실장 박인식과 NSC 차장 안형석 등 넷이 원탁에 둘러앉아 있었다. 모두 긴장한 표정이었고 특히 정민철의 얼굴은 상기되었다.

"이런 상황에서 남북 간 현안을 협의하자고 하는 건 아무래도"

말을 멈춘 정민철이 정색하고 대통령을 보았다.

"우리 측에 별 도움이 될 것 같지 않습니다. 그래서 회담을 연기했으면 합니다만."

그러자 대통령이 힐끗 안형석에게 시선을 주더니 머리를 끄덕였다.

"제 생각도 그렇습니다. 지금 시위대나 민통추가 모두 배후에 대통령이 있는 것처럼 행동하는 상황에서 남북 간 회담이 열리면 어떻게 이용당할지 알 수가 없습니다."

정색한 대통령이 말을 이었다.

"정상 회담 진행을 중지시킨 것이 이 사건의 발단입니다. 저들이 먼저 제의했다고 기다렸다는 듯이 응할 수는 없어요. 이번 사태를 수습할 때까지 회담을 보류하는 것이 낫겠습니다."

"전적으로 공감합니다."

정민철이 머리를 끄덕이더니 대통령을 똑바로 보았다.

"민통추를 어떻게 할 생각이십니까?"

대통령에게 그렇게 물어볼 수 있는 사람은 대한민국에서 몇 명 되지 않았다. 정면에서 부인했지만 측근 중에서도 대통령이 민통추를 지원한다고 믿는 사람이 있는 상황이었다. 그만큼 지금까지 대통령이 기습적이며 돌발 행동을 했다는 증거이기도 했지만 결과는 다 성공했다. 따라서 이번의 조선일보 방문과 출총제 파동도 당과 시민 단체, 지지 세력의 반발을 예상하고 민통추의 탄생과 함께 한민족의 미래를 위한 웅대한 각본의 시작으로 믿는 것은 당연했다. 지금 시청 앞 광장을 메운 시위대나 연세대에 모인 시위대의 90퍼센트 이상이 그런 사람들일 것이다. 잠시 심호흡을 한 정민철이 말을 이었다.

"시위가 예상하지 못한 방향으로 흘러갈 가능성이 있습니다."

정민철은 대통령의 "아니다"라는 말을 액면 그대로 믿고 있었다. 그래서 이렇게 당당하게 물을 수 있는 것이었다.

"대통령께서 지시하신 출총제 폐지 법안은 민통추의 설립 때문에 유야무야되었습니다. 이제 민통추는 원내 제1당이 되어 있는 상황에서 어떤 행보를 할지 아직 알 수 없는 데다 시위는 점점 격화되고 있습니다."

방 안은 조용했고 정민철의 말이 이어졌다.

"대통령께서 결단을 내려주셔야 합니다. 위기입니다."

10월 1일 09시 15분

강남대로를 달리는 승용차 안에서 정호문이 휴대전화를 귀에 대고 소리쳤다.

"노사모가 느그들 개 이름이야? 노사모는 안 돼."

소리치듯 말한 정호문이 호흡을 가누고는 말을 이었다.

"당신들한테 내가 분명히 경고하는데 대통령 팔아먹지 말라고, 노사모는 움직이지 않겠어."

그러자 수화기에서 서진철의 길게 숨을 뱉는 소리가 들렸다. 시민의 소리 대표인 서진철과 정호문은 서로 막역한 사이였다.

"형님, 다 대통령을 위한 일 아닙니까? 대통령이 직접 말씀하시지 않아도 지금 우리가 가려운 곳 긁어드리고 있지 않습니까? 그리고 참모는 그래야 하는 것 아닙니까?"

"참모 좋아하네."

입술을 부풀린 정호문의 목소리가 높아졌다.

"난 머리가 나빠서 너희처럼 몇 수 앞은 못 본다. 직접 보고 직접 들어야 믿는다. 시발 놈들아."

"형님, 그러지 마시고."

"너희, 평양으로 가자고 하는데"

숨을 가다듬으며 정호문이 잠시 말을 멈춘 것은 대통령한테서 들었던 말이 쏟아져 나오려 했기 때문이었다. 두 번 숨을 마시고 뱉은 정호문이 말을 이었다.

"평양 가려면 돈 좀 준비해서 가야 될 거다."

입이 간질거렸지만 겨우 그렇게 뱉은 정호문은 전화를 끊었다. 서진철은 하루에도 몇 번씩 노사모의 시위 참가를 요청하고 있었던 것이다. 노사모는 촛불 시위에도 참여하지 않았는데, 그것을 보도한 것은 조선일보와 동아일보, 그리고 문화일보뿐이었다.

10월 1일 09시 30분

청와대 본관 소접견실.

어젯밤 정민철이 앉았던 자리에 민통추 임시의장 박명환이 앉았고 그 좌우에 상임고문 김기중, 감사역 한태영이 자리 잡았다. 한태영은 이제 124명으로 늘어난 국회의원의 실질적인 리더가 되었다. 민통추의 감사역이었지만 의원을 대표하는 입장인 만큼 셋 중 가장 핵심 인물이었다. 그러나 민통추에 가입한 124명 의원들은 아직 소속당에서 탈당하지 않았으므로 한태영은 아직 열린우리당 소속이었다. 대통령이 부드러운 표정으로 셋을 둘러보더니 한태영의 얼굴에 시선을 고정했다.

"한 의원님, 민통추 소속 의원들이 곧 탈당계를 내고 민통추에 정식으로 가입한다고 들었는데 사실입니까?"

"예, 사실입니다."

한태영이 거침없이 대답했다. 대통령의 좌우에는 비서실장 박인식과 민정수석 나찬용, 그리고 오늘은 특별히 상황실장 김성만도 참석시켰으므로 셋이 보좌했다. 한태영이 대통령의 시선을 정면으로 받으며 말을 이었다.

"대통령님, 이것은 국가와 민족, 그리고 대통령님에 대한 충정에서 우러나온 일입니다. 그리고 우리 모두는 승리한다는 확신을 가슴에 품고 있습니다."

대통령은 잠자코 머리를 끄덕였다. 오늘의 회담은 민통추 측에서 어젯밤 청와대에 요청해 이뤄진 것이었다. 박인식과 오재인 등 핵심 측근들은 민통추의 급한 면담 요청을 받자 대비할 시간 여유를 갖자는 의견이었으나 대통령이 받아들였다. 그때 민통추의 임시의장 박명환이 입을 열었다.

"대통령님, 북한 측의 회담 제의를 다시 거절하셨더군요."

시선을 든 대통령이 정색하고 박명환을 보았다. 안형석이 중국대사관에 연락한 것은 오늘 아침 8시 반경이었다. 그것은 안형석이 시간까지 보고했기 때문에 대통령도 알고 있었다. 그런데 민통추 요인들은 그 사실을 한 시간도 안 되어서 알고 있다는 말이 되었다.

박명환이 주름진 얼굴을 들고 대통령의 시선을 받았다. 박명환은 수십 년간 환경 운동을 이끌어 오면서 대중에게 깨끗한 이미지를 심어주는 데 성공했다. 그리고 지난 정권 때부터 깨끗한 정치를 주창하면서 시민 단체의 대표로 막강한 영향력을 행사해왔다. 그러다가 마침내 이번에 태동한 민통추의 임시의장을 맡게 된 것이다.

"대통령님, 국민들은 남북 간의 평화를 원하고 있습니다. 국민들의 촛불시위를 보셨지 않습니까?"

절실한 표정으로 박명환이 말을 이었다.

"북측에서도 간절히 바라는 이 흐름을 멈추게 할 수는 없습니다. 정상 회담을 승인해 주시지요."

"결국"

심호흡을 한 대통령이 먼저 한마디 했다.

"모든 일은 북한과 연결되는군요. 민통추나 촛불 시위대 그리고 지금 연세대에 모여 있는 시위대까지."

"대통령님"

그때 한태영이 상기된 얼굴을 들고 말했다.

"이 과업은 하루아침에 이루어진 것이 아닙니다. 수십 년간 선배, 동료들이 고난과 좌절을 겪고 목숨까지 잃어가면서 쌓아온 결과입니다. 이제 그 결실을 맺으려는 순간에 대통령께서는"

"어떤 결실입니까?"

옆에서 김성만이 불쑥 물었으므로 방 안의 분위기는 팽팽하게 긴장 되었다. 한태영은 지금까지 김성만과 시선도 마주치지 않았다. 대통령 에게 잠깐 시선을 주었던 김성만이 다시 한태영에게 물었다.

"그 결실이 진정 대한민국 국민 대다수가 원하고 있는 것입니까?"

그러자 한태영이 숨을 들이켰다가 길게 품더니 얼굴을 일그러뜨리 며 웃었다.

"그렇습니다. 실장님도 TV를 통해 시위대의 열기를 보셨을 텐데."

"시위대 대부분은 중단 없는 개혁을 요구하고 있습니다. 남북한 간 평화는 주동 세력이 끼워 넣은 것이지요."

차갑게 말한 김성만이 한태영을 정색하고 보았다.

"만일 국민에게 북한 측이 정상 회담 대가로 요구했던 내역을 밝혀 도 찬성할까요?"

그러자 한태영이 다시 웃었다.

"전쟁을 일으킬 생각이라면 그렇게 하셔도 되겠지요. 대통령 측근에 서 그런 단견을 가진 분이 계시다니 유감입니다."

"자, 그럼."

둘 사이로 비서실장 박인식이 끼어들었다. 박인식이 차분한 얼굴로 대통령에게 시선을 주더니 말을 이었다.

"민통추의 요구 사항은 잘 알겠습니다. 대통령께서 숙고하셔서 행정 부와 관계자 협의를 거친 후에 곧 결정을 하실 것입니다."

"대통령의 위대한 결단을 기다리고 있겠습니다."

박명환이 진지한 표정으로 말했고 김기중도 맞장구를 쳤다.

"국민은 대통령님의 결단에 따를 것입니다. 이것은 역사에 기록될 업적입니다."

김기중은 전 정권의 총리 출신이었다.

"민통추는 이미 북한 측과 교감이 있다고 믿어도 될 것입니다."

셋을 배웅하고 돌아온 박인식이 대통령의 앞에 서서 말했다.

"그자들은 선택을 강요하고 있습니다."

그리고 그들은 대통령이 자신들과 합류하게 될 것이라고 믿었다. 지금까지 대통령은 양분법을 시용해왔다. 적 아니면 아군, 좌가 아니면 우였으며 중간은 없었다. 따라서 지금까지의 바탕이 한태영 등 민통추에 가입한 좌편향 무리였으니 적에게로 갈 수는 없지 않겠는가?

그때 옆에 서 있던 오재인이 입을 열었다.

"대통령님, 국정원장이 기다리고 있습니다."

대통령이 부른 것이다.

잠시 후 같은 접견실에서 대통령은 국정원장 차경구와 앉아 있었는데 박인식, 오재인, 김성만이 이번에도 합석했다. 차경구는 심각한 표정이었다.

"135개의 시민 단체, 노조, 전공노, 한총련, 거기에다 언론사까지 연합조직이 형성되었습니다."

차경구의 말이 이어졌다.

"하지만 민통추의 지시를 받지 않는 것 같습니다. 각 단체가 서로 독자적으로 움직이지만 호흡이 아주 잘 맞습니다. 그것은"

대통령의 시선을 받은 차경구가 낮게 헛기침을 했다.

"서로 긴밀하게 연락을 취하고 있다는 증거입니다. 그리고 현 상황을 통제, 지휘하는 지휘부가 따로 존재한다는 것이 저희의 판단입니다."

"그렇다면"

긴장한 대통령이 차경구를 똑바로 보았다.

"어떤 조직입니까?"

그러자 차경구는 먼저 심호흡부터 했다. 그러고는 시선을 들어 대통령을 마주보았다.

"대통령님, 북한입니다."

그 순간 방 안에는 숨이 막힐 듯한 정적으로 뒤덮였다. 아니 숨이 끊긴 듯한 분위기라고 해야 맞는 표현이 될지도 모르겠다. 대통령은 차경구와 시선을 마주친 채 움직이지 않았으며 박인식과 오재인, 김성만은 제각기 앞쪽을 보고 있지만 눈동자의 초점이 잡혀 있지 않았다. 쇼크 상태라고 봐야 할 것이다. 그러나 대통령을 위시하여 청와대의 세 명 고위층은 이미 차경구의 대답을 예상하고 있었다. 그런데도 실제로 국정원장의 입을 통해 나오자 이렇게 충격을 받았다.

그때 차경구가 말을 이었다.

"북한에서 보내는 암호 통신문이 폭증하고 있으며 대남 조직원들의 활동도 활발해졌습니다. 이 상태가 계속된다면"

차경구가 상반신을 반듯이 세우더니 대통령을 보았다.

"젊은층의 시위 참여가 더 늘어날 것이고 그때는 공권력이 감당하지 못할 것입니다."

말을 그친 차경구가 마침내 시선을 내렸다.

회의를 마친 대통령이 집무실로 돌아왔을 때는 10시 40분이었다. 집무실에는 김성만 한 사람만 따라 들어왔는데 대통령이 지시했기 때문이었다. 대통령은 자리에 앉지도 않고 집무실 복판에 팔짱을 끼고 서서 김성만을 보았다. 굳은 표정이었다.

"어떻게 될 것 같나?"

불쑥 대통령이 묻자 김성만이 거침없이 대답했다.

"늦은 것 같습니다."

"늦었다구?"

"예, 대통령님."

김성만이 똑바로 대통령을 보았다.

"이제 돌이키기에는 불가능한 상황 같다는 말씀입니다, 대통령님."

"불가능하다니? 도대체 뭐가?"

"대세가 이미 기울었다는 말씀입니다."

"대세라니?"

그렇게 되물으면서도 대통령의 표정은 딱딱하게 굳었다. 김성만의 말뜻을 이해하고 있는 것이다. 김성만이 말을 이었다.

"그나마 사태를 진정시키려면 민통추의 의견을 따르는 것이 나을 것 같습니다."

대통령의 시선을 받은 김성만이 어금니를 물었다가 풀었다.

"지금은 그 방법이 최선입니다, 대통령님."

그때 대통령이 어깨를 늘어뜨리면서 길게 숨을 뱉었다.

"김 실장."

"예, 대통령님."

"그 다음 과정을 예상할 수 있겠나?"

"정상 회담에 대한 대가를 지불해야 되겠지요. 그러고 나서 정상 회담에서는"

"…"

"한국은 북한과 같은 민족의 공동 운명체임을 세계에 선포하게 될 것입니다."

"…."

"지금 이런 상황에서 남북 정상 회담이 개최되면 여론은 남북한 공동으로 핵 보유국을 선언하자는 쪽으로 흘러갈 가능성이 높습니다."

그러자 대통령이 가늘게 숨을 뱉었다.

상황이 이렇게 악화되기 전에는 북한과 핵 폐기 선언을 하는 것 정도로 정상 회담 의제를 예상하고 있었던 것이다. 김성만이 말을 이었다.

"그렇게 되면 남북한 모두는 급작스럽게 통일 분위기에 휩쓸리게 될 것입니다."

"…."

"순식간에 통일이 될지도 모릅니다, 대통령님."

"그렇다면"

대통령이 공허한 눈빛으로 김성만을 바라보았다.

"북한 주도의 통일인가?"

"그렇게 될 것입니다. 그 첫 단계로"

"남한에 사회주의 체제의 정부가 들어서면서 남북연방으로…."

김성만의 말을 받은 대통령이 굳은 얼굴로 창밖을 내다보았다. 김성만은 대통령의 다음 말을 기다리며 뒤에 서 있었는데 한동안 집무실 안에는 정적이 흘렀다. 벽시계는 10시 55분을 가리키고 있었다.

10월 1일 11시 정각
한나라당 당사 안 대표 집무실.

박근혜 대표가 당 5역과 모여 앉아 있었는데 이곳도 무거운 정적에 덮여 있었다. 이윽고 사무총장 강문성이 입을 열었다.

"좌파 시위대나 같습니다. 친위 시위로 이 기회에 한국을 사회주의 국가로 개조하려는 것이 놈들의 목적이겠지요."

그러자 원내대표 백문규가 동의했다.

"모두 대통령의 공작입니다. 민통추의 배후도 대통령이고 지금 시위대도 대통령의 조종에 따라 움직이고 있는 것이 틀림없습니다. 이제"

길게 숨을 뱉은 백문규가 말을 이었다.

"시위대 내부는 물론이고 시중에 남북한 정상 회담이 곧 개최될 거라는 소문이 퍼져 있습니다. 그때 남북한 정상이 메가톤급 성명을 발표할 가능성이 높습니다."

"그렇다면"

굳은 얼굴로 박근혜가 원탁에 둘러앉은 그들을 하나씩 둘러보더니 혼잣소리처럼 말했다.

"정상 회담에서 핵 문제가 거론되겠군요."

"당연하지요."

이덕환이 말을 받았다.

"이 분위기로 보면 이놈의 정권은 북한 핵에 대해서 방패막이를 해줄 가능성이 높습니다."

"그리고 정상 회담 조건으로 막대한 뒷돈을 건네겠지요. 북한이 거저 정상 회담을 해줄 놈들이 아닙니다. 꿩 먹고 알도 먹으려고 들겠지요."

그렇게 이덕환의 말을 이은 사람은 당 혁신위원장 오준표였다. 오준표가 아랫입술을 깨물더니 곧 쓴웃음을 지으며 말했다.

"놈들한테 지금만 한 호기가 없으니까요, 보십시오."

눈을 부릅뜬 오준표가 두 손을 벌려 보이면서 말을 이었다.

"동맹국 미국은 이제 방관자의 자세로 돌아서고 있습니다. 미국의 중국 방어 라인은 이미 한국에서 일본으로 옮겨지는 중이지요. 한국이 적화된다고 해도 지금 상황에서 미군은 대응하지 않고 철수해버릴 가능성이 높습니다. 50년 동맹국이었던 한국 정부가 미국의 적인 북한 측과 공조하면서 여러 번 배신감을 안겨주었으니까요. 이런 상황에서 미군이 한국을 지키겠다고 피를 흘릴 리 없습니다. 한국이 먼저 동맹국을 버렸다고 말할 것입니다."

오준표의 부릅뜬 두 눈에 눈물이 고였다.

"지금 '가자, 평양으로! 오라, 서울로!'라는 플래카드가 나부끼고 있습니다. 이 분위기로 북한군을 받아들이면 한반도는 북한에게 무혈점령될 것입니다. 주한 미군은 진주한 북한군에게 철수에 대한 안전을 보장받고 일본으로 옮겨가겠지요."

"그럴 리가."

쓴웃음을 지은 박근혜가 머리를 저었다.

"과장이 조금 심하신 것 같은데요."

"가능성이 있는 일입니다."

다시 이덕환이 나섰다. 굳은 얼굴로 이덕환이 말을 이었다.

"동맹국 미국에 대한 한국 정부와 시민 단체들의 의도적인 반미 행위는 이미 미국 정부의 대중국 방어라인을 미일 동맹을 강화하는 선으로 수립해 놓았을 것입니다. 그리고 한국 정부는 이미 친북 세력이 장악한 상태여서 북한 측에 의한 흡수통일을 예상하고 있을지도 모릅니다.

그러고는 이덕환이 얼굴을 일그러뜨리며 웃었다.

"중국과 북한이 한미 동맹과 대조적으로 더욱 강력하게 결속되고 있는 현실에서 한국 주도 통일은 어림 반푼어치도 없는 꿈일 테니까요. 중국이 한반도의 친미적 통일을 용납할 것 같습니까? 한국 정부가 친중, 반미 행보를 취하는 시점에서부터 한반도의 한국 주도 통일은 물 건너간 것입니다."

방 안에는 다시 무거운 정적이 흘렀고 박근혜도 생각에 잠긴 듯 한동안 입을 열지 않았다.

10월 1일 13시 15분

민통추의 감사역 한태영은 민통추가 임시 사무실로 사용하고 있는 여의도 청록빌딩에서 전화를 받았다. 청와대의 김성만이 그에게 전화를 한 것이다.

"북한 측이 제의한 대로 정상 회담에 대한 예비회담을 갖겠다고 대통령께서 말씀하셨습니다."

김성만이 억양 없는 목소리로 말을 이었다.

"대통령님께서는 예비회담의 우리 측 대표로 통일부 장관과 한 의원님, 그리고 저를 지명하셨습니다."

"좋습니다."

전화기를 고쳐 쥔 한태영이 활기 띤 목소리로 대답했다.

"준비하겠습니다. 대통령님께 위대한 결단을 내리셨다고 꼭 말씀해 주십시오."

10월 1일 14시 10분

평양 주석궁의 지하 접견실에서 국방위원장 김정일이 당 조직 지도부장 전형남의 보고를 받고 있었다.

"위원장 동지, 남조선의 통일부에서 중국대사관을 통해 북남 정상 회담의 예비회담에 응하겠다는 연락을 해왔습니다. 시간과 장소도 우리 측에 일임한다는 것입니다."

김정일의 표정 없는 얼굴을 보자 전형남의 목소리가 굳었다.

"현재 남조선의 정세는 민중의 함성이 노도와 같이 울리는 상황입니다. 노무현이 정상 회담을 거부하고 친기업 정책으로 전환할 낌새를 보이자 전 인민이 벌떼처럼 일어나 몰아붙이고 있습니다. 이번에 예비회담에 응한 것도 대세에 밀렸기 때문입니다, 위원장 동지."

김정일이 그래도 입을 다문 채 시선만 주었으므로 전형남은 이마에 맺힌 땀을 손등으로 닦았다.

"위원장 동지, 남조선에 연락을…."

그때 김정일이 입을 열었다.

"분위기가 이렇게 진전된 마당에 남조선 정권에 지나친 부담을 주지 말자구."

"예, 위원장 동지."

"이제 예비회담도 공개될 게 아니겠어?"

"그렇습니다, 위원장 동지."

"그럼 정상 회담의 조건을 비료와 양곡으로 제한해. 그것도 남조선 인민들이 부정적인 느낌을 받지 않을 정도의 물량으로."

"예, 위원장 동지."

"목적은 정상 회담이야, 알간?"

"예, 위원장 동지."

그때 김정일의 시선이 처음으로 전형남의 얼굴로 향했다.

"남조선 측 예비회담 대표가 누기야?"

"예, 통일부 장관 정민철입니다."

"그럼 우리 쪽에선 동무가 가라우."

김정일이 거침없이 말했다.

"예비회담은 내일 베이징에서 하라우."

10월 1일 15시 35분

논현로를 빈 차로 달리던 박대구는 차의 속도를 늦추면서 라디오의 볼륨을 높였다. 그 순간 택시 안에는 임시 뉴스를 보도하는 사내의 목소리로 가득 찼다.

"내일 베이징에서 열리는 남북한 정상 회담의 예비회담에는 한국 측 대표로 정민철 통일부 장관이 참석할 예정이며 북한 측 대표는 당 조직지도부장 전형남이라고 통일부 이기석 대변인이 발표했습니다."

핸들을 쥔 채 박대구가 초점 없는 시선으로 앞쪽을 보았다. 감동이 없는 표정이었다. 그때 뉴스가 이어졌다.

"남북한 정상 회담은 한반도의 평화와 함께 한민족의 대동단결을 위한 절호의 기회임과 동시에 북한 핵에 대한 해법도 찾게 될 것입니다."

"한민족의 대동단결?"

박대구가 눈을 가늘게 뜨고 앞쪽을 보며 제 스스로 대답했다.

"뭐여, 민족? 지랄허고."

코웃음을 친 박대구가 말을 이었다.

"남북한 정권끼리 죽이 맞는다고 해라. 공산당 놈들허고 남한의 친북 정권허고 말이여. 괜한 민족 이름 끌어다 붙이지 마러."

10월 1일 15시 45분

시위대가 모인 연세대 구석, 개혁의 소리 대표 김문철과 인터넷 신문 투모로의 편집장 오수환이 벤치에 나란히 앉아 있었다. 주위에는 삼삼오오 흩어져 휴식을 취하고 있는 시위대로 혼잡했지만 분위기는 밝았다. 한쪽에는 족구를 하느라 떠들썩했다. 김문철이 앞쪽을 향한 채 입을 열었다.

"분위기를 유지한 채 정상 회담을 기다리라는 지시야."

긴장한 오수환이 머리를 돌려 김문철의 옆모습을 보았다. 그러나 김문철은 그 자세 그대로 말을 이었다.

"우리는 정상 회담을 환영하는 시위대가 되는 거야."

"그렇다면 내일 예비회담에서 곧 정상 회담 일정이 정해지겠군."

오수환이 정색하고 말하자 김문철이 머리를 끄덕였다.

"분위기를 유지한 채 시위대를 대기 상태로 두라는 걸 보면 정상 회담도 곧 열릴 거야."

"역사에 기록될 나날이군, 오늘이, 그리고 내일도."

흥분을 억제하기 힘든 듯이 오수환은 심호흡을 했다.

"이 상태로 가면 곧 통일이 되겠어. 민족의 숙원인 통일이."

10월 1일 16시 05분

기무사 정보참모 한세환 대령은 신촌 로터리의 2층 커피숍에서 20대의 사내와 마주앉아 있었다. 한세환은 점퍼에 운동화 차림이었는데 야구 모자를 눌러썼다. 20대 사내도 후줄근한 점퍼를 입고 수염이 덥수룩했다. 시위대에서 빠져나온 한세환의 정보원이었다. 사내가 입을 열었다.

"정상 회담 때까지 대기 상태를 유지한답니다. 하지만 앞으로 3일간은 교대로 하루씩 집에 돌아가 쉬고 오도록 지시가 내려졌습니다."

"그럼 사흘 후부터 다시 전열을 정비한다는 말이군."

한세환이 정색하고 사내를 보았다.

"지시는 어디에서 내려오나?"

"시위 수뇌부 몇 명이 지시를 받는 모양인데 누군지는 알 수 없습니다. 겉으로는 자발적 시위로 위장하고 있으니까요."

조심스럽게 말한 사내가 주머니에서 쪽지를 꺼내 한세환에게 조용히 내밀었다.

"간부들한테 하달된 시위 지침입니다."

쪽지를 받은 한세환이 주위를 둘러보고는 손바닥으로 가리고 읽었다.

1. 정상 회담을 적극적으로 환영할 것.

2. 김정일 위원장에 대한 비판 분쇄.

3. 미국의 남북한 분열 정책 성토.

다 읽고 난 한세환이 머리를 들고 사내를 보았다.

"시위대 분위기는?"

"극렬분자 일부를 빼고는 끌려 다니는 상황입니다. 하지만 노조나 단체의 조직이 잘되어 있어서요. 규율이 군대 이상입니다."

"으음."

"정상 회담이 개최되면 모든 인력이 동원될 것입니다. 그 숫자는 대략 20만 명이 될 것 같습니다. 거의 정규군 수준이죠."

그리고 다시 사내가 주머니에서 꺼낸 쪽지를 내밀었다. 시위대의 각 단체별 숫자와 예상 인원까지 적혀 있는 쪽지였다.

"간부들은 정상 회담 시 TV 방송과 각 언론매체를 통해 동원하면 시위대가 서울에만 1백만, 지방까지 합쳐 3백만 명은 동원할 수 있을 거라고 합니다."

사내가 번들거리는 눈으로 한세환을 보았다.

"분위기를 띄워 선동하면 대중은 휩쓸려 들어온다는 것입니다."

한세환은 굳은 얼굴로 머리만 끄덕였다.

이미 언론매체들은 분위기를 조성하는 중이었다. 정상 회담이 시작되면 열기는 고조될 것이고, 그들이 정규군이라 부르는 기존 시위 대원 20만 명 외에 수백만 명이 휩쓸려들 것이었다. 치밀한 전략이었다. 한세환은 입안에 고인 침을 삼켰다.

7장
정상 회담

10월 2일 일요일 14시 정각

베이징의 시내 중심부에 위치한 베이징반점(Beijing Hotel) 특실의 원탁에는 남북한의 장관급 대표단이 둘러앉아 있었는데 모두 6명이었다. 남한 측 대표는 통일부 장관 정민철을 수석으로 한태영과 김성만이었고, 북한 측은 당 조직 지도부장 전형남과 지난번 예비회담 대표였던 조직지도부 제1부부장 김명환이 차석이 되었으며 이규석까지 셋이었다.

인사를 마치고 잠깐 동안 잡담이 이어졌는데 분위기는 부드러웠다. 북한 측이 요구 조건을 스스로 삭감해온 터라 홀가분했을 것이며, 남한 측은 반대로 받아들일 작정을 하고 있는 상황이었다. 어설픈 농담에도 크게 웃었고 김명환은 박수까지 쳤다.

그런 분위기가 길어지면 결국은 서먹하게 되는 법이다. 이윽고 말이 끊기면서 어색한 분위기가 흐르자 정민철이 본론을 꺼냈다. 북한 측보다는 융통성이나 순발력이 낮다는 증거였다.

"정상 회담은 남북한 관계 개선을 위해서나 대내외적으로도 아주 시급하다고 생각합니다. 따라서 남한 정부는 정상 회담을 적극적으로 추진하기로 결정했습니다."

정민철이 또렷하고 조리 있게 말을 이었다.

"모두 노무현 대통령께서 어려운 결단을 내리신 덕분이지요. 그럼 먼저 북한 측의 정상 회담에 대한 조건을 듣고 싶습니다."

그러자 정민철의 시선을 받은 전형남이 빙긋 웃었다.

10월 2일 일요일 15시 35분

대통령은 집무실에서 비서실장 박인식이 건네주는 전화기를 귀에 댔다. 베이징의 정민철한테서 걸려온 전화였다.

"북한 측은 비료 50만 톤과 양곡 50만 톤만 요구했습니다. 그것도 12월 말까지만 공급해 달라는 것입니다."

정민철의 목소리는 흥분으로 높아져 있었다.

"그래서 제 직권으로 승낙했습니다. 괜찮겠습니까?"

"잘하셨습니다."

그러자 정민철의 활기 띤 목소리가 이어졌다.

"정상 회담은 일주일 후인 10월 9일 제주도에서 개최하자고 제의해 왔습니다. 대통령님께서 결정해 주셔야겠습니다."

"10월 9일이란 말입니까?"

놀란 대통령이 전화기를 고쳐 쥐었고 옆에서 듣고 있던 비서실장 박인식도 긴장했다. 준비 기간이 너무 짧았다.

"예, 대통령님. 북한 측은 될 수 있으면 10월 9일에 맞춰달라고 요구하고 있습니다."

정민철이 조심스럽게 말하자 잠시 앞쪽의 벽을 바라보던 대통령이 입을 열었다.

"좋습니다. 그렇게 하자고 하세요."

10월 2일 일요일 16시 45분

서울 용산의 미8군 사령부, 주한미군 사령관 제임스 매그루더 대장의 집무실 안. 매그루더 대장의 앞에 앉은 진회색 양복차림의 사내는 주한 미국대사 마틴 로저스였다. 매그루더가 정색한 표정으로 입을 열었다.

"이미 중국 정부도 이 사실을 알고 있을 것이고 일본도 마찬가지겠지요. 그들이 호텔 전화기를 통해 보고했으니 누구라도 도청할 수 있었을 테니까 말입니다."

그러고는 매그루더가 쓴웃음을 지었다.

"호텔 전화로 각각 보고한 남북한 당사자들도 물론 그것을 알고 있었을 것입니다. 우리가 알아도 상관없다는 묵언의 시위를 한 거죠."

"10월 9일이라면 바로 일주일 후인데."

로저스가 혼잣소리처럼 말했다.

"북한이 조건을 대폭 양보하고 서둔 이유는 바로…."

"한국 정세를 이용하겠다는 것입니다."

커피 잔을 든 매그루더가 머리를 돌려 창밖을 보면서 말을 이었다.

"내가 마지막 주한 미군사령관이 될지도 모르겠군요, 로저스 씨."

"김정일이 한국과 공동으로 핵에 대한 선언을 할까요?"

"이 기회에 한국을 끌어들이는 것이죠. 김정일에게는 지금 같은 호기가 없습니다. 남쪽의 집권층과 시민 단체, 언론을 모두 친북 세력이 장악했고 지금 시위대까지 운집해서 '가자, 평양으로! 오라, 서울!'로 하고 있습니다."

커피를 한 모금 삼킨 매그루더가 다시 쓴웃음을 지었다.

"반발하는 보수층이 많다고는 하지만 조직화되어 있지 않고 이른바 회색분자들입니다. 나섰다가 불이익을 당할까봐, 또는 귀찮아서 미루 다가 곧 모든 것을 잃게 되겠지요. 적극적인 1퍼센트가 수동적인 99퍼 센트를 장악한다는 말이 맞습니다."

"그건 한국인들 사정이고."

길게 숨을 뱉은 로저스가 매그루더를 보았다.

"이제 증권시장이 혼란에 빠지면 반미 감정이 증폭되겠는데, 시위대 들이 호재를 만났다고 나서겠지요?"

"아마 그러겠지요."

매그루더가 시큰둥한 표정으로 대답하더니 문득 쓴웃음을 지었다.

"우린 더 이상 나빠질 것도 없습니다, 로저스 씨. 기대를 버리면 실망 도 없는 법이니까요."

매그루더가 차분한 표정으로 말을 이었다.

"당신도 알고 계시지 않습니까? 매파 인물들이 이 상황을 지켜만 보 고 있겠습니까? 한국 정부 내의 친북 세력들도 아마 그 계산을 하고 있 을 테니까요."

"그럴까요?"

로저스의 표정을 본 매그루더가 쓴웃음을 지었다.

"며칠 전까지만 해도 한국 대통령의 행동에 기대를 걸었는데 정세가 대통령이 수습할 한계를 벗어난 것 같습니다. 이제는 대통령이 끌려 다 니고 있어요."

그리고는 매그루더가 손목시계를 보는 시늉을 했다.

254

"내일부터 시끄럽겠습니다."

10월 2일 일요일 18시 정각

남대문경찰서장 양길수는 사무실에서 TV에서 방영되는 임시 뉴스를 보았다. NBS 방송의 중견 앵커 안기문은 토씨 하나까지 기자가 작성해준 것을 읽기만 할 뿐이면서도 마치 제가 심혈을 들여 작성한 내용을 말하는 것처럼 보이는 재주가 있었다. 쉽게 말하면 실감나게, 리얼리티가 있도록 방송한다는 뜻이다. 안기문이 상기된 표정으로 말했다.

"시청자 여러분, 마침내 한민족의 평화와 번영을 위한 남북 정상 회담을 일주일 후인 10월 9일 오전 11시에 제주도에서 개최하기로 역사적인 합의를 이루었습니다."

안기문이 번들거리는 눈으로 시청자들을 쏘아보며 말을 이었다.

"현재 베이징에 가 있는 정민철 통일부 장관이 조금 전에 북한 측 대표와 정상 회담 일정을 합의한 것입니다. 이로써 2000년 6월 15일의 남북정상 회담 이후 북한 김정일 위원장의 답방 형식으로 남쪽의 제주도에서 회담이 열리게 된 것입니다. 그럼 시민들의 반응을 들어보도록 하겠습니다."

그때 TV의 음량을 줄인 양길수가 탁자 위에 놓인 무전기의 스위치를 켜고는 귀에 댔다.

"지금 상황은 어때?"

양길수가 묻자 시청 앞에 나가 있는 경비과장 오금택의 목소리가 울려나왔다.

"함성과 함께 북을 두드리고 야단법석이라 무슨 일이 난 것 같습니다."

오금택의 목소리에 섞여 수화기에서 요란한 함성도 울렸다.

"금방 TV에서 임시뉴스를 발표했어. 10월 9일에 제주도에서 정상 회담이 열린다는 거야."

"제주도에서 말입니까?"

오금택은 무슨 회담이건 서울이 아닌 것만 다행인 듯 목소리가 밝아졌다. 벌써 5일째 비상근무중이어서 모두 지쳐 있는 상황이었다.

"오늘도 어제와 비슷한 규모로 예상됩니다. 열기가 대단한데요."

수화기에서 오금택이 외치듯 보고했다.

"이런 분위기로 간다면 시위 참가자 수가 더 늘어날 것 같습니다."

양길수는 심호흡을 했다. 시청 앞 촛불 시위대는 현재의 정권을 탄생시킨 기폭제 역할을 했다. 전차에 깔려죽은 두 여중생의 추모 시위가 반미로, 거기에서 노사모로 옮겨졌으며 결국 그 분위기를 몰아 대선에 승리했다고 볼 수도 있는 것이다. 따라서 시청 앞 촛불 시위는 규모를 떠나 큰 상징성을 가졌다. 거기에서 모든 방송사가 시청 앞 시위대 상황을 수시로 생방송하는 상황이었다.

10월 3일 월요일

아침부터 하늘이 흐리더니 9시경부터 비가 내렸다. 빗발은 굵지 않았지만 바람이 거세어 건너편 빌딩의 비에 젖은 플래카드가 거칠게 펄럭이고 있었다. 여의도의 대동증권 빌딩 안이었다. 빌딩 안쪽의 흡연실에서 담배를 피우고 있던 주동성에게 박명수가 달려왔을 때는 오전 10시 10분이다.

"형님, 난리 났습니다."

박명수가 큰 소리로 말했으므로 흡연실 안의 모든 시선이 모아졌다.

평소에는 말수가 적고 내성적이었던 박명수가 이런 적은 없었다. 그때 눈을 부릅뜬 박명수가 다시 소리쳤다.

"주가가 대폭락하고 있어요! 미국 자본이 다 빠져나가고 있답니다!"

그 순간 흡연실 안에 있던 사내들이 일제히 뛰쳐나가는 바람에 소동이 일어났다. 철제 재떨이가 넘어지고 의자가 뒤집혔다. 그래서 흡연실 안은 순식간에 비어 둘만 남았다.

"정상 회담이 대악재가 되었어요. 이거 참, 난 지난주에 있는 돈 다 끌어다 넣었는데 이런 날벼락 같은 일이."

조금 진정한 박명수가 더듬대며 말했을 때 주동성은 피우던 담배를 버리고 새 담배를 입에 물었다.

"그렇다고 한꺼번에 빠져 나가지는 못해, 그러면 저희도 엄청난 손해를 보게 될 테니까."

"그게 어디 이론대로 됩니까? 덩달아서 모두가 다 빠져나가는데요?"

주동성은 흡연실을 나와 객장을 향해 천천히 걸었다. 중소기업 전무로 퇴직하고 나서 주식에 손을 댄 지 8년, 용의주도한 성품이어서 손해 보지도 않았지만 행동이 느린 단점 때문에 크게 벌지도 못했다.

그러나 이번 사태는 주동성의 예상 밖이었다. 주동성뿐만 아니라 증권전문가, 증권회사 간부들도 전혀 상상하지 못했던 것이 분명했다. 언론은 지난주 말까지 정상 회담이 열리게 되면 남북한 화해 무드가 조성되어 주가가 대폭 상승할 것이라는 전망을 내놓았던 것이다. 미국 자본이 철수를 하다니, 주동성은 객장 안으로 들어서면서 가슴이 내려앉는 것 같은 느낌을 받았다. 하기야 당연한 일이 아니겠는가? 미국은 이미 지난 정권 때부터 차곡차곡 준비를 해왔는지도 몰랐다.

객장 안은 의외로 조용했다. 너무 엄청난 충격이었기 때문인지도 몰랐다. 전광판의 불은 아예 꺼졌고 모두 자리에서 일어나 삼삼오오로 모여 수군거리기만 했다. 그들의 얼굴 표정을 본 주동성은 몸에 찬 기운이 스치고 지나는 것 같은 느낌을 받았다. 객장 생활 8년에 이런 표정들은 처음이었다. 모두의 얼굴은 비슷했다. 공포에 질린 표정이었다.

10월 3일 월요일 오전 10시 35분

경제부총리 유성환은 대통령 자문 정책기획위원장 임경호에게서 전화를 받았다. 인터넷을 통한 화상 통신장치가 설치되어 있었지만 전화가 빠르고 편리했다. 상대방의 얼굴을 보면서 대화할 필요는 없는 것이다.

"잘 아시겠지만"

유성환이 그렇게 말하자 입술 끝이 비틀렸다. 같은 시기 미국에서 박사 학위를 받았으나 둘은 다른 길을 걸어왔다. 유성환은 귀국 후 재무부에서부터 시작하여 20년 동안 경제 관리를 지낸 반면, 임경호는 교수가 되어서 학생들을 가르쳤다. 그런데 지금은 임경호가 우리나라의 경제를 지휘하는 입장이었다. 교수에서 단숨에 경제 정책의 총지휘자가 된 것이다. 본인은 뭐라고 하든 이런 것을 벼락출세라고 한다. 좋게 말하면 관운이 좋았다고도 할 수 있을 것이다. 유성환이 말을 이었다.

"미국 투자자금은 미국 정부의 지시대로 움직이지 않습니다. 그럴 수도 없고요. 투자자 측에서 상황이 좋지 않다고 판단한 겁니다."

임경호가 잠자코 있었으므로 유성환도 더 이상 입을 열지 않았다. 할 말이 없으려니와 지금 임경호의 입장을 생각해서 쓸데없는 소리를 늘어놓기도 싫었다. 이를테면 위로나 낙관적인 예상 따위의 말 같은

258

것. 권한을 가졌다면 그만큼 책임도 져야 할 것이었다. 유성환은 모든 것이 담담할 뿐이었다.

10월 3일 월요일 오전 11시 정각

대통령 집무실로 들어선 임경호가 대통령의 책상 앞으로 다가섰다.

"증시가 급락한 것은 일시적인 현상입니다. 현대경제연구소와 삼성경제연구소, 그리고 대우경제연구소까지 분석 결과를 발표했습니다."

임경호가 차분한 표정으로 말을 이었다.

"미국 자본이 빠져나간 것은 현 상황을 오판한 결과라고 볼 수 있습니다. 일부 해외 언론에서 남북 정상 회담을 비판적으로 보도한 데다 시위대로 인한 사회 혼란상을 과장한 것이 주요 원인이라고 판단됩니다. 따라서 정상 회담이 순조롭게 진행된다면 투자 자금은 다시 돌아올 것이라고 각 연구기관이…."

"위원장의 판단은 뭡니까?"

말을 자른 대통령이 묻자 임경호는 당황했다. 얼굴이 붉어졌고 눈동자가 흔들렸다. 지금까지 대통령이 이런 식으로 이런 질문을 한 것은 처음이었다. 그러나 대통령의 시선을 받고 있었으므로 대답을 하지 않을 수 없었다.

"예, 저도 각 연구기관의 보고와 생각이 같습니다, 대통령님."

"알겠어요."

머리를 끄덕인 대통령이 시선을 다른 데로 돌렸다. 그만 나가라는 뜻이었다.

10월 3일 월요일 11시 05분

대통령 집무실 안 , NSC 차장 안형석이 들어와 조금 전에 임경호가 서 있던 자리에서 대통령을 향해 말했다.

"미국 정부가 동맹 관계를 먼저 깨뜨릴 수는 없습니다. 지난 수십 년 간 한국에 투자한 자본이나 노력이 엄청난 데다 동북아의 세력 균형을 위해서라도 전초기지로서 한국이 필수적입니다. 남북한이 중국과 손을 잡는다면 일본만으로는 역부족입니다. 그리고⋯."

열변을 토하던 안형석의 표정이 굳어졌다. 다른 때 같으면 열심히 경청했을 대통령의 시선이 창밖을 향하고 있었기 때문이다. 대통령의 주위를 환기시키려는 듯 가볍게 헛기침을 한 안형석이 말을 이었다.

"그리고 이번의 미국 투자자금 회수에 미국 정부가 개입하지 않았다는 연락을 받았습니다. 그래서⋯."

그때 대통령이 머리를 돌려 안형석을 보았다.

"알겠어요."

안형석은 침을 삼켰다. 그것은 더 이상 듣지 않겠다는 표시로 보였기 때문이다.

10월 3일 월요일 11시 12분

대통령 집무실 안, 당황한 안형석이 허둥지둥 집무실을 나가고 나서 3분 후에 김성만이 들어섰다. 대통령 앞으로 다가선 김성만이 책상 위에 쪽지를 내려놓더니 굳은 표정으로 말했다.

"시위대 간부들에게 하달된 시위 지침입니다."

대통령이 쪽지를 집자 김성만이 말을 이었다.

"기무사 정보원이 시위대에 잠입해 있다가 빼내온 정보입니다."

긴장한 대통령이 쪽지에 적힌 글을 읽었다.

1. 정상 회담을 적극적으로 환영할 것.

2. 김정일 위원장에 대한 비판 분쇄.

3. 미국의 남북한 분열 정책 성토.

이것은 기무사 정보참모 한세환이 강찬석에게 준 것을 조금 전에 김성만이 전해 받은 것이었다. 머리를 든 대통령에게 김성만이 조심스럽게 말했다.

"정상 회담이 개최되면 더 많은 시위대가 동원될 것이라고 합니다. TV와 각 언론매체를 동원한다면 시위대 규모는 서울 1백만, 지방까지 합해 3백만을 예상하고 있습니다. 시위대는 정상 회담의 환영조 역할을 하게 된다는 겁니다."

"…."

"대통령님."

김성만은 책상 앞으로 바짝 다가섰다.

"현재 상황은 브레이크가 파열된 자동차가 비탈길을 내려가는 것과 같습니다. 제동 장치가 필요합니다."

얼굴이 상기된 김성만이 대통령을 보았다.

"대통령님, 이렇게 나간다면 우리나라는"

그때 대통령이 입술만 달싹이며 말했으므로 김성만은 겨우 들었다.

"통일이 될까?"

10월 3일 월요일 11시 45분

한나라당 당사 안, 사무총장실.

"안 돼."

사무총장 이덕환이 단호하게 말했다.

"이 상황에서 쿠데타가 일어나면 정국은 대혼란 상태가 돼, 그리고"

이제는 길게 숨을 뱉은 이덕환이 앞에 앉은 보좌관 윤경호를 보았다.

"군대는 우리의 마지막 희망이야. 정치군인들이 수뇌부 일부를 장악하고 있다지만 유사시에는 장교 대부분이 자유민주주의를 사수하도록 해야 돼."

"하지만 총장님."

윤경호가 똑바로 이덕환을 보았다.

"좋게만 평가하시는 건 아닙니까? 애국심이나 군인으로서의 사명감까지 다 잊어버린 기회주의자들이 되어 있는지도 모르잖습니까? 군복만 입은 샐러리맨으로 말입니다."

"아냐, 당신은 미국 생활만 해서 잘 몰라."

다시 머리를 저은 이덕환이 정색했다. 그들은 지금 쿠데타 발발 가능성을 이야기하고 있는 중이었다. 물론 이야기는 윤경호가 먼저 꺼냈다. 국보법이 엄연히 존재하고 있는데도 친북 세력이 정권을 장악한 데다 당장에라도 휴전선을 무너뜨리고 북한군을 받아들일 것 같은 시위가 계속되는 상황을 진압하려면 군사 쿠데타밖에 없지 않겠느냐는 것이었다. 윤경호는 미국에서 학위를 받은 경제학 박사였다. 이덕환이 말했다.

"가볍게 쿠데타 이야기를 꺼내는 자들은 그야말로 무책임하고 감정만 앞세우는 필부들이야. 군인이 나서면 대한민국은 다시 군사독재국가가 돼. 군사독재로 망해가고 있는 남미 국가의 전철을 밟게 되는 거야."

눈을 치켜뜬 이덕환의 분위기에 놀란 듯 윤경호가 가만히 있었다.

"쿠데타로 정권을 잡으면 군인들이 금방 놓을 것 같나? 절대로 안 돼, 그런 역사가 되풀이되어서는 안 된다고. 그러면 남한은 북한과 다시 심각한 대립 상황에 놓이게 될 것이고."

"이대로 가면 우리가 흡수당하고 맙니다."

윤경호의 말에 이덕환이 길게 숨을 뱉었다.

"비극이야 비극. 그래서 군도 스스로 자중하고 있는 것이고 성숙한 민심도 그것을 바라고 있는 거야."

"누군가 그랬다지요? 쿠데타가 일어나지 못하는 것은 교통이 복잡하고 인터넷이나 휴대전화 등 통신수단이 발달되어서 정보가 유출되기 때문이라고 말입니다."

"그럼 군인이 필요 없지, 전쟁도 교통이 복잡해서 일어나지 못할 것이고. 서울 교통이 얼마나 복잡해? 이런 데로 북한 탱크가 들어오면 어떻게 되겠나? 신호에 걸려서 오다가 말겠다."

그러자 간간히 웃음소리가 나고 방 안 분위기가 조금 밝아졌다.

"문제는"

이덕환이 다시 정색하고 말했다.

"좌익의 득세야, 그리고 지난 역사에 대한 부정이고. 지금 저 시위대 놈들은"

턱으로 창밖을 가리킨 이덕환이 말을 이었다.

"친북 반미 세력이 주동이고 놈들의 목표는 적화통일이야. 그놈들에게는 절호의 기회가 도래한 셈이지."

그리고는 이덕환이 길게 숨을 뱉었다.

"그런데 우린 방법이 없어, 아무것도."

윤경호도 따라서 숨을 길게 내쉬었다. 그렇다. 이쪽은 뉴라이트 조직과 연계하여 겨우 새로운 정책과 조직을 갖추는 단계였지만 이미 늦었다. 마치 노도처럼 밀려온 좌익 시위대의 기세는 이제 아무도 막을 수 없을 것 같았다. 창밖으로 머리를 돌린 이덕환이 이를 악물고 말했다.

"이제 김정일이 오면 그 기세는 거스를 수가 없겠지. 이른바 대세가 되겠군."

이덕환의 목소리가 떨렸다.

"핵에 대한 공동 성명이 있을 것이고, 한국 땅은 금방이라도 통일이 되는 것처럼 축제 분위기가 되었다가 금방 식을 거야. 그리고…"

말을 멈춘 이덕환이 머리를 저었다.

"정신을 차렸을 때 우리는…"

이덕환이 더 이상 말을 잇지 않았으므로 방 안은 무거운 정적에 휩싸였다. 그 뒷말을 윤경호도 예측하고 있는 것이다.

10월 3일 월요일 14시 20분

연세대 앞 커피숍 안, 개혁의 소리 대표 김문철이 이맛살을 찌푸린 채 인터넷 신문 투모로의 편집장 오수환을 보았다.

"시중 인심이 흉흉해. 일부 지역에선 사재기까지 일어나고 있다는군."

"비행기 예약이 폭주해서 벌써 12월 말까지 해외로 떠나는 비행기에는 좌석이 없다는 얘기야."

쓴웃음을 지은 오수환이 말을 받았다.

"항공사에 있는 친구가 연락해왔어. 상황이 그렇게 심각하냐고."

"개새끼들."

김문철이 이를 드러내고 이 사이로 말했다.

"다 도망가라고 해. 그런 썩은 놈들은 떠나는 것이 낫다. 어차피 이 나라는 새롭게 건설되어야 할 테니까."

"증시가 대폭락한 것이 축제 분위기에 물벼락을 퍼부은 꼴이야. 미국 놈들의 농간이라고."

"쥐일 놈들, 하지만…."

눈을 치켜뜬 김문철이 머리를 저었다.

"청와대 쪽에다 연락을 해봤더니 기금을 총동원해서 쏟아 붓는다는 거야. 내일부터 회복될 거라고 했어."

"앞으로 딱 엿새가 남았군."

손목시계를 들여다보는 시늉을 하면서 오수환이 심호흡을 했다.

"닷새만 지나면 새 역사의 길을 걷게 돼. 그때까지만 견디자고."

10월 3일 월요일 15시 35분

"이런 염병할 여편네가."

박대구가 아파트 안으로 들어서는 김미옥에게 버럭 소리를 쳤다. 김미옥은 두 손 가득 보따리를 들고 있었는데 부피가 엄청났다. 모두 라면에다 국수, 대파도 넉 단이나 찔러 넣었고 보따리가 풀리면서 고구마 봉지도 방바닥에 떨어졌다.

"이 여편네가 미쳤어."

허리에다 두 손을 짚은 박대구가 다시 으르렁대었지만 김미옥은 들은 척도 하지 않았다. 김미옥은 방금 동네 슈퍼에서 오는 길이었다.

"지금 밖에는 난리가 났어."

물건을 정리하면서 김미옥이 말했다.

"슈퍼 물건이 동났어. 어떤 여자는 간장을 일곱 병이나 사더라니까."

"미친년들."

"그 주인 놈은 창고에 넣었던 유효기간 지난 물건도 내놓고 팔더라구, 이 기회에 한몫 챙기겠다는 거지, 나쁜 놈."

이젠 눈만 멀거니 뜨고 있는 박대구에게 김미옥이 쏘아붙였다.

"아, 뭐해? 저 라면 좀 베란다 쪽 창고에 넣고 와."

"이 망할."

"북한 애들이 내려오면 물가가 스무 배는 뛴다는 거야. 라면 한 개에 만원이 된다고."

"도대체 언놈이."

"당신은 택시를 몰면서 모르는 것 없는 박사 행세를 하더니 오늘은 왜 이래?"

양파 뭉치를 꺼내 놓으면서 김미옥이 다시 핀잔을 주었다.

"동네 사람들이 다 물건을 몰아가는데 나만 가만히 있으란 말이야?"

베란다 창고에 라면 뭉치를 쑤셔 넣는 박대구의 등에 대고 김미옥이 쏟아 붓듯 말을 이었다.

"김정일이가 내려오면 저 데모하는 놈들은 아예 휴전선을 활짝 열어버리자고 할 텐데 , 그럼 어떻게 되겠어? 북한 사람들이 돈이나 들고 내려오겠어?"

우물쭈물 다가온 박대구가 마치 북한 사람이나 되는 것처럼 김미옥이 삿대질을 했다.

"내가 북한 사람들 무시허는 게 아니지만 그 사람들을 다 어떻게 맥여 살리겠느냐구? 물가 올려서 세금 뜯어가는 수밖에 없지 않겠어? 동네 아줌마들 말이 틀린 거 있어? 말해 봐."

"지랄들 허고…"

"미국 놈들이 돈 다 빼가서 증권시장이 망했다는데, 돈 있는 놈들은 벌써부터 외국으로 도망가려고 비행기 표 값이 뒷거래로 세 배까지 뛰었다던데, 우리 같은 사람들은 먹을 것이나 쟁여 놔야지."

그러고는 김미옥이 손을 털면서 일어나 다시 나갈 채비를 했으므로 박대구는 당황했다.

"어, 어디가?"

박대구는 오늘 쉬는 날이어서 택시를 정비소에 맡겨 놓았다. 브레이크가 빽빽했기 때문이다. 탁자 위에 놓은 손가방을 집어든 김미옥이 머리만 돌려 박대구를 보았다.

"정태 엄마하고 파주에 같이 가기로 했어. 파주에 정태 엄마 오빠가 사는데 쌀 스물다섯 포대를 사 놓았다고 해서."

"그래서?"

"정태 엄마하고 나하고 다섯 포대씩 시가보다 조금 더 주고 가져오기로 했어."

"어, 어떻게 가져오려고?"

"정태가 봉고차를 몰고 가는데 나도 끼어 타는 거야. 내가 안 가면 뺏길지도 몰라."

문고리를 쥔 김미옥이 한심하다는 표정으로 박대구를 보았다.

"바깥은 난리야. 당신 같은 박사가 그것도 몰라?"

10월 4일 16시

베이징 거리는 또다시 덮쳐온 황사에 뒤덮여 있었다. 동(東)장안로 근처에 위치한 북경반점의 특실 안이었다. 창가에 서 있던 중앙정치국 상무위원 양화윤이 황사 바람이 휘몰고 지나는 거리를 내려다보며 입을 열었다.

"중국 정부의 입장은 변함이 없습니다. 중·조 동맹은 공고합니다. 만일 동맹국 조선이 미국의 침략을 받게 된다면 즉시 중·조 방어 계획에 따라 중국군이 참전하게 되지요. 다만"

머리를 돌린 양화윤이 옆에 서 있는 이강남을 보았다. 이강남은 김정일의 밀사로 급파되어 양화윤을 만나고 있는 것이다. 정색한 양와윤이 말을 이었다.

"핵 문제로 더 이상 미국을 자극하면 곤란합니다. 이번 북남 정상 회담은 그런 의미에서 시기가 적절하다는 의견입니다."

"지도자 동지께 그 말씀을 전하지요."

유창한 중국어로 대답한 이강남이 양화윤에게 물었다.

"양 위원 동지, 한국에서 반미 시위가 격렬하게 일어날 가능성이 있습니다. 그때 주한 미군이 돌발 행동을 일으킬 가능성도 있고요."

양화윤의 시선을 받은 이강남이 희미하게 웃어 보였다. 그러고는 차분하게 말을 이었다.

"내가 묻고 싶은 내용은 주한 미군이 순순히 철수할 것인가 하는 것입니다. 60년 가깝게 투자해 놓은 남한을 쉽게 포기할 수 있을까요?"

"글쎄요."

팔짱을 낀 양화윤이 힐끗 창밖의 거리를 보았다. 양화윤은 중국의 당 서열 5위의 실력자이며 군사위 부주석이었다. 또한 국가 주석이며 군사위 주석인 후진타오의 오른팔이기도 했다.

"미국 정부는 한국 분위기를 알고 있겠지요. 이미 대세는 기울었다는 사실을 말입니다."

양화윤이 혼잣소리처럼 말을 이었다.

"한국을 내놓고 일본으로 동북아 방위 라인을 수정해 놓은 지는 꽤 되었습니다. 따라서 대세를 뒤집지는 못하겠지요. 다만"

말버릇인지 양화윤이 다시 다만 , 하고 토를 달더니 이강남을 똑바로 보았다.

"핵을 갖고 미국과 힘겨루기를 한다면 우리도 크게 도울 길이 없습니다. 그 문제는 미국이 미리 손을 다 써놓아서요."

양화윤의 목소리가 낮아졌다.

"남북한이 공동으로 핵을 갖고 미국과 대결하겠다는 시도도 위험합니다. 만일 그렇게 된다면 미국은 동맹 관계를 먼저 파기한 셈이 된 한국 측의 피해를 염두에 두지 않고 행동으로 나설 수도 있을 테니까요."

몸을 돌린 양화윤이 아예 창을 등지고 섰다. 도청을 의식한 무의식적 행동이었다.

"지금이 북조선 측에게 절호의 기회인 것은 우리도 공감하고 있습니다. 좋은 결실을 맺기를 바랍니다."

이로써 중국 측의 입장은 분명하게 드러났다. 숨을 가슴 가득 들이켠 이강남이 길게 내뱉었다. 국력을 비교한다면 수십 배가 넘는 남한을 이제 곧 병합하게 되는 것이다. 아니, 병합이라는 표현은 적절치 않았다. 점령이었다. 결국 위대한 지도자 동지의 영도하에 일사분란하게 뭉친 북조선의 단결된 힘이 승리했다. 자유시장경제니 뭐니 하면서 사분오열되었던 남한은 사회주의 체제로 전환될 것이다. 아니, 주체사상, 민족경제의 체제가 된다. 이제 우리는 이밥에 고깃국을 먹게 되었다. 위대한 수령님의 예언이 적중한 것이다.

10월 5일 수요일 11시 20분

여의도의 민통추 회의실에는 10여 명의 사내가 둘러앉아 있었는데 분위기가 무거웠다. 회의실 입구는 건장한 청년들이 엄격하게 출입을 제한했고 방음장치가 잘되어 있어서 바깥 소음은 전혀 들리지 않았다. 그러나 바깥 사무실의 분위기는 활기에 차 있었다. 수없이 걸려오는 전화에 열띤 목소리로 응답했고 바쁘게 오가는 남녀들의 얼굴은 생기에 차 있었다. 회의실 안에 둘러앉은 사내들은 현재 대한민국의 실세들이었다. 민통추의 핵심 3인방인 임시 의장 박명환, 상임고문 김기중, 사무총장 한태영에다 청와대 실세인 기획정책수석 강대현과 정책실장 한경일, 시민사회수석 고대홍, 그리고 시민 단체의 리더 격인 개혁의 소리 대표 김문철과 대학생 총연합회장 유전식, 대한노조 총위원장 박동기 등이었다.

"그럼, 이제 본론을 말씀드리겠습니다."

어깨를 편 한태영이 입을 열자 모두 그에게 시선을 모았다.

"10월 9일 오전 10시 반에 시작될 정상 회담은 오후 3시 반경이면 끝이 날 것입니다. 그리고 공동성명을 발표할 시간은 5시 정각으로 예상됩니다."

주위에서는 숨소리도 들리지 않았고 한태영의 말이 이어졌다.

"5시 30분이면 공동성명 발표가 끝날 겁니다. 그러면 그때부터 빈틈없이 행동해야 합니다."

그리고는 한태영이 눈짓 하자 뒤쪽에 앉았던 보좌관이 각자의 앞에 인쇄된 서류 하나씩을 나눠주었다.

"그것은 각 시위대별 활동 계획입니다. 10월 10일 오전 10시부터 우리는 역사적인 과업을 시작할 것입니다. 그리고…."

한태영이 번들거리는 눈으로 둘러앉은 사내들을 훑어보았다.

"이제 아무도 우리를 가로막을 수 없습니다. 따라서 우리 모두는 조국의 평화통일에 기여한 인물로 역사에 기록될 것입니다."

10월 5일 수요일 13시 35분

청와대 본관 집무실에 나와 있던 대통령 앞으로 김성만이 다가섰다.

"대통령님, 시중에 사재기 현상이 점점 심해지고 있습니다."

시선만 든 대통령에게 김성만은 말을 이었다.

"이틀 사이에 물가가 폭등해서 라면 값이 두 배로 뛰었고 쌀은 세 배까지 올랐다는 겁니다."

"일부 세력이 위기감을 조장하기 때문이 아닐까? 친미, 수구 세력이 말이야."

대통령이 찌푸린 표정으로 김성만을 보았다.

"그자들한테는 지금이 절박한 상황일 테니까, 그렇지 않나?"

"그렇긴 합니다만."

김성만이 긴장한 표정으로 대통령을 보았다.

"시중 분위기가 극과 극으로 나뉘어 있습니다. 시위대나 언론, 시민단체 등은 열기를 띤 분위기인 반면에 대다수의 시민들은 많이 불안해합니다."

"…"

"출국 비행기 표 예약이 폭주해서 요금이 암거래로 다섯 배까지 올랐다고 합니다."

"…"

헛기침을 한 김성만이 숨을 고르더니 말을 이었다.

"민통추는 대통령님을 총재로 추대할 예정입니다. 내일 전체 상임위원 회의에서 만장일치로 추대할 것 같습니다."

김성만의 시선을 받은 대통령은 잠자코 창밖으로 머리를 돌렸다. 이미 알고 있었기 때문이다. 민통추 측에서는 이제 거스를 수 없는 대세인 것처럼 압박해왔고 실제로도 그러했다. 민통추의 총재를 맡아 혼란 상태인 국정을 수습하고 국론을 모아 국민을 안정시키는 것이 현 상황에서 취할 수 있는 최선의 방법이 될 것이었다. 이제 민통추는 새로운 한국을 이끌어가는 새 조직이 되었다. 당과 시민 단체, 그리고 노조와 대학생 연합, 거기에다 강력한 공권력을 배후에 둔 거대한 조직이었다. 대한민국 건국 이래 이만큼 강력하고 광범한 조직은 존재하지 않았다. 민통추는 이미 대한민국을 장악하고 있는 것이다. 이윽고 대통령이 창밖을 향한 채 입을 열었다.

"내가 국회의원 선거에서 낙선했을 때가 생각나는군."

김성만이 긴장했고 대통령의 말이 이어졌다.

"그때는 내 자신을 돌아볼 수가 있었지, 내 주변도."

그러고는 몸을 돌린 대통령이 김성만을 향해 소리 없이 웃어 보였다.

"사람이 역경에 처하면 적과 아군이 다 드러나지, 이건 내 경험이야."

숨을 죽인 김성만에게 대통령이 물었다.

"주변에 믿을 만한 사람이 있나?"

"예?"

긴장한 김성만을 보고 대통령이 정색했다.

"청와대 내부에서 진심으로 나를 도와줄 사람 말이네."

10월 6일 목요일 11시 20분

테헤란로를 빈 택시로 달려가던 박대구는 라디오의 임시 뉴스를 들었다. FM 방송이었는데 아나운서가 흥분한 목소리로 말했다.

"민족통일범국민추진본부는 오늘 오전 10시에 전체 상임위원 회의를 열고 만장일치로 대통령을 총재로 추대했습니다. 따라서 약칭 민통추는 새 한국 건설과 통일에 대비한 새로운 정부 여당의 조직인 것입니다. 대통령이 민통추의 총재 추대를 받아들일 것으로 전망하고 있습니다.

또한 열린우리당은 자연스럽게 해체되어 민통추에 흡수될 것으로…."

"시발."

라디오 스위치를 끈 박대구가 얼굴을 일그러뜨리며 욕설을 뱉었다.

"내 그럴 줄 알았어. 다 짜고 치는 고스톱이지, 개새끼들."

10월 6일 목요일 11시 45분

민통추 사무실 안, 사무총장실 안에서 한태영과 백봉규가 마주앉았다. 방금 백봉규가 방으로 들어왔던 것이다.

"뭐라 그래?"

한태영이 불쑥 묻자 백봉규는 머리부터 저었다.

"대통령을 만나지 못했다는데."

"뭐어?"

눈을 치켜뜬 한태영이 백봉규를 노려보았다.

"9시 반부터 말이야?"

"그래, 강수석이 세 번이나 집무실 앞까지 갔다가 돌아왔다는 거야."

"그럼 대통령이 피하고 있는 건가?"

"하지만"

머리를 한쪽으로 기울인 백봉규가 말을 이었다.

"민통추 총재로 추대되었다는 보고는 받았겠지, 방송에도 나갔고."

"…"

"그러고도 가만히 있는 걸 보면 받아들인다는 표시 아니겠어?"

"하긴."

한태영이 머리를 끄덕였다.

"자신이 주도하지 못하고 끌려 다닌 꼴이 되어서 자존심이 상했겠지. 내가 그 양반 성격을 알아."

"대세는 거스르지 못할 테니까 곧 강 수석을 만나겠지."

강대현이 대통령을 만나려는 이유는 민통추의 총재로 추대되었다는 보고와 함께 수락 연설을 건의하려는 것이었다. 그러나 대통령은 그 사실을 알고 있을 것임에도 강대현을 만나주지 않았다. 그러나 한태영과 백봉규의 표정은 곧 느긋해졌다. 만일 대통령이 거부할 작정이라면 대변인을 통해서거나 다른 방법으로 얼마든지 표현할 수 있었을 것이다. 금방 한태영이 말한 대로 대통령 특유의 자존심과 오기가 발동했을 뿐이다. 대세를 거스를 대통령이 아니었다.

10월 6일 목요일 12시 25분

한나라당 당사 안, 총재실 안으로 사무총장 이덕환이 들어섰다. 어두운 표정이었다.

"총재님, 민통추 소속 의원이 182명이 되었습니다. 대통령이 총재로 선임된다는 소문이 돌자 열린우리당의 관망파들이 한꺼번에 가입했기 때문에."

이덕환이 얼굴을 일그러뜨리며 웃었다.

"이제 민통추는 사상 최대의 정당이 되었습니다. 헌법 개정까지 독자적으로 가능한 선입니다."

한나라에서도 38명의 의원이 민통추로 옮겨간 것이다. 박근혜가 차분한 표정으로 이덕환을 보았으나 안색은 창백했다. 4·30 재보선에서 23 대 0의 압도적 승리를 거두었지만 결국 대통령은 또 한 번의 베팅으로 전세를 뒤집었다. 그리고 이번 베팅은 탄핵의 분위기를 이용하여 총선을 먹었던 작년보다 더 치명적이었다. 박근혜가 소리 죽여 숨을 뱉었다. 정상 회담을 이용한 정계 대개편이었다. 대선 직후 민주당을 깨고 열린우리당을 만들어 부담을 버린 상황과 비슷하지 않은가?

그러나 이번의 비중은 그때와 비교가 되지 않았다. 이제 민통추는 182명의 의원을 소유한 대한민국 역사상 최대 최강의 정당이 되었다. 그리고 사흘 후면 그 세력으로 김정일을 만나는 것이다.

"늦었을까요?"

마침내 박근혜가 입을 열어 그렇게 물었다. 지금까지 수많은 역경을 겪어왔지만 박근혜는 한 번도 이렇게 약한 소리를 해보지 않았다. 이덕환은 박근혜의 반응에 놀란 듯 두어 번 눈을 껌벅이더니 어깨를 늘어뜨린 채 말했다.

"놈들은 김정일과 타협할 것입니다. 이제 놈들이 마음대로 국체에 관한 결정을 해도 우리는 속수무책입니다."

"…"

"지금 연세대와 시청 앞에 모이는 시위대는 그것을 받아들일 준비를 하고 있는 것입니다. 시중에는 공동 성명을 발표하면 지지 시위대가 5

백만이 동원될 것이라는 소문이 돌고 있습니다."

"하지만"

머리를 든 박근혜가 이덕환의 머리 위쪽을 바라보며 말했다. 이제 박근혜의 눈빛은 또렷했다.

"대통령 덕분에 우리도 피아 식별이 분명해졌어요. 한나라당도 세탁된 것 같군요."

그것은 당내에서 분란을 일으키던 반박 세력과 노선에 불만을 품던 의원 모두가 이번에 민통추로 옮겨갔기 때문이다. 그러나 이덕환은 박근혜의 옆모습을 응시한 채 입을 열지 않았다. 만일 입을 열었다면 이렇게 말했을 것이 분명한 얼굴이었다.

"나라의 명운이 절단 나는 판국에 당이 세탁되면 뭘 합니까? 이제 한나라당 운명도 얼마 남지 않았단 말이오."

10월 9일 일요일 09시 10분

제주공항, 조선민주주의 인민공화국의 붉은 글씨가 선명한 고려항공기 2대가 활주로를 천천히 미끄러져 붉은 카펫이 깔린 공항청사 정면에 나란히 멈춰 섰다. 그러자 도열해 있던 군악대가 '우리의 소원은 통일'을 연주했고 운집한 학생, 시민들이 흰 바탕에 푸른 한반도가 그려진 '한반도기'를 흔들며 영접했다. 김정일 위원장이 탄 고려항공기가 도착한 것이다.

카펫의 끝부분에는 대한민국 대통령이 3부 요인과 함께 서서 김정일 위원장을 기다리고 있었는데 대부분 굳은 표정이었다.

10월 9일 일요일 09시 12분

택시 운전사 박대구는 이제 비디오가게를 정리한 오 씨와 함께 동네 해장국집 남원옥에서 TV를 보고 있었다. 그들 옆에는 식당 주인 나 씨와 남편 최 씨까지 넷이 앉아 있었는데 고려항공기의 문이 열리고 이쪽의 영접자가 비행기 안으로 들어가자 박대구가 입을 열었다.

"저것 봐라, 저 얼굴들."

TV 화면에 마침 아래에서 기다리는 한국 측 요인들이 비쳤다. 대통령을 비롯한 통일부 장관, 외교부 장관, 그리고 여당 대표들의 얼굴이 화면에 다 드러났는데 밝은 분위기는 아니었다. 일부 각료는 얼굴이 몹시 굳어 있었다. 모두 트랩 위의 열린 고려항공기의 문만 올려다보고 있었다.

"위대한 장군님을 맞는 얼굴들이구만."

박대구가 얼굴을 일그러뜨리며 말했다. 그때 마침 TV 화면에 연세대에 집결해 있는 시위대의 모습이 비춰졌다. 시위대 앞쪽에는 초대형 스크린이 펼쳐져 있었는데 지금 그들도 똑같은 장면을 보는 중이었다.

"으으음."

박대구는 신음했다.

시위대의 모습은 모두 환희에 떠 있었다. 열광하고 있는 것이다. 기대감에 터질 듯한 표정으로 함성을 지르며 열린 고려항공기의 검은 문을 주시하는 시위대를 식당 안의 넷은 물끄러미 보았다. 이쪽의 표정도 어두웠다.

"저 빨갱이 놈들."

박대구가 씹어 뱉듯이 말했을 때 식당 주인의 남편 최 씨가 어깨를 늘어뜨렸다. 그는 월남에 파병되었다가 고엽제 후유증으로 다리 한쪽이 마비되었다.

"끝났어."

길게 숨을 뱉은 최 씨가 말을 이었다.

"월남이 망할 때는 그래도 싸우기라도 했지, 이건 총 한 방 못 쏘고 망하는구먼."

그때 고려항공의 문에서 김정일의 모습이 나타났다. 아나운서의 격한 목소리가 식당 안을 가득 메우자 나 씨가 리모컨을 찾아 소리를 죽였다.

"여러분, 조선민주주의인민공화국의 지도자이신 김정일 국방위원장이 마침내 모습을 드러내셨습니다. 내려오십니다. 이제 몇 계단만 더 내려오면 김정일 위원장은 대한민국의 땅에 역사적인 첫발을 내딛게됩니다. 지금 이 순간이야말로 민족화해와 평화의…"

그 순간 리모컨을 움켜쥔 박대구가 전원을 꺼버렸으므로 화면은 깜깜해졌다. 식당 안은 정적에 덮였다.

"그래, 역사적인 날이다."

박대구가 앞쪽 벽을 노려보며 말했다. 그때 최 씨가 말을 이었다.

"다 대가를 받게 돼 있어."

김정일이 대한민국 제주도 땅에 첫발을 딛었을 때 대통령이 다가서며 말했다.

"어서 오십시오."

대통령이 웃음 띤 얼굴로 손을 내밀었다. 그때 김정일은 이미 붉은색 카펫 위로 네 걸음을 떼어 대통령의 한 걸음쯤 앞에 와 있었다. 김정일은 대통령이 내민 손을 두 손으로 잡았다. 그때 대통령도 김정일의손을 나머지 한 손으로 덮었고 마주보며 웃었다.

"반갑습니다."

김정일이 환한 표정으로 말했다.

"잘 오셨습니다."

대통령도 화답했을 때 김정일이 손 하나를 빼더니 대통령의 등을 감싸 안았다. 그러자 대통령도 김정일의 등을 안았고 두 지도자는 이제 두 손으로 상대방을 감싸 안았다.

"만세!"

시민의 소리 대표 서진철은 그 장면을 본 순간 두 손을 치켜 올리면서 만세를 불렀다. 그 화면을 올려다보며 8만의 시위대가 거의 동시에 함성을 질렀으므로 광장은 떠나갈 것 같았다.

"만세!"

목청이 터져라 연달아 만세를 부르던 서진철의 눈에서 눈물이 쏟아졌다. 주위에 운집한 시위대 중에서도 눈물로 범벅이 된 얼굴로 함성을 지르는 이가 많았다.

"만세!"

서진철은 다시 만세를 불렀다. 대형 화면에서 두 지도자는 아직도 서로 부둥켜안고 있었다.

10월 9일 일요일 09시 27분

"북한군 수뇌부도 거의 다 왔습니다."

박근혜 대표에게 국방위 소속 김철호 의원이 보고했다.

"저건 인민군 총정치국장 백경국 차수이고 그 뒤는 인민군 총참모장 이강일 차수, 그리고 호위사령관 최태산 차수입니다. 인민무력부장 김

웅은 병들었다는 소문이 있는데 석 달 가깝게 공식 석상에 나타나지 않습니다.

박근혜는 머리만 끄덕였다. 그리고 또 있었다. 김정일은 군 수뇌부뿐만 아니라 당 정치국의 거물들까지 모두 수행시켰으므로 북한의 공식 방문단은 250명이나 되었다. 지금 전 세계에서 모인 수백 명의 외신기자들은 사상 최초로 북한 정권의 거물들을 한자리에서 보게 되는 것이었다. 따라서 취재 열기는 가히 폭발적이었다. 각국의 정보기관은 물론이고 CIA조차 이런 기회를 잡기는 힘들 것이었다.

"북한 정권의 실세는 지금 저기에 다 모여 있습니다."

다시 김철호가 막대 끝으로 TV 화면을 가리키며 말했다. 그들은 상황실에 앉아 제주공항의 환영식 장면을 보는 중 이었는데, 음소거 상태여서 그림만 움직였다. 지금 화면에는 양국 정상이 연단 위에 나란히 서서 화동들에게서 꽃다발을 받는 중이었다. 식순은 2000년 6월 15일 한국의 김대중 대통령이 평양을 방문했을 때와 같았다. 사열도 없고 환영사도 없었다.

"자신만만한 표정이군요."

마침내 박근혜가 입술만 달싹이며 말했지만 다 들렸다. 박근혜의 시선은 김정일의 얼굴에 향해 있었다. 상황실에 모인 다섯 명의 핵심 간부들은 박근혜의 시선을 따라 김정일을 보았다. 그랬다, 어깨를 펴고 턱을 조금 치켜든 채 웃음 띤 얼굴의 김정일은 손님을 맞는 주인 같았다. 오히려 굳은 표정으로 입술 끝으로만 웃는 한국 대통령이 손님 같았다. 그것도 주눅이 든 손님.

10월 9일 일요일 14시 45분

10시 45분에 시작된 남북 정상 회담이 4시간 경과했을 때 제주컨벤션 센터에 마련된 기자회견장이 술렁거렸다. 1천 명 이상을 수용할 수 있도록 건설한 센터에 내외신 기자, 방송 장비로 가득 차 있어서 입추의 여지가 없을 정도였는데 앞쪽 연단으로 청와대 대변인 윤준수가 나온 것이다. 윤준수는 오늘 청와대 대변인이란 막중한 직책 대신 회견장의 진행자가 되어 있었다. 그만큼 회견장의 비중이 크다는 의미였다.

"여러분, 주목 하십시오."

이미 모두 주목하고 있는 데도 윤준수가 정색한 표정으로 마이크에 대고 말했다. 그 세 마디의 말이 리시버를 통해 영어, 불어, 독어, 일어, 중국어, 러시아어, 서반아어 등 7개 국어로 동시통역 되어 나갔다. 한국어까지 8개 국어였다. 한국의 정상 회담 준비는 완벽했다. 각국의 기자들은 동시통역이 되는 리시버는 물론이고 본국으로 직통 전화가 되는 휴대전화도 지급받았다. 나이 든 영국 기자가 이런 서비스는 생전 처음이라며 감탄할 정도였다. 윤준수가 말을 이었다.

"45분 후인 15시 45분, 즉 오후 3시 45분 정각에 남북 정상의 합의문을 발표합니다. 준비해주십시오."

"어떤 내용이 될 것 같나?"

옆에서 불쑥 퍼거슨이 물었으나 윤영한은 머리부터 저었다. 퍼거슨은 CNN의 특파원으로 미국에서 날아온 베테랑 기자였는데 윤영한과는 교분이 있다. 윤영한이 동아일보 워싱턴 특파원 시절에 만나 3년 동안 친하게 지낸 사이인 것이다. 퍼거슨이 턱으로 연단을 가리켰다. 연단은 마이크 설치로 분주했다. 이미 대여섯 개가 놓여 있는 곳에 다시 10여개를 더 추가하는 것이었다.

"저것 봐, 이번 성명은 아마 세계적 특종이 될 것 같군. 남북한 통일 발표라도 할 셈인가?"

퍼거슨이 혼잣소리처럼 말했을 때 윤영한의 인내가 깨졌다.

"아마 그보다 더 쇼킹할걸?"

윤영한이 영어로 대꾸했다. 그러자 퍼거슨은 시선만 준 채 기다렸다. 그로서는 윤영한을 자극해 말을 시키려는 의도가 성공한 셈이었다. 퍼거슨의 시선을 받은 윤영한이 쓴웃음을 지었다. 그는 퍼거슨의 의도를 알고 있는 것이다.

"남북한의 핵 공동 처리쯤이 될 거야 , 민족의 이름으로 말이지."

"흥."

이미 외국 뉴스에는 그 예상까지 보도가 되었으므로 퍼거슨도 코웃음을 쳤다.

"위대한 민족이군. 핵을 안고 함께 공멸하자는 의도인가?"

"설마 미국이 남한까지 치겠느냐는 계산도 있겠지."

"그게 정말 한국 정부의 생각이라면"

50대 중반으로 30년 기자 생활을 해온 퍼거슨이 머리를 저었다.

"남북한 국민만 불행해지겠군. 아무리 그래도 민족의 목숨을 담보로 게임을 하다니."

10월 9일 일요일 15시 10분

남대문경찰서장 양길수는 서장실로 들어선 경비과장 오금택의 얼굴을 보더니 이맛살을 찌푸렸다.

"뭐야? 또?"

"서울역에서 광화문까지 차량통행을 미리 차단해야할 것 같습니다."

오금택이 주저하며 말했다.

"광장에 모인 시위대가 이미 30만 이상입니다. 그리고….."

이로 입술을 축인 오금택이 말을 이었다.

"합의문 발표가 끝나면 시위대가 차도로 밀려나온다고 합니다. 정보원들의 정보가 모두 같습니다."

머리를 돌린 양길수가 옆쪽의 모니터 화면을 보았다. 서울역에서 시청 앞까지 차도와 인도가 그대로 화면에 나타나 있었는데 잠깐 사이에 인도에 모인 시위대는 더 늘어나 있었다. 화면 밑쪽에 나타난 현재 시간은 15시 12분 24초였다.

"이 시발놈들은 합의문 내용이 뭔지 이미 다 알고 있는 것 같군."

양길수가 화면을 노려보며 말했을 때 오금택은 숨을 들이켜고는 대답하지 않았다. 맞는 말이었지만 양길수가 욕을 하는 건 처음 들었기 때문이다. 어깨를 부풀렸다가 내려놓은 양길수가 마침내 입을 열었다.

"준비해, 내가 본청에 보고할 테니까."

8장
영웅의 길

10월 9일 일요일 15시 15분

발표 30분 전, 제주컨벤션센터 8층의 정상 회담장.

노무현 대통령과 김정일 위원장이 마주보고 앉아 있었다. 지금 옆 방에서는 이미 두 번 수정을 거친 남북 정상 회담 합의문을 작성 중이 었다. 이제 두 정상이 서명만 하면 역사적인 '평화성명'이 발표될 것이 었다.

대통령은 앞에 놓인 합의문의 초안을 보았다. '평화성명'이라고 이 름 붙인 합의문의 내용은 3개 조항으로 요약되었다.

첫째 조항은 남북한 정부는 현재 북한이 보유하고 있는 핵을 공동으 로 처리하는 것에 합의한다는 내용이었으며, 둘째 조항은 남북한이 핵 을 공동으로 처리함으로써 핵 협상도 남북한 단일 대표단을 구성하여 참가한다는 내용이었다. 셋째는 남북한 양국은 자주독립국이며 영세 중립국 연방으로 국체를 변경한다는 내용인 것이다.

결국 핵은 남북한이 공동으로 소유한다는 말이나 같았다. 거기에다 민족 자주를 내세워 외세에 굴복하지 않겠다는 결의가 각 조항마다 내

포되어 있었다.

"대통령 각하."

김정일이 불쑥 대통령을 불렀으므로 방 안의 시선이 모아졌다. 한국과 북한 측은 각각 다섯 명씩 열 명이 마주보고 앉아 있었는데 한국 측은 대통령과 통일, 외교, 국방장관에 비서실장까지 다섯이었고 북한 측은 김정일 위원장에 김영남 상임위원장, 백경국 인민군총정치국장, 이강일 인민군총참모장, 박영호 조직지도부 비서까지 다섯이었다. 대통령과 시선을 마주친 김정일이 정색하고 말했다.

"이제 우리는 민족의 숙원을 풀었습니다."

그러자 둘러앉은 남북한 참석자 모두가 머리를 끄덕이며 동의했다. 오직 노무현 대통령 혼자만 김정일에게서 시선을 뗀 채 묵묵부답이었다. 그러고 보면 대통령은 회담이 시작되었을 때부터 거의 말을 하지 않았다. '평화 선언문'은 이미 한국 측의 암묵적 동의하에 북한 측이 초안을 작성해온 터라 양국 실무자 사이에서 자구 수정 정도가 있었을 뿐이기도 했다. 평상시의 대통령 같았으면 좌중을 이끄는 리더십이 드러났고 특유의 달변으로 분위기를 가볍게 만들기도 했을 것이다. 김정일은 대통령의 스타일을 알았다.

그래서 대통령의 무거운 분위기가 마음에 걸린 듯 다시 입을 열었다.

"대통령 각하, 다음 달에 평양을 방문해 주시지요. 북조선의 모든 인민이 열렬하게 환영해드릴 것입니다."

"감사합니다."

대통령의 얼굴에도 웃음이 떠올랐다. 그때는 DJ가 방문했을 때와는 비교가 되지 않을 정도로 거창한 환영을 받게 될 것이었다. 머리를 끄덕이던 대통령의 얼굴은 어느덧 다시 굳어져 있었다.

　10월 9일 일요일 15시 17분

　회담장 옆 부속실, 넓은 방 안에는 20여 명의 양국 실무진이 모여 있었는데 분주했다. 벽 쪽의 프린터에서 인쇄물이 나오는 중이었고 서너 명이 둘러서 있다. 그러나 방 안 분위기는 수선스러운 것 같으면서도 질서가 유지되고 있었다. 남북 실무진들은 각각 선임자의 지휘를 받아 일사불란하게 움직이고 있었다. 부속실의 한국 측 선임자는 청와대 국정상황실장인 김성만이었고, 북한 측은 당 조직 지도부장 전형남이었다.

　"다 끝난 모양인데."

　테이블 앞으로 다가온 전형남이 말했으므로 김성만은 머리를 들었다. 전형남이 웃음 띤 얼굴로 바라보고 있었다.

　"평화 선언문 말입니다. 프린트가 다 된 것 같으니 가져 갑세."

　"아, 예."

　그때 김성만에게 외교부 서정문 차관보와 국방보좌관실 비서관 강찬석이 다가왔다. 서정문은 손에 인쇄물을 소중하게 들고 있었다.

　"다 되었습니다."

　테이블 위에 인쇄물을 내려놓은 서정문이 손끝으로 이마의 땀을 씻는 시늉을 했지만 방 안은 서늘할 정도로 에어컨이 잘 가동되고 있었다. 긴장하고 있다는 표시였다. 전형남도 북한 측 실무진이 인쇄된 평화 선언문을 들고 왔으므로 서둘러 제자리로 돌아갔다. 이제 남북한 정상에게 각각 한 부씩을 가져다가 서명을 받으면 역사적인 평화 선언이 발효될 것이었다.

같은 시간.

주한 미군사령관 겸 한미연합군사령관인 제임스 매그루더 대장은 주한 미국대사 마틴 로저스와 통화 중이었다.

"미국민의 안전은 보장될 겁니다, 대사."

매그루더가 이번에는 정중하게 말했다. 공식적인 발언인 것이다.

"미국민의 재산도 마찬가지입니다. 한국이 적화된다고 해도 걱정할 건 없습니다."

그러자 수화기에서 로저스의 목소리가 울렸다.

"장군, CIA 보고로는 오늘 발표가 끝난 후부터 전국적으로 250만의 시위대가 동원될 거라는데, 미국 시민이나 미국인 재산이 공격받을 가능성이 있다는 겁니다. 그래서 미국시민의 외출은 삼가라는 경고를 했지만. 만일…."

"대사님."

로저스의 말을 자른 매그루더가 힐끗 앞에 선 정보참모 브론스키 준장을 보았다.

"우리 정보부에서도 그 가능성을 예상하고 있지만 내가 장담컨대"

그러고는 매그루더가 심호흡을 했다. 공식적 대화에서 이런 '장담컨대' 따위의 단어를 사용하는 것이 아니었다. 짜증이 나는 바람에 불쑥 뱉었지만 후회는 되지 않았다. 이런 경우는 많이 겪었다. 정부가 조종하는 시위대가 얼마나 조직적인지, 특히 공산당 시위대는 철저했다. 마치 군인처럼 움직인다. 놈들은 미국 시민을 건드려 미군이 개입할 빌미를 주려고 하지 않을 것이다. 장담컨대 250만이 아니라 520만 시위대가 일어나도 미국 시민은 한 사람도 다치지 않을 것이었다.

"미국 시민은 피해가 없을 겁니다. 대사, 하지만 경계는 철저히 해야겠지요."

매그루더가 바쁜 듯 말이 빨라졌다.

"곧 두 보스들이 발표하겠군요. 뻔한 짓이겠지만 쇼를 봐야 하지 않겠습니까, 대사."

그러고는 매그루더가 브론스키에게 눈으로 TV를 가리켰다. TV를 켜라는 지시였다.

10월 9일 일요일 15시 20분

회담장 옆쪽 문이 열리더니 부속실에서 네 사내가 들어섰다. 한국측은 김성만과 강찬석이었고 북한은 전형남과 비서국 소속 사내였다.

"다 된 모양이군."

그들을 본 김정일이 먼저 말하더니 얼굴을 펴고 웃었다.

"자, 그럼 한번 볼까?"

김성만과 강찬석은 대통령 옆으로 다가섰는데 둘 다 똑같이 긴장한 모습이었다. 강찬석은 두 손에 푸른색 벨벳천이 씌워진 넓고 납작한 상자를 들고 있었다. 안에 평화 선언문이 담겨 있는 것이다.

강찬석은 한 손으로 상자 밑을 받치고는 덮개를 열어 안에서 평화 선언문을 꺼내었다. 그러나 그게 아니었다. 강찬석이 손에 쥐고 있는 것은 권총이었다.

"타앙!"

첫 총성이 울리기 직전 회의실에 모인 14명 중에서 강찬석의 행동을 본 사람은 바로 앞에서 마주보며 서 있던 김성만뿐이었다. 김성만은 상자를 열었을 때 평화 선언문 위에 놓인 베레타 14연발 권총을 보았다. 강찬석이 그것을 집고는 들어 올려 겨누는 동안 눈도 깜박이지 않고 주

288

시하고만 있었다. 물론 상자가 열리고 나서 첫 총성이 울리기까지는 2초밖에 되지 않았다. 짧은 순간이었다.

"아앗!"

총성이 울린 직후, 외침과 비명이 동시에 터졌는데 주로 북한 측에서 울렸다. 그것은 권총이 김정일을 향해 발사되었기 때문이었다. 그때 다시 총성이 울렸다.

"타앙!"

"아앗!"

총성과 동시에 다시 외침이 일어났고 이번에는 한국 측 테이블에서였다. 강찬석의 총구가 대통령을 향해 발사되었기 때문이다.

"비상!"

누군가 그렇게 고함을 질렀지만 이제 회담장 안은 아수라장이 되어 있었다. 일부는 테이블 밑으로 몸을 숨겼고 또 몇 명은 옆쪽 문을 향해 달려 나갔다. 그때 회의장에 또 한 발의 총성이 울렸다.

"타앙!"

10월 9일 일요일 15시 28분

주한 미군사령관 집무실 안. 사령관 매그루더가 전화기를 귀에 대고는 버럭 소리쳤다.

"뭐라구?"

통화 상대는 CIA 한국 지사장 케빈 슈리버. 슈리버도 송화구에 대고 매그루더를 향해 고함치듯 말했다.

"제주도 회의장에서 총격 사건 발생! 노무현과 김정일 양국 정상과 신원 미상의 사내 두 명이 제주병원으로 후송 중! 네 명 모두 사망한 것으로 추정됨!"

"어어."

매그루더의 목에서 외마디 신음이 터져 나왔고 놀란 슈리버의 외침이 이어졌다.

"회담장은 난장판이 되었음! 아직까지 언론은 자세한 내막을 모르는 모양이지만 곧 보도가 될 겁니다!"

"이봐, 슈리버!"

전화기를 움켜쥔 매그루더가 두 번 만난 인연밖에 없는 CIA 한국 지사장을 불렀다. 매그루더는 지금까지 슈리버는 물론이고 CIA도 신뢰하지 않았다.

"누구 짓이오? 언제 사건이 일어났고?"

"한국인입니다. 우익인 것 같습니다. 총성이 울린 것은 15시 20분경이라고 합니다."

그러고는 저쪽에서 먼저 전화를 끊었으므로 매그루더는 자리에서 벌떡 일어섰다.

"비상이다!"

눈을 치켜뜬 매그루더가 앞에 서 있는 정보참모 브론스키를 보았다.

"야단났다."

한반도의 양쪽 지도자가 동시에 암살당한 것이다. 이것이 도화선이 되어 남북 간 전쟁이 다시 일어날지도 모른다. 그러면 1950년 6·25와는 비교가 되지 않을 정도의 대전(大戰)이 된다. 더구나 북한은 핵이 있다.

10월 9일 일요일 15시 33분
제주컨벤션 센터 기자회견장.

"무슨 일이야?"

사람들을 헤치고 다가온 퍼거슨이 윤영한의 소매를 움켜쥐고 물었다. 머리가 헝클어졌고 넥타이 매듭은 아래로 늘어져 있었다. 퍼거슨이 다시 소리쳤다.

"윤, 말해. 어떻게 된 거야?"

회견장 안은 혼란에 휩싸여 있었는데 한국 정부 측 관계자가 모두 사라져버린 것이 분위기를 더 악화시켰다. 혼란은 5분쯤 전에 북한 기자 한 명이 갑자기 미친 듯이 소리치며 복도를 달려 나간 것으로부터 시작되었다. 그가 울부짖으며 외친 단어는 '암살' '배신' '복수' '음모' 등이었는데 원체 소리가 커서 안에 있던 윤영한도 들었다.

"이봐, 윤."

퍼거슨이 이제는 윤영한의 어깨를 밀어 벽에 붙였다. 회담장 안은 난장판이 되었고 북한 기자들은 어디로 사라졌는지 아무도 보이지 않았다. 그때 벽에 등을 기댄 채 가쁜 숨을 뱉던 윤영한이 초점이 흐려진 눈으로 퍼거슨을 보았다. 그는 상황을 알아보고 온 것이었다.

"양국 정상이 모두 저격당했어. 우리 측 관계자 둘도 죽고."

"뭐?"

퍼거슨의 얼굴이 하얗게 굳었다.

"그럼 저격범은?"

"우리 측 관계자야."

"누구?"

"아직, 하지만 저격하고 곧바로 자살했어."

"셋을 쏘고?"

"그래."

"그럼, 넷인가?"

같은 시간.

통일부 장관 정민철은 보좌관이 넘겨준 전화기를 귀에 댔다. 제주병원의 응급실 밖, 주위는 10여 명의 남북한 고위 관계자가 모여 있었는데 분위기가 무거우면서도 격앙되어 있었다. 남북한 관계자는 각각 따로 모여 머리를 맞대고는 숙의 중이었다. 그러다 자주 응급실 안을 힐끗거린다.

"예, 접니다."

상대방의 응답을 들은 정민철이 벽 쪽에 머리를 돌리고는 낮게 말했다. 상대방은 국무총리 유경찬이었다.

"어떻게 되었습니까?"

유경찬이 다급하게 묻자 정민철은 어금니를 물었다가 풀었다. 사건 발생 직후에 경호실에서 총리인 유경찬에게 보고를 했을 것이었다. 대통령 유고시에는 총리가 대행이기 때문이다.

"예, 대통령께서는 아직."

"그럼 김정일 위원장은?"

"돌아가셨습니다."

"으으음."

커다랗게 신음을 뱉은 유경찬이 다시 물었다.

"그럼 북한 측 반응은 어떻습니까?"

"아직."

힐끗 그쪽에 시선을 준 정민철이 다시 심호흡을 했다.

"저쪽도 당황하고 있어서요. 그자가 김정일 위원장만 쏜 것이 아니

라 우리 대통령도 쏘았거든요. 그런데 옆에 서 있던 김성만 상황실장이
대통령 앞을 몸으로 막아버린 바람에."

정민철이 흐느끼는 것처럼 숨을 마시더니 말을 이었다.

"그 총탄에 김 실장은 심장이 뚫려 사망했지만 대통령께선 치명상은
면할 것 같습니다."

"아아아."

이번에는 유경찬이 안도의 숨을 커다랗게 뱉었다.

10월 9일 일요일 15시 40분

"아앗!"

누군가가 놀란 외침을 뱉었지만 곧 입을 다물었다. 한나라당의 상황
실 안이었다. 상황실 안에는 박근혜 총재를 비롯하여 10여 명의 당직자
가 모여 앉아 있었는데, 그들은 지금 TV에 나온 자막을 본 것이었다.

"정상회의장에서 총격. 김정일 위원장 사망, 노무현 대통령 중상, 김
성만 국정상황실장 사망. 범인은 안보보좌관실 비서관 강찬석 현역 육
군 대령. 강찬석은 범행 후 현장에서 자살."

자막을 읽은 누구도 입을 열지 않았으므로 상황실 안은 숨이 막힐
것 같은 정적이 덮쳤다.

"야단났는데."

이윽고 뒤쪽에서 다시 누군가가 건조한 목소리로 말했다. 그러나 정
적은 더 이어졌다.

10월 9일 일요일 15시 45분

시청 앞 프라자호텔의 로비 안. 호텔 손님으로 위장한 채 신사복 차

림으로 서 있는 남대문경찰서장 양길수에게 경비과장 오금택이 다가와 섰다. 오금택은 점퍼 차림에 운동화를 신어서 영락없는 형사였다.

"서장님."

손등으로 이마의 땀을 닦은 오금택이 반쯤 얼이 빠진 표정으로 양길수를 보았다.

"이상합니다."

밑도 끝도 없이 그렇게 말한 오금택이 몸을 돌려 유리문 밖을 보았다. 서울역에서 광화문까지 차량 통행을 차단한 지 이제 15분이 지났으므로 시청 앞 광장에는 시위대가 꽉 들어차 있었다. 그러나 5분 전, 시청 앞 광장에 내걸린 거대한 TV 화면에 제주 회담장 사건이 자막으로 보도되면서 시위대는 오금택이 표현한 대로 이상해져 버렸다. 자막에 양국 정상의 사망, 중상, 사망 등이 보도된 그 순간 수십만 시위대는 물벼락을 맞은 듯이 조용해졌던 것이다. 그때 양길수는 로비에 서 있었는데 화면의 그 내용을 읽었을 때 온몸에 찬 기운이 확 끼치는 느낌이었으니 시위대의 반응도 이해가 갔다.

그러나 양길수는 김정일이 저격당해 사망한 데다 대통령이 위독한 상황에 충격을 받긴 했어도 당장 눈앞의 시위대에 대한 책임이 더 중요했다. 그런데 시위대는 5분이 지나도록 전혀 움직이지 않는 것이었다.

처음 사건이 보도되었을 때 이곳저곳에서 일고여덟 명이 격렬한 몸짓으로 아우성을 치면서 선동을 했는데 시위대는 호응하지 않았다. 그러자 선동가들이 움츠러들었고 시위대는 끼리끼리 뭉쳐 웅성대었다. 이제는 깃발도 흔들지 않았고 구호는커녕 목소리도 높이지 않았다. 마치 폭풍 전야의 정적처럼 으스스한 분위기 같기도 했으며 지치고 의욕을 잃은 군상처럼 보이기도 했다. 그래서 오금택이 감을 못 잡고 이상하다고 한 것이었다.

그때 양길수가 허리에 차고 있던 무전기가 진동을 했다. 주위를 살핀 양길수가 무전기를 들자 본청 당직사령 임무호의 목소리가 울렸다.

"거기 어때?"

"예, 조용합니다."

하마터면 오금택처럼 이상하다고 할 뻔했던 양길수가 그렇게 말했을 때, 다시 임무호의 목소리가 이어졌다.

"연대에 모인 시위대도 조용하다. 이상하다는 거야. 놀라서 단체로 넋이 나간 것 같다고 한다."

10월 9일 일요일 16시 05분

박대구는 이제 창피함도 무릅쓰고 손등으로 눈물을 닦았다. 얼굴은 눈물로 범벅이 되어 지저분했고 입 주위에는 김칫국물까지 번져 있었다.

"군인이라고 했지? 그 사람 영웅이여."

남원옥에는 이제 10여 명의 동네 사람들이 모여 있었는데 아무도 박대구의 말을 반박하지 않았다. 그러나 생기 띤 분위기도 아니었다. 남북한 정상이 저격을 당해 김정일은 사망하고 한국 대통령은 중상을 입은 것이다. TV에서는 앵커가 열띤 목소리로 사건을 보도하는 중이었다.

"대령 강찬석은 김정일 위원장을 저격한 후에 총구를 돌려 노무현 대통령을 쏘았지만 국정상황실장 김성만이 몸을 던져 막는 바람에 대통령은 지금 가슴에 박힌 탄환 제거 수술을 받는 중이다. 하지만 김성만은 심장이 관통되어 사망했고, 범인 강찬석도 현장에서 스스로 머리를 쏴 자살했다는 것이다."

주위를 둘러본 박대구가 이번에는 목소리를 더 높였다.

"결국 군인이 나라를 지킨 것이여."

그러나 박대구는 지금 수술 중인 대통령에 대해서는 아까부터 한 번도 언급하지 않았다. 김정일은 잘 죽었다고 여러 번 말했던 것이다. 또 있었다. 박대구는 몸을 던져 대통령을 보호하고 죽은 김성만에 대해서도 아무 말도 하지 않았다.

10월 10일 10시 20분

정부종합청사 대회의실. 국무총리 유경찬이 비상 각료 회의를 주재하고 있었다. 대통령은 수술이 끝나 중환자실로 옮겨졌지만 아직 생사를 장담할 수 없는 상황이었다. 그리고 조금 전 오전 10시경 북한의 정상 회담 방문단 일행은 김정일 위원장의 시신을 싣고 평양으로 출발했다.

유경찬의 얼굴은 침통했지만 두 눈은 반짝거렸다. 10월 9일인 어제는 어쨌든 한민족 역사에 커다란 전환점으로 기록될 것이었다. 북한과 한국의 친북 세력이 주도한 평화 선언은 무산되었다. 그러나 모두 신경을 곤두세우고 있는 부분은 말할 것도 없이 북한의 반응이었다. 위대한 지도자를 잃은 북한 체제의 중심부는 어제부터 공황 상태에 빠져 있었는데 럭비공처럼 어떻게 튈지 몰랐다. 한국군과 미군은 현재 비상 대기 중이었다.

그때 국무총리 비서실장 백영구가 서둘러 다가왔으므로 유경찬은 머리를 들었다. 지금 행정자치부장관 서한석이 국내 치안 상태를 보고하는 중이었다.

"총리님."

바짝 다가선 백영구가 유경찬의 귀에 대고 낮게 말했다.

"편지가 왔습니다."

유경찬이 눈만 크게 떴을 때 백영구가 유경찬의 앞에 밀봉된 편지를 조심스럽게 내려놓았다. 편지로 시선을 돌린 유경찬은 숨을 멈췄다. 편지 겉봉에는 청와대의 소인이 찍혀 있었다. 그러나 그 때문에 놀란 것이 아니었다. 아래쪽에 쓰인 글씨 때문이었다. 눈에 익은 대통령의 친필.

"국무총리 귀하."

위쪽에는 '대통령 노무현'이라고 서명이 되어 있었다. 그리고 그 아래에는 친필로 일자까지 적혀 있었다.

'10월 9일 오전 8시'였다.

그렇다면 대통령이 어제 제주도로 떠나기 직전에 쓴 것이었다.

"일반 우편으로 보냈기 때문에"

백영구가 다시 낮게 말했다.

"오늘 아침에야 도착했습니다."

그때 행정자치부장관이 보고를 마치고 머리를 들었으므로 유경찬이 말했다.

"잠깐 실례하겠습니다."

그리고는 유경찬은 서둘러 밀봉된 봉투를 뜯었다.

'친애하는 유경찬 국무총리 귀하.

조금 후에 저는 제주도 회담장으로 떠납니다. 그리고 다시 돌아오지 않을 것입니다. 이 편지를 읽으실 때는 그 이유를 알게 될 겁니다.'

그 순간 가슴이 북받친 유경찬이 편지에서 시선을 떼었다. 그때 전

국무위원이 자신을 주시하고 있다는 것을 깨닫고는 어금니를 물었다. 그러나 그들을 무시한 채 다시 편지를 읽었다.

'대한민국을 잘 부탁합니다. 현명한 국민들은 곧 현 상황을 슬기롭게 극복해 나갈 것입니다. 저는 그것을 믿기 때문에 이렇게 떠날 수 있습니다.'

눈을 부릅뜬 유경찬이 숨을 멈췄다가 어깨를 부풀리고는 계속해서 읽었다. 대회의장 안은 기침 소리도 나지 않았다. 모두 긴장한 채 유경찬을 주시하고 있는 것이다.

'김정일 위원장에게 정말 표현하지도 못할 죄를 짓고 떠납니다. 위원장도 북한 인민을 위해 노심초사하셨을 터. 이런 방법이 최선이 아닐 수도 있지만 이대로 방치할 수는 없었습니다. 따라서 저는 김 위원장과 함께 떠나기로 결심한 것입니다.'

"으으음."

그때 유경찬의 입에서 창자가 끊기는 것 같은 신음이 터져 나왔고 주위 사람들은 더 긴장했다. 그러나 유경찬은 시선을 들지 않고 계속 읽었다.

'강찬석 대령에게는 내가 직접 지시를 했습니다. 본인은 내 지시를 이행하고 스스로 목숨을 끊을 결심인 것 같아서 내가 이렇게 변호를 합니다. 강 대령은 충성스러운 군인이자 애국자입니다. 만일 그가 국립묘지에 묻히지 못하더라도 그 가족에게는 대통령 노무현이 그렇게 말했다고 전해주십시오. 그리고…'

이제 유경찬의 두 눈에서 눈물이 흘러내렸으므로 밑에 쓴 몇 줄이 안 보였다. 손등으로 눈을 닦은 유경찬이 마지막을 읽었다. 주위는 숨소리도 들리지 않았다.

'국무총리님께 대한민국과 민족의 미래를 맡깁니다. 저와 김정일 위원장이 역사의 무대에서 사라짐으로써 대한민국과 한민족의 미래는 새롭게 열릴 것입니다.'

그러고는 맨 밑에 추신이 적혀 있었다.

'추신.

국정상황실장 김성만에게 추후 대책을 문서로 지시했습니다. 김성만을 불러 문서를 보시고 국정에 참조하시기를 부탁드립니다.

10월 9일 오전 8시

대통령 노무현.'

이윽고 유경찬은 머리를 들고 눈을 깜박여 고인 눈물을 떨어냈다. 김성만에게서 문서를 받을 수는 없게 되었다.

그가 몸을 날려 대통령을 구해내고는 현장에서 사망했기 때문이었다.

에필로그

시위대는 평화스러운 분위기로 해산되었다. 남대문경찰서 경비과장 오금택은 그것을 '슬그머니' 해산되었다고 표현했다.

민통추, 즉 민족통일범국민추진본부 역시 소리 없이 해산되었는데 언제인지는 분명하지 않았다. 10월 9일 이후로 단 한 번도 모임이나 발표가 없었고 사무실도 폐쇄되었기 때문이다. 누구는 그 시점을 10월 9일 오후였다고 했다. 대통령이 저격당한 시간쯤이었다.

11월 2일

그동안 서울대병원에 입원해 있던 대통령이 퇴원하면서 새로운 정당인 '대한당'이 창당되었다. 대통령이 당 총재를 맡았고 부총재는 한나라당 총재였던 박근혜이었다. 대한당은 민통추에 몸담았던 의원들도 가입시키는 바람에 현역 의원 수가 227명에 이르렀지만 다음 총선에선 정리가 될 것이다.

12월 23일

경제부총리 박용성은 4/4분기 경제 성장률이 9.3퍼센트가 될 것이라고 발표했다. 그는 내년 전망을 10.5퍼센트로 발표하면서 조금 무안한 표정까지 지었다. 박용성은 경제부총리로 임명된 지 두 달밖에 되지 않았다.

<제3권 노무현 편 끝>

군주론 ❸ 노무현 편

초판1쇄 인쇄 | 2016년 7월 4일
초판1쇄 발행 | 2016년 7월 10일

지은이 | 이원호
펴낸이 | 박연
펴낸곳 | 스토리뱅크

등록일자 | 2009년 11월 17일
등록번호 | 제313-2009-250호
주소 | 서울시 마포구 모래내로 83 한올빌딩 6층
전화번호 | 02 · 704 · 3331
팩스번호 | 02 · 704 · 3330

ISBN 978-89-6840-224-1 04810
ISBN 978-89-6840-221-0 (세트)

ⓒ스토리뱅크 2016